ハヤカワ文庫JA
〈JA1494〉

日本ＳＦの臨界点　石黒達昌

冬至草／雪女

伴名 練編

早 川 書 房

8700

目次

日本ＳＦの臨界点　石黒達昌

冬至草／雪女

希望ホヤ

医者でも科学者でもない人間が病気を治す新たな方法を見つけることはできないのだろうか？　今から二十年も前、小児癌に苦しむ娘を見守りながら、そう考えた一人の父親がいた。父親の名前はダン・オルソンといい、アメリカの田舎で安穏とした毎日を過ごしていた弁護士だった。

不幸はある日突然ダンの一家に訪れる。冬の朝、家族三人で食事をしていた時、チョコレート・フレークを頬張っていた七歳になる娘のリンダが、背中に痛みを訴えた。

「ここが痛いの」

リンダが小さな手で指し示したのは右の背中から脇腹にかけての場所だった。「ぎゅーっと」という訴え方が妙に具体的だったことに母親のメアリーは不安を抱いた。

「どうしたのかしら？」

心配してあれこれ尋ねるメアリーに、ダンは読んでいた書類から目を離さず、

「成長期によくある骨の痛みだろう」

とだけ答えている。その時のダンは不利になりかかっていた医療訴訟のことで全く余裕のない状態だった。ダンの言葉を証明するように、リンダはいつものように元気良く、上がったばかりの小学校に出かけていった。いつもと変わらない朝の光景だった。

しかし、リンダは翌朝も、同じ場所に痛みを訴え、またその翌朝も、同様の痛みを訴えた。繰り返し訴える痛みをダンも不自然に思い、リンダを近くの病院に連れていくようメアリーに言っている。

車で三十分ほどの距離にあるメディカルセンターの若い小児科医は、リンダが痛いと訴えている部分を念入りに触ってから、超音波を使った検査をすると言った。その後、尿検査の結果を待って医者が口にした病名は、神経芽《しんけいが》細胞腫という聞き慣れないものだった。腫瘍《しゅよう》といっても癌ではないと安心したメアリーだったが、それに続く説明に愕然としてしまう。

「癌の一種と考えていただいて結構です。早期に発見されれば治療できる病気ですけれど

も、既に手遅れのところまで進んでいます。入院で抗癌剤を使った治療もできないこともないですが、どうしますか？」

メアリーは熱病に浮かされたような状態で家路に着いた。途中、病院から解放されて自分の前をはしゃぎながら歩くリンダの姿を見ながら、今さっきの医者の説明が信じられなかった。これほど元気な子がどうしてあと一年の命なのか……。リンダは母親の目から零《こぼ》れる涙を不思議そうに見つめ、母親を慰めようとして自分の小さな身体を寄せた。

危うかったケースが陪審員達の理解で勝訴し、上機嫌で帰宅したダンの顔色はメアリーの報告で一瞬に変わった。既に外来が閉まる直前の時間だったが、ダンは車を飛ばして、担当医のところへ駆けつけた。そこで受けたのはメアリーになされたのと全く同じ説明だった。CT写真で腫瘍の場所を示され、診断の根拠になった尿検査の結果を手渡されても、しかし、ダンはその若い医者の言うことが信じられなかった。診断が誤っている可能性を繰り返し尋ねるダンに医者は不快感を露《あらわ》にした。

その夜、ダンは医事関係に詳しい友人の弁護士のもとを訪れて事情を説明し、小児腫瘍の権威とされているスタンフォード大学のドキッチという教授を紹介された。翌日、ダンは全ての仕事をキャンセルして飛行機でサンフランシスコへ行き、そこから鉄道でスタンフォード大学のあるパロアルトという街に着いている。その中心に位置しているメディカルセンターを訪れ、約束の時間に外来のブースで待っていると、現れたのは五十代半ばの太った赤ら顔の男だった。ダンは簡単な挨拶をして、貰ってきたCT写真と尿検査の結果を見せた。ドキッチはほとんど即座に、診断に間違いはなく誤っている部分があるとするとと余命一年ではなく半年だ、と言った。

「ここまで進行していると、治療効果はほとんど期待できないので、苦痛を与えるだけになってしまうかもしれません。積極的な治療は薦めません。本人のやりたいことをさせるのが良いでしょう」

どう説明されても、幼い娘があと半年後にこの世に存在しないとは理解できなかった。

「どうしてもっと早く子供の異常に気づかなかったんだ？」

「あなただって気づいていなかったのに」

化学療法をやるべきかどうかを決めなくてはならなかったダンとメアリーは、リンダがベッドに入った後、毎晩のように言い争いを繰り広げた。

「少しでも可能性があるのならそれに賭けるべきなんじゃない？」

「どうせ苦しませるだけだ」

いつまでもかみ合わない議論に夜が明けた。

仕事をする気力のなくなったダンが朝から酒を飲むようになると、妻のメアリーも不眠から強度の不安神経症に陥った。家事とリンダの世話は全てホームヘルパー任せになった。

そんなある日、リンダはダンに、

「どうしてがっこうにいかなくていいの？」

と尋ねた。

「せんせいが、がっこうはやすまないようにっていっていたの。がっこうをやすむと、おおきくなってからこまるって」

そう続けるリンダは大きな瞳を輝かせながら、ダンの顔を覗き込んでいた。病気と言っても少し背中の痛い程度の自分がなぜ学校を休んでずっと家族と過ごさなくてはならないかが、理解できなかったのだろう。

「パパにもせんせいはいたの？」

「いたよ」

「どんなせんせい？」

「厳しい先生だったよ」

明日という日を信じて疑わない娘の無邪気な表情を見ているうち、ダンは自分が法律を学び始めた頃、老教授から「初めから敗れるのを待っているような仕事はするな。諦めが早いのは自慢にならない」と繰り返し言われたのを思い出していた。

ダンは酒に逃げ込むのをやめ、今の自分に何ができるのかを真剣に考え始めた。そして、自分がリンダの病気そのものについてすら、まだ多くを知らないことに気づいた。相手のことを知らなければ訴訟を戦うことはできない。ダンは街の図書館に行って医学書を広げ、娘の患《わずら》っている神経芽細胞腫という項目を調べ始めた。しかし、『小児科学』という書物の「神経芽細胞腫」という僅か二十ページほどの記述がまるで理解できなかった。医学の基礎が分かっていないことはもちろんだったが、高校で生物学さえちゃんと学んでいなかったダンには、そこに登場してくる用語の一つ一つが謎に満ちた暗号だった。病態を表す言葉一つの意味を知るために病理学書の数十ページを読まなくてはならず、その中の組織学用語一つを調べるのに今度は解剖学書の数十ページを読まなくてはならなかった。しかし、三週間かかってやっと「神経芽細胞腫」を理解しても、得られたのはその本が書かれた五年前の知識でしかなかった。最新の知識を得るため、「神経芽細胞腫」をキーワードに図書館のコンピューターで論文検索サービスを行ったダンは、この五年間だけで千五百二十報もの論文が出されていることを知る。雑誌から論文をコピーする時間が惜しくて、アルバイト学生を雇い、運ばれてくる論文を片っ端から読破していった。開館一時間前から並び、館員から追い出される最後の一人になるまで粘った。家に帰っても論文の束の中に埋もれ、一日二十時間、仮眠をとる僅かな時間を除いて、憑かれたように、ダンは難解な文章に向き合った。眠っているリンダの顔しか見ることのできない日々が続いた。

最初は一日一報がやっとだったペースは、すぐに一日十報になり、やがて一日百報近くのペースになった。しかし、知識が増えれば増えるほど、ダンは現在の医学レベルでリンダを救うことが不可能であるという残酷な事実を思い知ることになる。しかも、以前と違ってその医学的根拠を理解しているのだから、逃げ道はなかった。もっとも、その過程でダンは膨大な研究の多くが、患者を救う方向には向いていないことも知った。過去の判例を追いかけても新たな法律ができるわけではないように、従来の知識を追いかけても新しいものを想像する力になるはずはない。そういう意味で、専門医と言われる人々の多くは、ダンの目には敗残者の群れにしか映らなかった。だからといって医学に関しては門外漢のダンに何ができるわけでもなく、今までやったことは徒労に過ぎなかったという後悔だけがダンを蝕《むしば》んでいった。

この二ヶ月、自分はもっとリンダと接するべきではなかったのか？　自分は父親として正しかったのか？　疲れ果てて家に戻ったダンは、痛み止めでぼんやりしている娘にそっとキスし、どこに行きたいかを尋ねた。すると、リンダは枕元にあった一冊の本を広げて見せた。『ラッタの南の島』というその本に書かれていたのは「希望の浜」という名前の場所だった。

「どうしてそこに行きたいの？」

「だって、ここにいくとようせいがいて、なんでものぞみをかなえてくれるから。リンダはびょうきなんでしょう。だからびょうきをなおしてもらうようにたのむの」

何も知らずにそう言うリンダを見ているダンの目が曇った。次のページをめくると、青い海が広がり、遠くに白い雲が浮かんでいる挿絵があった。それは、誰もが行きたいと思いながら行けずにいるそんな風景に思えた。

翌朝、ダンは絵本を持って旅行社を訪れた。なるべく似た風景のところを探そうと思っていたからだったが、担当の女性が、「希望の浜」という地名がカンダ島という所に実際に存在することを調べ出してきてくれた。カンダ島はアメリカの統治領の中にあるマイル諸島の中の一番小さな島で、観光目的で訪れる人間はまずいないだろうということだった。ダンは観光パンフレットもないような島に病気の娘を連れて行ってよいかどうか迷ったが、リンダの希望がそれであれば従うしかないと思った。

中継のロサンゼルスを飛び立って四時間、そろそろ飽きてきたリンダをメアリーがあやし始めた頃、飛行機は周囲に蘇鉄が繁る島の小さな空港に降りた。そこからタクシーで三十分ほどの距離に、確かに「希望の浜」は存在していた。しかし、美しい名前とは裏腹に、そこは岩だらけの海岸線が広がっているだけの、感動する要素などおよそ何も見当たらないような場所だった。海岸線に沿って走る道の内側の狭い浜は散歩するのがせいぜいで、時々犬を連れている地元の人間とすれ違うだけだった。それでも、リンダはここが「希望の浜」だということをとても喜んで、行きつ戻りつする波に合わせて走り回り、岩場の穴に出入りする磯蟹と何時間も戯《たわむ》れていた。

夕風が吹き始めると、ダンはまだ夢中になっているリンダを抱き上げ、浜を離れた。夕方から夜にかけて熱が出てくるのがいつものパターンで、それとともに痛みが強くなる。メアリーと三人で少し歩いて街道沿いの「イル・キャステロ」というレストランに入ったが、その頃になって元気のなくなったリンダは、注文した料理にはほとんど手をつけず、アイスクリームばかり嘗《な》めていた。それ以外はジュースしか口にしようとしないリンダに何か食欲の出るものをとメニューを探していると、妙に高価な料理がダンの目にとまった。

「希望ホヤのワイン煮」というその料理には「入荷時のみ」という但《ただ》し書きがあった。ウエイターを呼んで尋ねると、それはこのあたりだけで採れるホヤで、見かけは醜いものの、味はこの上なく良いということだった。以前多く採れていた時には薬として使われていたという一言がダンの関心をひいた。乱獲のせいで、「幻の」という形容詞がつくほど珍しいものになってしまっていて、この三ヶ月ほど全く手に入らなかったが、今日はたまたまあるという。とにかく身体に良さそうだという話にそそられて注文することにした。

目の前に出てきたごつごつした醜い大きなホヤを見て、ぐずっていた涙目のリンダは泣き止んだ。ワインに混じって潮の香りがほんのりと漂ってきて、それが食欲をそそったのか、珍しいことに自分からスプーンを手にとって食べ始めた。

「このごつごつしたのは、実は一つ一つが腫瘍というできものだそうで……でも人体に害はないということです」

ウエイターが説明した。こんな海洋生物にも腫瘍ができるものなのかと思いながら、ダンも少し端の方を摘んでみると、できもののところがこりこりして微かな甘味があり、見かけによらず美味だった。病気のものを食べているというのはぞっとしないでもなかったが、このところの勉強で腫瘍が感染することはないとも知っていた。

リンダが頬張る醜いしこりを見ながらダンの頭には一つの疑問が涌いた。腫瘍には良性と悪性のものがあって、病理の本には、良性に比べて悪性は形が不整で潰瘍《かいよう》を作るのだという特徴が書かれていたが、できものは見たところ、悪性腫瘍のようだった。この生き物はどうやって悪性腫瘍を抱えながら生きているのか？

「できものは、どのホヤにもあるんですか？」

ダンはウエイターに尋ねてみた。

「ええ、希望ホヤならみんな持っていますよ。本当に小さいうちはありませんけれども」

「一体どういう採り方をしているんですか？」

「ダイバーが潜って、岩に張りついているのを、いちいち剥がしてきて採るんです」

一応生きているのを採るようだが、みな癌の末期ばかりというのは一体どういうことなのか？　ダンがそんなことを考えているうち、驚いたことに、リンダはホヤをすっかり平らげた。

レストランを出て、海岸沿いの道を三人で歩いた。月が暗い海面をてらしていた。リンダの小さな靴が砂を踏みしめる微かな音を聞きながら、ダンの頭の中にはさっき見た醜いホヤの残像があった。ふっと「共存」という言葉がダンの頭をよぎった。あのホヤは癌と共存しているのかもしれない！　そう思いついたダンは急いでメアリーとリンダをホテルに送り、自分はまた「イル・キャステロ」に向かった。

「さっきのホヤはまだありますか？」

血相を変えて入ってきたダンを見て、ウエイターは驚いた。ダンは勝手に調理場に踏み込み、まだ塩水の中に浸かっていたホヤを一つ見つけた。

「ちょうど注文があってこれから調理するものなんですよ。今はこれしかなくて……島でホヤを出しているのはうちだけなので、この一個以外は島中どこを探してもないだろうと思いますけど」

そうコックが言った。

ウエイターに頼んで注文した客のところに案内してもらうと、黒いスーツを着た老紳士が一人、窓際のテーブルに座っていた。

「娘の神経芽細胞腫という病気を治すために、どうしてもこのホヤが要るんです。お願いですから譲ってください。お金はいくらでも出します」

自己紹介もしないまま、そう必死に訴えるダンの姿に苦笑いを浮かべながら、その紳士は、ダンを自分のテーブルに座らせた。

「別に、お譲りすることには何の問題もありませんが、あなたのお話に興味があります。私はこの近くで病院をやっている医者で、トム・アンダーソンと言います。もっと詳しく話を聞かせてください」

ダンは相手が医者ということに驚きながらも、さっき砂浜で考えたことを一気にまくしたて始めた。

「私自身は弁護士で、医者ではありませんが、娘の病気を機に、腫瘍の勉強をしました。聞くところでは、このホヤはどういうわけか、腫瘍をたくさん作ってしまう体質のようです。私が得た知識で外見から判断するかぎり、放っておくと際限なく増殖する悪性腫瘍に思えます。ところが全部のしこりは似たようなサイズのまま揃っていて、腫瘍と共存しているのが不思議です。何か腫瘍が大きくならない仕組みがあるはずですよね。いかがでしょうか？」

「私の専門は精神科で、癌のことはあなたの方が詳しそうだ。遠い昔、学生の頃勉強した病理を思い出してみると、確かにあなたが言うように、このホヤの腫瘍は、悪性に見えますね。ここに住んで長いことホヤを食べているけれども、そんなことを考えてみたことはなかったですよ。でも、面白い発想だと思います。ホヤのような海洋生物と人間という哺乳類の違いはあるのかもしれないが……。それで、このホヤで何をするおつもりですか？」

「この腫瘍部分を顕微鏡で観察して、どんなものなのかをはっきりさせようと思っています。そして、なぜ腫瘍の増殖が抑制されているのかを突き止めたいと思います。娘の病気を治すために」

ダンは自分でも熱に浮かされているようだなと思いながら、言った。

「残念ながら、私は神経芽腫についてはあまりよく知らないし、あなたの考えが可能なのかどうかも分かりません。でも、お力になれることがあったらいつでも言ってください」

トムはそう言ってダンに名刺を渡し、自分はかわりに子羊のステーキを注文した。

ダンは「イル・キャステロ」の水槽でそのままホヤを飼ってもらうよう話をつけ、リンダとメアリーを島に残したまま、スタンフォード大学のドキッチ教授のもとを再び訪れた。秘書室で四時間待たされた後、意気込んで自分の考えを説明すると、

「失礼だが、それは素人であるあなたの妄想ですよ」

と一笑に付されてしまった。

「ホヤと人間には決定的な種差があって、それを混同して論じることはできません」

ドキッチはトムと同じようなことを言った。

「ヒトでも、できる場所によって癌の性状はまるで異なるものです。ましてやホヤのような海洋生物の癌など人間には何の参考にもなりません」

ドキッチはダンの質問を遮《さえぎ》り、癌治療学会に出席しなくてはならないことを理由に、部屋を出ていってしまった。

　ダンはホテルのインターネットサービスで「ホヤの専門家」をキーワードにロックフェラー大学のベルティーノという教授を調べ出して、そのままニューヨーク行きの飛行機に飛び乗ってしまう。空港のベンチで三時間だけ寝てからセンターに行っても、朝早くでまだ教授は来ていなかった。廊下で待っていると、やがてやってきた髭の教授は、ダンの問いかけに、すれ違いざま、

「ホヤの病気についてはほとんど知識がありません」

と言っただけだった。

　エンパイアステートビルを見上げながら、広いアメリカを端から端まで探しても、結局のところ、ホヤの病気に興味を抱く人間などいないことを知って、ダンは自分がやるしかないのだと決心する。


　島に戻ったダンは、空港でタバコをさぐった上着のポケットに、一枚の名刺を見つけた。レストラン「イル・キャステロ」で会った医師、トムのものだった。トムの肩書きはウエスト病院院長となっていて、ポーターに尋ねると、ウエスト病院というのは島でただ一つの病院ということだった。訪ねていった丘の上の病院は、小さいながらも総合病院で、ほとんどの診療科をそなえていた。院長室に行くと、トムは広い院長室の机で書き物をして

いた手を休め、ダンにソファーをすすめた。

向かい合って座ったトムは、ダンの話に一応の理解を示した。しかし、その実現は難しいだろうという率直な感想も漏らした。それでも、トムには、そういうものも面白いかもしれないと思える度量の深さがあり、多少の融通は利く離島の病院のゆとりもあった。トムは、指導はできないけれども、と前置きした上で、

「病理の部屋には技官の女の子が一人いるので、その子に協力してもらいながら研究してみますか？」

という提案をしてくれた。

独力でこのプロジェクトを成し遂げる決意をしていたダンにしてみると、願ってもない申し出だった。


ダンはそれほど広くない病理部屋の隅に、一つ机を与えられた。トムに紹介された技官の名前はサリーと言った。大学を出たてで、すらりとした背の高い子だった。普段は患者から切り取った組織を顕微鏡観察用のガラス標本にする仕事をしていて、病院勤務はまだ半年にも満たなかったが、薬学部を出ているサリーの医学知識はダンをはるかに上回っていた。偉い教授先生と違って、疑問に思っていることを平易な言葉で一つ一つ丁寧に説明

してくれるサリーに、ダンは何でも気軽に相談することができた。

　まず手始めに、人体病理図譜に載っている写真のようにホヤの腫瘍部分を顕微鏡で見てみたいというダンの希望に応じて、サリーはホヤの腫瘍部分を薄く刻んで病理標本切片を作り、ヘマトキシリン・エオジン液を使って、二日がかりで染色した。

「ホヤの細胞も一応細胞には変わりないから、人間のと同じように染まるんですね。初めて知りました」

　サリーはそう言いながら、出来上がったスライドグラスを顕微鏡で覗き、ダンに席を譲った。ダンがレンズ越しに観察すると、確かにそこには、以前病理の教科書で見た組織写真と同じ光景が広がっていた。全体に紫色に染まった組織の中、細胞の核がより濃い紫に染まっている。しかし、ダンには、それが悪性腫瘍なのか良性腫瘍なのかという基本的な区別がつかなかった。医者ではないサリーも、組織を染色することはできても、病理診断については不案内だった。

　翌日、週に一回本土からやってくる若い病理医に頼むと、ほんの一瞥《いちべつ》をくれてから、

「ホヤのことは分かりませんね」

　と簡単に言われた。

「人間の癌細胞と類似したところはありませんか？」

「何をもって類似とするか、その基準がはっきりしませんから」

医者は興味なさそうに答え、自分の仕事をし終えると、さっさと立ち去っていった。ダンは、自分の知識の範囲内でしかものを言わない医者や研究者に腹立たしさを覚えていた。

一人、顕微鏡を覗きながら、ダンは、自分が貧しい学生の頃、難解な哲学教科書を何度も何度も読み返したのを思い出していた。暖房費も切り詰めなくてはならない苦学生で解説書や参考書を買う余裕もなく、できるのはただ理解できないまま必死に読み返すことだけだった。内容はともかく、文章を暗記してしまうほど読んだ。ある日、どういうきっかけか自分でも分からないまま、それまでさっぱり分からなかった一つの文章の意味が理解できた。すると、複雑に絡んだ糸がほどけていくように、突然、全てが見通せた。

ダンは、あの時のように、今は理解できなくても、とにかくスライドグラスを覗き続けようと思った。サリーの作ってくれた標本スライドを一晩中眺め続け、翌日も一日中顕微鏡にかじりついた。ソファーでの短い眠りと食事の時間を除いて、ダンは憑かれたように、見つめ続けた。しかし、どんなに見つめても、それは単なる模様に過ぎなかった。無数の点と曲線の意味もない組み合わせからは、何の意味を汲み取ることもできず、ダンはすぐ拡散してしまいそうになる意識をつなぎとめておくことに必死だった。

夜、ホテルの部屋に戻ると、リンダは眠っていた。

「さっきまで痛いって泣いていたのよ」

　メアリーの言葉を聞きながらリンダの頬を撫でると、生乾きの涙の痕があった。

「ねえ、あなた。夢みたいなことを考えておかしな研究なんてしないで、家に帰って近くの病院でちゃんと診てもらいましょう」

「今まで医者や研究者が何をしてくれた？　ただ駄目だって言っただけじゃないか」

「でも、専門家はあなたより病気のことを知っているわ。あなたは注射一本うったことのない素人なのよ。リンダは実験台じゃないわ」

　メアリーは疲れきった表情で訴えるように言った。

　ダンはそのままホテルを出て、実験室に戻った。そして、部屋から一歩も出ずに顕微鏡を覗き続けた。目が充血して、白い壁が薄いピンクに見えた。三日が過ぎ、どこにどんな模様があるかが頭の中に入ってくると、不思議なことが起こった。腫瘍部分の模様と正常部分の模様の違いをなんとなく認識できるようになったのだ。どこがどう違うのか、自分なりの言葉で言い表して、顕微鏡を覗きに来たサリーにも説明できた。

「細胞の中にある丸い核の形が、腫瘍ではごつごつした丸なのに、正常部分は滑らかな丸になっているでしょう」

　本棚にあった病理の教科書を引っぱり出してきて悪性腫瘍の病理を表す項目を読むと、

ごつごつしたというのは不整形という専門用語で言い換えられていた。自分の考えに自信を持つと、全ての細胞がそういう基準で見られるようになった。自分の基準で悪性と正常を区別でき、そこに破綻がなければ、それはそれで正当な判断と言えるのではないか……そう考えたダンはこの時、自分を自分の教師にしようと思った。その夜、久しぶりにホテルに戻り、顕微鏡写真を見せて興奮気味に話すダンを見て、半ばあきれながらも、メアリーはこのままダンの好きにさせてみようと決心する。

ホヤの何が腫瘍の発育を抑えているのか、一体どうやってそれを突き止めれば良いのか？　ダンは次のステップに進むことにした。もはや一刻の猶予もなかった。サリーに相談してみると、彼女は、

「それは抗癌剤がどういうふうに癌細胞に効くのかという研究と似ていますよね。研究の方法自体は同じだと思います」

と言い、机の引出しの奥のファイルにしまってあった自分の修士論文の冊子をダンに手渡した。培養している癌細胞に抗癌剤を振りかけてどう効くかをテーマにした論文で、そこには修士時代のサリーがやった具体的な実験方法の手順が事細かく記されていた。しかしそこで一つ問題になったのは、試験管の中で実験するために必要な細胞培養の設備が病

理の部屋にはないということだった。

ダンはサリーと一緒に培養装置を求めて病院中を探し回った。細菌検査室には、痰《たん》や血液の中の細菌培養用の装置はあったが、サリーによると、とても細胞に応用できるものではないということだった。医療機器を卸している出入りの業者に見積りをさせると、細胞培養用の装置を揃えるためには、最低でも三万ドルほどの資金が要ると言われた。ダンは病院に寄付する形でその金を病院の事務に支払い、トムに頼んで、物置部屋になっている一室を実験室として使う許可を得た。

主な装置は、クリーンベンチという無菌操作ができる実験台とインキュベーターという一定の環境を作り出す孵卵器のようなものだった。ダンはサリーから培養の手順を習いながら、希望ホヤの腫瘍部分を薄く切り取って、腫瘍細胞の培養を始めた。腫瘍切片を赤い培養液の入ったシャーレに入れると、二、三日して細胞が切片から這い出てシャーレの底に固着した。腫瘍片を取り除き、蛋白分解酵素の入った液を加えて、固着した細胞をばらばらにほぐし、別のシャーレに植え替えた。一連の操作でシャーレ内に敷石状に生育する腫瘍細胞が得られた。

その一方で、希望ホヤのつるりとした正常部分の一部を楔《くさび》形に切り取り、それをすり潰したものを目の細かいフィルターで濾《こ》すと、透明な液が得られた。希望ホヤ自身が腫瘍を抑制する物質を作っているというダンの考えが正しければ、腫瘍を取り囲んでいる正常組織の中に腫瘍の生育を妨《さまた》げる成分があるはずだった。サリーも見守る中、この透明な液を、腫瘍細胞が生育しているシャーレの赤い培養液に加え、それをインキュベーターの中に戻した。数日以内に、腫瘍の発育に何らかの変化が見られるはずだった。

「うまくいくといいですね」

というサリーの言葉とは裏腹に、しかし、翌日も、その翌日も、腫瘍細胞の成長には何の変化も見られなかった。

何度繰り返しても結果は同じだった。メアリーは毎晩疲れ果ててホテルに戻ってくる夫の精神状態に不安を感じていた。

「希望ホヤが腫瘍を抑制する物質を作り出しているっていう仮説は、やっぱり素人の思いつきなんだろうか?」

珍しく弱気になったダンがそう呟くと、メアリーはダンが失望から自殺してしまうのではないかと、本気で心配した。

「十分やったわ。もう、やめたら?」

「うん、いや、もう少し」

　ダンは力なくそう答えた。

　加える液量を様々に変えて実験していたので、一日に使うシャーレの枚数は三十枚近くになっていた。朝、いつものようにそのシャーレを一枚一枚顕微鏡で観察していたダンは、自分の目を疑った。番号順に並んだシャーレには途中まで特に何の変化もなかったのに、ある番号から全て、腫瘍細胞が浮き上がって死んでいたのだ。溶液が細菌で汚染されると細胞が死んでしまうとサリーに教えられていたので、最初はそれが起こったのかと思い、サリーが来るのを待った。やってきたサリーは一目見て、

「細菌に感染すると培養液が濁ります。濁っていないので汚染ではありません」

　と答えた。

　培養液はみな同じビンからのものを使っているし、細胞もその前の日に増やした一枚のシャーレからそれぞれのシャーレに分配していたので、互いに条件に違いはない。しかし何かの違いがなければ一部のシャーレの細胞だけが死ぬということはありえなかった。

「そういえば、昨日は試験管の中の液がなくなって、途中から別の試験管の液を使ったのを思い出しました」

昼食を食べていた時、突然サリーが言った。試験管の違いはホヤから切り出す組織の場所の違いを反映していたのかもしれないということになり、ダンは冷凍庫からホヤを出してみた。少しずつ使っているとはいえ、もう残り少なくなっていた。特に、切り出すのは正常部分だったので、ごつごつした腫瘍部分だけが残ってしまっていた。均一に見えた身体にも部位的に何かの違いがあって、ある一部だけが腫瘍を抑制する物質を作っているのだろうかという考えが、まずダンの頭の中にわいた。

ダンは一週間前に手に入れたばかりの新しい希望ホヤを使って実験してみることにした。今度は切り取る部分を正確に記録しておき、一体どの部分に抗癌活性があるのかが調べられた。ホヤの身体に番地までつけて、そのどこから切り出してきたのかがはっきりするようにしたのに、不思議なことに、どの部分にもその活性はないまま、最後に腫瘍だけが残ってしまった。

「一体、どうなっているんだ?」

矛盾する実験結果を前に、ダンは長い時間、一個目のホヤと二個目のホヤの残った部分を見比べていた。ある瞬間ふっと、一個目のホヤの腫瘍部分に切れ込みが入っていることに気づいた。

……一個目の時には二個目の時ほど注意深く組織採取をしていなかったから、最後の方になると正常部分の残りが少なくなって、腫瘍部分がまじってしまったのではないだろうか……

突然、ダンはそう思いついた。

……抗癌作用を示した試験管は、正常組織ではなく腫瘍をすり潰した液からできたものだったのではないか？　今まで何の疑いもなく、腫瘍の発育を抑制する物質はそれを取り囲む正常部分から分泌されているのだろうと考えていたが、実は腫瘍部分にそれ自体の成長を妨げる物質が出ていたのではないか……

腫瘍自体に自己を制御する仕組みがあると考えても、あるサイズ以上に腫瘍が大きくならないことの説明として筋は通っている。早速、腫瘍の様々な部分を切り取ってきて、培養液に加えると、次の日にはどのシャーレの癌細胞も浮き上がって死んでいた。

「大発見ですよ」

サリーは興奮して言った。

「次にやらなくてはならないのは、どういうことだろう？」

「腫瘍の中のどんな物質にその働きがあるのか、その精製ですよね」

「どうすればいいのかな？」

「今までに比べるとはるかにハードルが高い研究ですよ。私もやったことはありません。分析をやっていた人を知っていますけれど、何年もかかっていたみたいだし」

浮かれていたダンはサリーの言葉に愕然とする。

「その人に聞いてみます？」

サリーの知人だという研究者は、企業で薬剤の開発をしていた。早速サリーに電話してもらい、尋ねると、

「多分、タンパク質だと思うけれども、もしかしたら脂質のようなものかもしれないし、それぞれに分離と精製には特殊なやり方が様々あって、試行錯誤でやらなくてはいけないので、独学ではまず不可能ですね」

と言われた。しかしそれよりもダンを失望させたのは、

「いずれにせよかなりの量の希望ホヤと時間が必要です」

と断言されたことだった。

教えてもらったタンパク質精製の専門書を図書館から借りて開いてみると、細胞培養など問題にならないほど複雑な手順が書いてあって、これまでのように一朝一夕にはいかないことは容易に理解できた。しかもその分析の機械には何十万ドルもする高価なものも含まれていて、とても個人で購入できる類《たぐい》のものではなかった。

大学や企業に電話して協力してくれる先を探したが、みんな一応は興味を示すものの、具体的な共同研究の手続きとなると、即応してもらえそうなところは皆無だった。ある大学の教授は、ダンのことを誇大妄想狂扱いすらした。要するに、論文的裏付けのないアマチュア研究者の言っていることなど誰も信用しなかったのだ。その論文にしても、サリーによると、投稿から掲載までどんなに順調にいったとしても最低二、三ヶ月はかかってしまうということだった。

ダンは仕方なく、トムに相談してみた。

「どんな物質に効果があるのか分からなくても、とにかくホヤをすり潰したものをリンダに注射したらどうでしょうか？」

トムも、今までの実験結果からダンの考えに一定の理解を示していたが、

「不純物の混じった状態で投与しても、激烈なアレルギー反応を起こす危険性が高いからやめた方がいい」

と厳しく言われた。

長期滞在になってしまったホテルに戻ると、トムが処方してくれた麻薬で眠っているリンダの顔に、その若さにそぐわない皺を見つけた。明け方、薬が切れると、激烈な痛みに

泣き叫び、麻薬を飲ませる。すぐには効かないが、やがて効果が出てくると、安らかな顔で眠りにつく。ダン自身、研究がここまで来たことに相応の自信を持ちながら、リンダを救えるかどうかには自信がなくなっていた。

……今までの実験結果を、論文は無理としても、とりあえず学会か何かで発表して、後の展開を待った方が良いのではないか？　いや、そんな悠長なことをしていたら、リンダには時間切れになってしまうだろう。今まで自分は何のためにここまでやってきたのか。リンダを救えないのなら、他の誰を救う意味もないじゃないか。たとえそれが勝ち目のない負け戦であっても、ここまで来たのだから単離と分析をやってみるしかないだろう……

ダンはそう考えるようになっていった。

ダンは、もっと多くのホヤを仕入れるために、レストラン「イル・キャステロ」で教えてもらった地元の漁師のもとを回り歩いた。しかし、一つ一つ潜って採ることが必要な採算の合わないホヤ漁に専念することを引き受けてくれるところなどなかった。たまたま、ある日系人の漁師のもとを訪れた時、仲間のところに嫁いできた若い日本人女性が、ダイビングで漁を専門にやるから聞いてみてはどうかと教えてくれた。教えてもらった場所に行くと、出てきたマリコという女性はこれでダイビングをやるのかと思うほど小柄な娘だった。マリコは、日本の海女《あま》の伝統を受け継いでいた女性で、特にアワビ漁をよくやっていたということだった。嫁いできたこの地で漁をしているわけではなかったが、ダンが窮状を訴えると、マリコは、この辺りはそれほど深い海ではないから、夫の船で出てなんとかやってみようと引き受けてくれることになった。驚いたことに、翌日すぐにマリコは希望ホヤを採って研究室に持ってきた。数ヶ月に一個しか手に入らなかったものを、一日に最低二個は採ってきて、数日で研究室の小さな水槽が溢れるほどになった。

研究材料の心配がなくなったことで、ダンの中にまた研究に対する意欲が涌いてきた。教科書に書いてある手順通り、とりあえずその物質がどんなものか、安定性を調べるために、希望ホヤをすり潰したものが加熱されてから腫瘍細胞の入ったシャーレに加えられた。それでも、癌細胞の増殖は抑制されて、求めていた未知の物質は、物理的な処理に耐性を持つことが示された。酸性物質やアルカリ性物質を加えてもやはり抗腫瘍活性は保たれていて、化学的な変化にも強い比較的安定な物質のようだった。いずれも精製には有利な性質で、勇気付けられる実験結果だったが、悪い知らせもあった。リンダのCT検査をしたトムから、肝臓の転移巣の数が増えていて、あと三ヶ月はもたないだろうと告げられたのだ。ダンは麻薬の量を増やすことを認めざるを得なかった。検査の帰りがけに初めて父親の研究室を訪れたリンダは、母親に抱かれながら大きな目で水槽の中に入っているホヤを長いこと見つめていた。たまたまホヤを運んできていたマリコが、日本では魚を生で食べるという話をして、小さなホヤをその場でぺろりと食べて見せた。

「リンダも食べたい」

と言い出した時にはそこにいた誰もが驚いた。腫瘍に栄養を奪われ、やせ細っていたが、何かを自分から食べたいと言ったのは、久しぶりだった。食あたりが怖いからと止めるメアリーの言葉を振り切り、ダンはホヤを生のままスライスにして食べさせてみた。リンダは冷たく喉越しのよいホヤをすぐに飲み込んだ。

「化学的に安定していそうですから、消化によっても活性が失われることがないかもしれませんね」

サリーが呟いた。

「もっとたくさん、生で口から食べさせてみたらどうなんでしょうか？」

「医食同源」という漢方の概念に興味をいだいていたサリーがそう続けた。医学を少しでも知っている人間なら、その言葉がどれほど根拠に薄く、意味のないものかを知っていただろう。しかし、幸か不幸か、ダンもサリーもそれほど医学に詳しくはなかった。理論が証明されないうちは実践もないという専門家の慎重さと臆病さをダンは持ち合わせていなかった。何よりダンの心を動かしたのは、このペースで実験をしていても具体的な治療には行き着かないだろうという予感だった。

翌日から、マリコが採ってきた生のホヤは全てがリンダのもとに届けられた。不思議と飽くことも嫌がることもせず、リンダはそれを食べた。

「身体が要求しているから、これほどおいしく食べるんだわ」

潜る時間を長くして、今までにも増して多くのホヤを採ってくるようになったマリコはそう言った。

相応の栄養があるものを食べているからか、一週間もすると、リンダの肌に張りが戻り、こけていた頬にもふくらみが蘇った。しかし、それよりももっと重要な変化にメアリーは気づいていた。今まで使っていた痛み止めの量が少なくなったのだ。

メアリーからリンダの痛みが和《やわ》らいできたという報告を受けたダンは、すぐにトムのところに報告に行き、

「一週間で変化があるはずはない」

というトムを説得して、腫瘍の大きさに変化がないかを調べてもらうことにした。

CTスキャン検査の後、出来上がったフィルムを見たトムは言葉を失った。腫瘍の大きさが半分になっていたからだった。

「この物質が特定できれば、凄いことになるよ」

興奮して久しぶりに研究室を訪れたトムは、水槽を覗いて驚いた。これまで長いこと希望ホヤを食べてきたトムにして、これほど多くのホヤを一度に見たことがなかったからだった。

「あまり乱獲をすると滅んでしまうのではないだろうか？」

トムは心配になってダンに言った。

「養殖はできないのかな？」

「今のところはできていません」

「実験結果を論文で発表すれば、物質の精製と合成を引き受けてくれる研究者が現れるから、薬剤になるまで待てば……」

「それまで待ったら、リンダが死んでしまいます」

ダンは即答し、トムは返す言葉を持っていなかった。

もともと希少なものをこのままのペースで消費していくことができないことはダンにも分かっていた。神経芽細胞腫に苦しむ多くの子供達を救うことを考えれば、ホヤの成分の何が効果的なのかはっきりさせるのが先決だということも良く理解していた。しかし、今のダンに大切なのはリンダを救うことだけだった。

「後の分析用に採れたもののいくぶんかは冷凍して残しておくということでどうでしょう

か」

「そうだね……」

積極的にかかわってきたわけではないトムも、最終的には、そのあたりで納得せざるを得なかった。

ダンにとっての問題はホヤがなくなるのと腫瘍がなくなるののどっちが先かということだった。実際、トムの懸念通り、マリコが採ってくる希望ホヤの数は、徐々に長くなっていた漁の時間と反比例して少なくなってきた。

リンダは貪《むさぼ》るように生の希望ホヤを食べ続け、四週間後には麻薬を使わなくても痛みを訴えなくなった。

「すばらしい」

二週間ごとのCT検査のたびにトムは嘆息した。

腫瘍の大きさはさらに小さくなり、三分の一から四分の一へ、さらに五分の一になり、ついにホヤを食べ始めてから二ヶ月後のCTでは見えないほどにまでなった。

「がっこうにいきたい」

ホテルの窓から通学途中の子供達を眺めながら、リンダがそう言うと、翌日、メアリーは手続きをして、リンダを島の小学校に連れていった。この頃から、マリコは三日に一個しか希望ホヤを採れなくなり、やがて一週間に一個になり、二週間経っても見つけられなくなった。マリコがホヤを運び込まなくなってから一週間が過ぎ、二週間が過ぎた。ダンとメアリーが祈るような気持ちで待つ中、一ヶ月が経っても、CTに腫瘍は現れてこなかった。

トムは一連のCT写真をスライドにしてピッツバーグの学会に出かけていった。ダンに、

「これを見せたら、大事になるぞ」

と言っていたトムは意気揚々と会場に乗り込んだ。しかし、トムの演題は、キノコや茶の抗腫瘍効果の発表の中に埋もれてしまった。最初に自分の専門が精神科であるということを明かしたのも失敗だった。怪しげな発表に会場は冷ややかな反応で、老いた医師の奇妙な報告をまともにとりあう人間などいなかったのだ。何が腫瘍を攻撃しているのかという座長からの質問にも、トムは、非常に安定性の高い物質だろうとしか答えられなかった。さらに、もともと転移があるような進行した状態での神経芽細胞腫には、自然に治ってしまう例が稀に存在するため、それではなかったのかという疑念も持たれた。

「ホヤの食べ始めと軽快の時期が一致しているので、自然消退の可能性はありません」

トムはそう必死に主張したが、それも充分な反論にはなっていなかった。

大発見だと自信満々だったものの、冷静に考えてみると一例報告に過ぎないことも事実だった。製薬関係の人間からすら声をかけられず、失意のうちに戻ってきたトムは、病院として専門の研究者を雇ってでも、この画期的な物質を単離しようと決心する。しかし、研究室の冷凍庫の中を覗いた時、たった一個の希望ホヤも分析用に残されていないことを知って愕然とする。ダンは約束を破って分析用の個体をすら残しておかず、全てを娘のために使ってしまったのだ。

「養殖しようと思いましたが、できませんでした」

翌日、問い詰められたダンはトムにそう言った。希望ホヤを見つけられなくなって久しいマリコは、既に潜るのをやめていた。

二年後、一つの論文が雑誌「サイエンス」に掲載され、世界中から大きな反響を浴びた。それは鮫の軟骨成分の中に癌への血管新生を妨げるものが含まれていて、抗癌作用を発揮したという報告だった。従来の抗癌剤はもっぱら細菌や植物といった陸上の生物から抽出されていたが、初めて世界の目が海洋生物に向いた瞬間でもあった。その後の患者を使った臨床治験では、当初期待したほどの特効的な作用は見られなかったものの、多くの研究者が可能性を秘めた海洋生物を研究の素材とし始めた。そのさらに五年後、雑誌「ネイチャー」に、今度はカリブ海のホヤの中に抗癌作用のある物質が含まれているという論文が掲載された。これを機に、海洋細菌や金属の濃縮を行なうホヤの生物活性にスポットライトがあたるようになる。著者のジョン・クーパーは論文発表にあたって、過去の雑誌・学会発表を全て洗い直し、トムがピッツバーグで発表した演題の抄録に行き当たっている。連絡を取ろうとして病院に電話すると、対応にあたったのは後任の院長だった。

島を訪れたジョンは、病院に勤務しているサリーから希望ホヤに関するストーリーの全てを聞かされる。ジョンが探していたトムは学会発表の五年後、大腸癌で他界したということだった。そのトムの死因に関して、サリーはジョンに興味深い話をしている。長年病院に勤務したトムの遺体は本人の希望で解剖され、サリーが病理標本作りをしたが、癌は一箇所だけでなく、大腸の至るところに、前癌状態のものも含めて多発していることが分かった。病理診断名は家族性大腸ポリポーシスであったものの、この病気は家系的に遺伝して若年のうちに癌が明らかになるのが普通なので、なぜトムの場合、老年になるまで発症が抑制されたのかが謎だというのである。

この疑問はジョンがサリーの次に訪れたダンのもとで明らかになる。ダンは暖かいサンフランシスコに移り住んでいた。弁護士として多忙な毎日を送っているダンに、島での出来事は遠い日のことになりつつあった。リンダは中学校に通っていたが、近くのクリーブランドクリニックで年一回受けている再発検査も、その年で終わりを告げられていた。もう自分がかつて癌であったという記憶すら彼女にはなかった。末期の神経芽細胞腫から生還した奇跡の患者になったものの、それが他の患者の治療に活かされることはなかった。ジョンはダンに希望ホヤのかけらでも残っていないかと確かめたが、彼の答えはノーであった。

「私は自分の娘の命と引き換えに、悪魔に魂を売りました。でもその悪魔に興味を示さなかったのは、あなた達医者や研究者の方です」

ダンは恐い顔でそう答え、そして笑った。

別れ際、トムの病気の話に関して、ダンはジョンに一つの考えを告げている。トムの大腸癌の発症を抑えていたのは、彼が好んで食べていたホヤにその理由があったのではないかというのだ。

「彼はレストランの常連で、新しく入荷すれば、必ず希望ホヤを食べていました。あんな小さな島に若いうちから医者として移り住んだのも、希望ホヤを含めたシーフードが好きだったからと聞いたことがあります。もしも、ホヤが遺伝性の大腸癌の発症を抑えていたのだとすると、やはり彼の身体がホヤを要求したからでしょうか」

ダンは最後に、

「恩人のトムを殺したのは私です」
と呟いた。

ジョンはその後、雑誌「ランセット」に希望ホヤに関する一連の経過をエッセイとして書いた。そして自らもその後何度か島を訪れて希望ホヤを探しているが、もうどこにも見つけることはできなかった。ジョンによると、希望ホヤの抗癌作用は、カリブ海のホヤの数百倍と推測されるということだった。一部の研究者達から「利己的で倫理的ではなかった」と非難されたダンも、去年、胃癌で他界した。メアリーは自分の夫を救おうとして、マリコにホヤを探してくれるよう頼んだが、一週間ほど冬の冷たい海に潜り、諦めている。幻のホヤは、本当に幻になってしまい、この地球上から姿を消してしまったように思われる。

ダンが逝った翌週、「最愛の娘一人だけしか救えなかった男」という小さな見出しのついた蓋棺録《がいかんろく》が雑誌「ニューズウィーク」の片隅に掲載された。希望ホヤの絶滅と引き換えに最愛の娘を独力で救った経緯が皮肉っぽく紹介された後、「人間の生存に直接関係ないと思われる種の滅亡が、実は人類にとっての大きな不幸になっていた事例であった」と短く記されていた。

冬至草

「起こり得ないことが起こることで科学は進歩し、科学が進歩すると起こり得ないことが起こる」

二〇〇一年九月五日から十一日まで国立博物館で開かれた「自然科学の宝庫展」の広いエントランスホールにはロバート・ギャロの言葉が掲げられ、ある植物がこの言葉の象徴的な存在として展示された。厚い鉛壁の中、L型に屈曲した穴から二枚の鏡の反射を利用してしか見ることができない押し葉がそれで、「厳重な遮蔽管理下での特別展示」という断り書きの周りには異様な雰囲気が漂っていた。八月十五日付けの日本科学新聞に私が寄稿した「放射能を帯びた植物」というタイトルの記事に注目した主催者が、企画展の中で急遽《きゅうきょ》展示を決めたものだった。

十センチほどの押し葉は花から茎、葉までが全て白く、ごく小さな葉と釣鐘状の花を持ち、花びらの奥に慎《つつ》ましく仕舞い込まれたおしべとめしべだけが微かに色づいていた。茎からほぼ平行に出ている葉脈のない薄い葉は反対側が透けるほどで、葉というよりは羽根のようにも見える。ラテン語での学名の記載はなく、ボードには以下の説明とともに「冬至草」という和名だけがあった。

「北海道最寒の地、泊内村《とまりない》周辺に第二次世界大戦直後まで生息していた植物。ウランを含んだ土壌に生息したため放射能を帯びた。地元の農学校教師が論文報告した直後に絶滅し、旭川動植物博物館員が二〇〇一年五月に同市の郷土図書館で押し葉を発見するまでほとんど研究者達の興味を惹かず、存在が疑問視されていた植物である。夜間に発光したという記録もあるが、押し葉での発光はない。放射能を浴びながら生息していた植物として現在までに報告があるのは水爆実験場となったハイアイアイ群島に生息するオニハナアルキのみである。これは放射能が遺伝子を障害するためと考えられており、オニハナアルキでは自己防衛のための遺伝子修復酵素を備える。通常では生物の存在しない過酷な環境下での繁殖例として、他に、耐熱性の遺伝子複製酵素を持ち灼熱の火山地帯で生息する赤岨菌《せきそきん》などがあり、宇宙環境にも適合しうる一群の生物として研究者の注目を集めている」

この押し葉は、旭川動植物博物館の岩井和夫が郷土図書館の地下蔵書室で第二次世界大戦前後の植物学に関する学術雑誌を閲覧していた時、偶然「帝国博物学」という雑誌の中に見つけたものだった。

「形態分類学が専門の自分にも全く見慣れず、図鑑で確認しても載っていませんでした。ただ、挟まっていたページの論文に記されている新種植物と形態上の特徴が完全に一致したので、そこに書かれていた冬至草という植物だろうと推測できました。ロビーのコンピューターで『冬至草』をキーワードに図書検索をしても論文や著作の表示はなくて、発表されたものの忘れ去られた植物に思えたのですが」とその時を振り返る岩井が考えていたのは、あらためてこの花の存在を英文雑誌に報告して正式な学名をつけようという程度のものだったという。生きた花ではないものの、保存状態が良いことから形態学的な分類は可能という判断もあったのだろう。遺伝子解析ができないだろうかと、学会を通じて親しくなっていた私に電話での依頼があり、東京にある分子細胞学センターの研究室に発泡スチロールと乾燥剤で包まれた一本の押し葉が送られてきた。

「恐らく現存する世界にただ一つの貴重な標本なので、取り扱いに注意して分析用の草体切除も極力形態を崩さないよう、必要最小限に留めて下さい」

そう書かれた依頼状といっしょに押し葉が出てきた時、全体の透明感と光沢はセルロース製の人工花を思わせた。通常、分析には微量の遺伝子を酵素によって複製して増殖させるPCRという方法を用いる。試験管に根を処理した液と酵素を含んだ反応液を入れ、一定の温度変化を作り出す機械にセットすると反応が進む。原理的には分析したい遺伝子を鋳型にした合成反応の繰り返しだが、プライマーと呼ばれる短いDNA断片が必要で、一体何の遺伝子か分からないものの場合、既知の植物遺伝子が使われる。植物間での遺伝子の差というのはそれほど大きなものではなく、ほとんどで高い相同性を保っていて、花の形や色など見た目の違いを反映するのは膨大な遺伝子の中のごく一部の差異に過ぎない。

ところが、反応後の液をピペットで吸い上げて寒天ゲルの中に入れ、電気泳動して紫外線下に観察すると、染色液でオレンジ色に浮かび上がってくるはずのDNAバンドが見えなかった。温度をいじったり、プライマーの種類や長さを変えたりしながら三十回ほども試行錯誤を繰り返すうち、たった一度だけ合成反応が進んだ。自動DNA解析装置にかけて出てきた塩基配列をコンピューターに打ち込んで表示されたのはヒト（ホモ・サピエンス）と同一のものという検索結果だった。

自然界に置かれたサンプルの場合、採取や運搬の段階でどうしても付いてしまうヒトの手垢《てあか》や汗から遺伝子が増えてくることはしばしば経験される。同様のケースを疑い、根の表面に酸やアルカリなど様々な溶液をかけて洗い直して注意深く実験を繰り返したが、何度やっても結果は同じだった。

この時期、箱の中で遮光されているフィルムの一部が感光するというトラブルが研究室で起きていた。実験に使おうとしても、最初から真っ黒に感光していて使い物にならず、研究員の間から苦情が出た。誰かが誤ってフィルム袋に光を入れたことを疑い、実験操作に不慣れな新人を一人一人呼びつけ、いつどんな実験をしたか調べてみたが、全員が否定したまま相変わらず感光は続き、しだいに、この感光の不自然な点が明らかになってきた。多くはフィルムの真中から黒くなっていて、これは袋を密封し忘れたまま明りをつけたりする際などに端から光が入るのとは明らかに異なっていた。そこで保管していた箱全てから任意抽出したフィルムを現像して調べさせてみると、絶対光にふれるはずのない未開封のものまで黒くなっていることが分かり、外部放射線源が原因の異常事態だった。

研究員総出でガイガーカウンターを用いての徹底的な探索になり、実験器具や試薬はもちろんのこと、個人の机や小銭といった持ち物まで調べたが、いずれにも反応しなかった。ところが、二日がかりの捜索の後、ガイガーカウンターに激しく反応したのは金庫の中にあった冬至草で、若い研究者達に疑いの目を向けていた私は大いに慌てることになる。保管していた押し葉を、根の採取のたびフィルム箱に接した棚に置いていたのが原因だった。

一体どこで汚染したかが問題になり、私自身、実験中に放射性物質を使用していなかったので、岩井に問い合わせの電話を入れた。

「博物館では放射性物質の保管がないので」

「こちらでも実験には使っていませんし」

「他の研究室で使っていたものが付着したということはないですか？」

「センター全体でも微弱な放射性物質以外は使用していません」

こうした押し問答を繰り返した後、結局、冬至草は岩井が見つける以前から既に汚染されていたと結論せざるを得なかった。長期間にわたって人の手が触れることはなかったと考えられるので、半減期の長い放射性元素による汚染が疑われたが、分子細胞学センターではそれがどのような種類のものかまでの同定はできないため、詳細な分析を放射線研究所に依頼した。

一週間後、担当の鳴海研究員から「放射性元素としてはウランおよびその崩壊生成物による汚染が考えられます」という信じられないような速報コメントが届いた。生物実験で使う元素ではなく、ありえないことだった。ただ、汚染自体は自分と関係ないとしても、預かった時にそれを確認しなかった責任が私にあることは明らかで、報告に行ったセンター長から原因について詳細なレポートの提出を求められた。簡単に洗い流せないほど深くヒトの遺伝子が混入していて、さらに、ウランが染み込んでいるという二重の汚染をどう解釈すれば良いのか？

「論文中に記されている生育地域は泊内周辺という漠然とした広い範囲で、今現在冬至草の植生はないため調べようがありません」

調査を依頼した岩井にあっさり白旗を掲げられ、結局自分で現地に出向くしかなかった。

田畑に囲まれた小高い丘を台地状に切り取ってできた旭川空港に着いた私は岩井の出迎えを受けた。二人で遅い朝食を摂《と》った後、広い田園地帯にまぶしい光が注ぐ中、岩井の車で旭川市内に向かった。冬至草の白い草体が話題になったが、岩井の考えでは、葉緑素を持たないために葉が退行してしまって、必要な養分は全て根から吸収していたのではないかということだった。

郷土図書館は人工池の辺《ほとり》にある三階建ての灰色の建物で、地下のフロアー全てが古書の書庫になっている。電動式の本棚を動かしていくと、戦前から戦中にかけての書籍が詰め込まれている間に冬至草の挟まっていた雑誌があった。古さのわりに作りはしっかりしていて、押し葉があったところはそこだけわずかに広がっていた。雑誌に当てたガイガーカウンターのメーターはすぐに振れ、押し葉から放射性物質が紙に移っていたことが明らかになった。裏表紙の貸し出し票には記載がなく、搬入経路の記録は残っていない。放射能汚染としては草体と比較してはるかに弱いものの、資格施設の管理下に置かなくてはならない法的規制がある。一階のカウンターで電話を借りて最寄りの旭川理科大学に保管依頼した後、論文の著者である石川洋三の所属先として記されていた月山町の農学校に電話を入れてみた。

「何か資料があるかもしれません」

取り次いでもらった校長から返ってきたのは前向きな言葉だった。

雑誌を大学に届けるついでに遠回りして車で送ってもらった月山町は札幌と旭川を結ぶ幹線道路に沿う細長い町で、真中に石狩川が流れていた。まず「永世平和都市」の垂れ幕がかかった駅前の町役場で戸籍を調べたが、石川洋三という名前は見つからなかった。川べりを歩いていくと、林の中に真新しい農学校があり、脇のビニールハウスに作業服の学生達が出入りしていた。家畜の臭いのする長い廊下を通って案内された絨毯敷きの校長室で「こんなものしか見つかりませんでした」と言って白髪の校長が示した創立八十周年記念誌の歴代教員名簿の中、既に故人となっていた石川洋三の名前があった。そこに記された元教員達に電話するうち、石川のことを調べていた月山在住の郷土史家で秋庭という人物の名前が浮かび上がってきた。

電話帳に一軒しかない秋庭姓の家を直接訪ねてみると中年の男性が応対に出た。冬至草のことを研究していたのは胃癌で亡くなった彼の父親の秋庭吾一で、北大農学部教授を辞して郷土の月山に戻った後、悠々自適の生活を送っていたということだった。手術を受けてから亡くなるまで、癌に効くと言い伝えのあった冬至草を見つけようと熱心に調べ回ったらしい。書斎を見せてもらうと、書籍で埋め尽くされた大きな本棚には、在職時代に書かれた『植物学』や『北海道の草花』などの専門書にまじって、『冬至草伝』という自費出版本があった。研究資料を入れていた納戸《なんど》にも冬至草関連と書かれた木箱があり、中の書簡は全て石川洋三と半井幸吉《なからいこうきち》の間で交わされたものだった。半井幸吉は、石川の論文中、謝辞に書かれていた名前だが、『冬至草伝』のはじめ書きを読むと冬至草研究に関しては石川よりも、半井の方がはるかに関与の度合いが大きいとされ、次のように記されていた。

「冬至草は月山出身で在野の研究者、半井幸吉によって発見・命名されたものであり、論文の著者である石川洋三自身は冬至草を見たことがなかった。（中略）非常に奇妙な生殖を示した冬至草に関して、それが絶滅した現在、自費出版という形での発表しかなし得ないのは残念なことだ」

私は『冬至草伝』と書簡を借り受け、月山の古い旅館に宿を取った。窓際の籐椅子に腰かけ、乾いた日差しの下で、多くの人々への取材をもとに事実が淡々と記載された『冬至草伝』を読んだ。そして、圧倒的に半井から石川に出された方が多い書簡が、本の記述のどこに相当するのかを丹念に見ていった。

昭和初期の半井の出生に関する章から始まる『冬至草伝』では、彼がどこで生まれたのか定かではないとされている。

「神居古潭《かむいこたん》の渓谷で餓死寸前の状態で駐在に保護された時には一言の言葉も発せず、骨が浮き上がるほど痩せこけて到底助からないと思われた」

こうした孤児院の院長の記憶とは別に、本人は夢中になって青い蝶を追っているうち森の奥に迷い込んだと言っていたので、親に捨てられたのか迷子になったのか、自分でも明らかではなかったのだろう。結局、名乗り出る親はなく、保護施設での一時預かりという手順を経ず、いきなり月山町の孤児院に入れられた。

この孤児院のあった場所は秋庭の家から僅か百メートルほどしか隔たっていない。今は広い公園になっていて、子供のいなくなった町で使われることのないブランコが風に揺られていた。最も多い時には三十人ほどの孤児達が収容されたという。白塗りの建物の脇には子供達の墓が並び、冬になると風邪をこじらせて死んでしまう子供が絶えない劣悪な環境だった。

半井の顔には大きな痣《あざ》があり、首から胸にかけて火傷の痕と思われる醜いケロイドが昨日できたかのように赤く浮き出ていた。元気になっても膝から下が完全に麻痺した右足を引きずってしか歩くことができなかった。だぼだぼのズボンは片方だけが擦り切れ、靴もすぐに端が片減りして穴があき、しまいに悪い方の足だけ草履《ぞうり》という妙な格好で徘徊した。いつも手摑みでしかものを食べず、健常児と同じことをしようとしては除《の》け者にされ、障害児の学級では自分より障害の酷い子を馬鹿にして処遇に困ったという。ところが、上級生と接触して転び、もともと曲がっていた方の足が粉々に砕かれると、二ヶ月以上寝たきりの後、教師が作った杖をついてしか歩けなくなった。持ち手などない枝を払っただけの杖で無理に速く歩こうとするため手はいつも血だらけで、人と話をするということ自体少なくなった。自分が蔑《さげす》んでいた障害児達から逆に憐れみの目を向けられた半井に許された遊びは、砂場の空《あ》く雨の日の一人遊びとレンガで囲まれた庭の草花をぼんやりと眺めることだけだった。

知恵遅れではないかと疑われたものの、学童年齢になると、頭抜けた優秀さを示して教師達を驚かせる。まわりの子供達が剣玉や独楽《こま》遊びに熱中していた間、朝から晩まで、爪を噛んで壁にもたれかかりながら、ささくれだったみかん箱にしがみついて本を読む姿は、多くの子供達を見てきている院長にとっても奇異だった。もっとも正確な年齢は分からず、小学校に上がった歳が他の子供達よりかなり遅かったらしい。

院長の計らいで特別に進んだ高等小学校でも、半井の優秀さは際立った。生き物、特に植物に異常な興味を示し、書庫の片隅に埋もれていた分厚い植物図鑑を、習ってもいないアルファベットで書かれたラテン語の学名も含めてたった一ヶ月で隅から隅まで暗記して、周囲を呆れさせた。暇さえあれば近くにあった農学校の植物園に通い詰め、年上の学生相手に草花を識別してみせるうち特に半井の優秀さを認めたのが若い理科教師の石川洋三で、院長に半井の中学校進学を進言するほどだった。この時から半井と石川の親密な関係は始まり、半井は石川を唯一の師と思い定めたと思われる。しかし、さすがに前例のない上級学校への進学は認められず、富裕層の少ない北の地では孤児を支援する篤志家《とくしか》が現れることもなかった。

院長があまり歩かなくても良い職ということで見つけてきたのは、靴屋の住み込み奉公だった。半井は仕事の手順を教え込もうとする主人に、自分にはこんな職業はふさわしくないという生意気な態度を見せつけ、いい加減な仕事ぶりを叱責されると、農学校へ日参して、傍目《はため》も気にせず石川に窮状を訴えるようになった。そんなある日、たまたま、遠く離れた比良付《ひらふ》にある中学から用務員の就職口が来たのを見逃さなかった半井は、その話に飛びついた。

比良付は月山から半井が冬至草を発見した泊内へ向かう山麓の高原地帯にある。大雪線を黒金《くろがね》で途中下車して、そこから由比《ゆい》までバスに乗り、あとは二キロほど林の山道を歩くしかない。見通しの良いゆるやかな傾斜を行くと、静謐《せいひつ》な空気が隅々に行き渡って周囲の山々までの距離を縮めている。秋庭が取材に訪れた時には半井を知る人々がいた村も、近くの炭坑が潰れてから間もなく廃村になった。山道沿い僅か二十戸ほどの廃屋とその外れに冬にしか使われないスキー小屋があり、納屋とおぼしき建物の軒下には「美人綿」と書かれたブリキの板が揺れていた。

オルガンの音が聞こえてきそうな中学校も冬の積雪で屋根が崩れたまま、建物全体が立ち枯れている。廊下は至るところ抜け落ち、剝がれかけた黒板の脇に錆びたストーブと石炭を入れる鉄箱が転がって、教室脇の引き戸の小部屋が半井のいた用務員室だったのか、小さな窓からは遠くの連山がよく見えた。

私は半井がこの地で見つけて雑誌に報告したという蝦夷黒百合《えぞくろゆり》を探して高原を歩き回った。ベニスズランの絨毯の中を行くと、ところどころ同じユリ科のジャノアマナが咲いていた。しかし、蜻蛉《とんぼ》が群れ飛び山の斜面が赤く染まっても、蝦夷黒百合は姿を現さなかった。

「厚く積もった雪下ろしのために梯子で屋根へ上るのはほとんど一日がかりの大仕事で作業中必ず一度は転げ落ちております」

石川への手紙からは、生活の困難さが窺える。石川に訴えた校舎の修繕に追い回される生活はそれまでよりはるかに辛いものだったのだろう。それでも、廊下で立ち聞きする授業と自由に読める書庫の本を心の支えに仕事する様子を、「授業の間違いを見つけて学生達に教えると教師から叱られます」などと自慢げな言葉で書いた。

雪が解け、植物が一斉に芽吹く春、半井は解き放たれたように、杖をつきながら、周囲の草原を歩いた。大雪山系に属して緯度が高い分、植生も月山とはずいぶん違ったようで、遅れてやってくる八重桜はその分色が濃く、草も鮮やかな色の花をつけたという。紫の舌状花が開く大雪千鳥《だいせっちどり》がこの地では花びらに僅かな切れこみを持つという報告は石川にいたく褒《ほ》められ、一層熱心に出歩くようになる。

「本来、北限を超えて生育していないはずの蝦夷黒百合を見つけました。月山のよりも若干小ぶりですが、白い花びらに黒い斑点の外見は蝦夷黒百合に間違いありません」

そう書かれた手紙と押し葉を受け取った石川は便箋《びんせん》の文章に少し手を入れて短報の形に仕上げ、「植物学」という商業雑誌に半井との連名で投稿した。掲載になった雑誌が送られてくると、二十行にも満たない短報とはいえ、半井は自分の名前が学術雑誌に印刷されたことに歓喜する。ところがその直後、植物採取はできるのに足が悪いからと仕事をなおざりにしたのが問題になり、一切の遠出を禁じられてしまう。それが真実かどうか別として、半井は「自分の業績を妬《ねた》んだ若い教師の嫌がらせです」と書いた。

こうした中、半井の活動に理解を示して、なにくれとなく世話を焼いてくれる美しい年上の女教師がいた。半井はその女性をこんな風に表現している。

「学生達に、聖徳太子の『和をもって貴しとなし』の『和』は西欧の『平和』とは違うと教えるちょっと変わった女性で、『蟹工船』を真っ赤な服のポケットに入れて読みふける女性解放の活動家でもあります。階段をのぼる自分にいつも肩を貸してくれ、放課後の教室で静物画の手ほどきを受けております」

ある晩、彼女は半井を隣村の集会に誘った。半井は賑やかな場に出るのを嫌ったが、彼女の熱心なすすめで渋々出かけていくと、酒屋に十人ほどが集う勉強会だった。

「梯子を登った屋根裏には、炭坑夫や赤ん坊を背負った女など雑多な人間がいましたけれども、どう見ても高級そうな人間は彼女一人で、生い立ちを話すよう求められて何を話せば良いのか窮しました」

半井は、回りの人間が社会運動ということに関して話すのに倣《なら》って、自分が社会に対して抱いてきた憎悪を口にした。彼女の喜ぶ姿に満足を感じた半井は、次の集会では彼女に指示されるまま、植物採取の遠出を禁じた校長に対する不満をぶちまけて、人々の同情をかった。

半井が業務怠慢を理由に、校長からやめるか転勤するかの選択を求められたのは、それから間もなくのことだった。言い渡された行く先は北海道の中で最も寒さの厳しい泊内で、半井に選択の余地はなかった。

「数学の教師と親しげに話す彼女に解雇になったことを告げると、それはお気の毒ですねというよそよそしい言葉が返ってきただけでした」

比良付から石川へ送った最後の手紙の中で、半井は女に騙されたこととの怨みを切々と訴えた。そして、自らの愚かさから折角紹介してもらった勤め先をこのような形で追われることになってしまったと詫び、「自分にはなすべき仕事があります」と書いた。

　半井が移った泊内までは旭川から深雨本線《しんう》を使って急行で新川《しんかわ》まで行き、明和線という一両編成のローカル線に乗り換えて二時間ほどかかる。沿線には原生林が多く、花畑に囲まれた渓谷の山間部を抜けると、後はひたすら白樺の森の中を通る。やがて湖底に沈んだ枯れ木が水面から顔を出しているダム目的の人造湖が現れ、長い鉄橋を渡り切ったところでホームだけの無人駅にすべり込む。私がホームに降り立った時、霧雨が落ちてきて服を濡らした。

　少し歩いたところにレンガ造りの小さな村役場が建っている。庶務課の窓口にいたのは、冬至草の名も知らない若い職員で、半井が移った学校のことを調べてもらうと、北海道にしては珍しく屋根瓦が使われたという建物はもう既になく、半井に住居として与えられた古寺も取り壊されていた。

　元あった場所ということで教えてもらったのは、寒暖の差の大きいのを利用して栽培されている広大な蕎麦《そば》畑だった。雨は止み、雲の切れ間から一面の白い蕎麦の花におろされた光をぬって、ガイガーカウンター片手に一時間ほどあてもなく冬至草の痕跡を探索した。ピッピッという間延びした検出音は湿った空気の中に融けて広がったまま戻ってこなかった。

泊内の冬はマイナス三十度にも達し、家の中のもの全てが凍るという。凍らないのはアルコール度の高い酒くらいなもので、冷蔵庫の中の方が外気より温かい奇妙な逆転現象が起こる。今でも南極越冬隊やエベレスト登山隊が予行演習に来るほどの寒さは、身体に障害を抱える半井にとって予想をはるかに超えた過酷な環境だったに違いない。しかも、半井が着任した年の冬、泊内はマイナス四十二度という日本の最低気温を記録した。

「なんという恐ろしいところに来てしまったのでしょうか。雪かきに外に出ると髪から伝う汗が小さな氷柱になります。寒さを通り越して痛みを感じ、地面に落ちた小便すら瞬時に凍ります」

「粗末な用務員小屋は雪に押し潰されそうで、一つしかない窓から雪原の向こうに見えるのは、白い炎のようにそそり立つ木々ばかりです」

「いくら薪を焚いても暖かくならない小さなストーブに寄り添って暮らすしかなく、焦げくさい臭いに気がつくと麻痺して感覚のない足に大火傷をしていて水脹《みずぶく》れが黒く引き攣《つ》れました」

「どうしたら良いのでしょうか。こんなところには貧しい植生しか存在しないはずです」

石川への手紙は嘆息にも似た文章の連続だった。

春が来ると半井は、比良付の時と同様、仕事の後ほとんど毎日森の中を歩き回り、自分を認めさせるためには新種の植物を見つけるしかないという頑《かたく》なまでの思いを抱いた。しかし、この地特有の寒さが樹肌を白くしているという以外、赴任から二年が経っても、石川に書き送る発見は何もないままだった。

鉛筆による素描、色をつけた水彩など、いずれも上手くないが正確さを重視したものと後に秋庭が評価したスケッチ帳には、花の色や形に様々な変異の存在する北海スズランが好んで描かれた。木陰に咲く北海スズランは、大きな葉と椀状の小さな花を持ち、花びらの割れ方や筋模様に指紋のような違いがある。一地域の植生としては世界でも例を見ない三百にも及ぶ花の変異形態は、その意味がよく分かっていなかったのか、石川にも報告されないままだった。秋庭によると、所詮「宝探し」をしていたに過ぎない半井の学問的弱さはこうしたところに見られるという。

悪い足の踵《かかと》が擦り切れ、杖をつく手に血豆ができるまで散策を続けても、めぼしい成果はなかった。半井自身、自分が無意味な努力をしているのではないかという思いを抱き始めた三年目の夏、幸運は突然やってきた。半井は石川にこの時の詳細な様子を知らせている。

「巨木が繁っている馬の背まで出かけた帰り、雨に降られ道に迷って赤土の崖から滑り落ちてそのまま動けなくなった目の前に、丈が三寸ほどの、小さな百合に似た草がありました」

湿った土を這うようにして近づいた半井を激しく惹き付けたのは、見慣れない白い色合いと雨に濡れて透き通った小さな葉で、残念ながら花はなかったが、図鑑の中でも目にしたことのない姿だった。

「茎から生えた羽根のような小さな葉は今にも動き出しそうなほど瑞々しく、透明感の強いものでした。葉のつやは岩場に生えて冬でも枯れない岩鏡に似ていますけれども、透明感は全く別物です」

半井は何時間もそこに佇《たたず》んで見つめた。一度その場所を離れると次に訪れる時どこだったのか分からなくならないか心配になり、周囲の草花を全て引き抜き、ついには細い木々まで折って、あたりを丸裸にした。

半井は翌日からその場所に通い詰め、スケッチ帳にたくさんの素描を残した。四方からの全体像と葉、茎の部分ごとの拡大図、それらの微に入り細にわたりの記載で、自然の生育環境下における貴重な記録となり、茎の刺《とげ》については虫眼鏡を用いての観察の後、螺旋形に配列しているのを発見する。

自然の状態での観察を終え、持ちかえって素焼きの鉢植えでの栽培を試みようとした半井は、根を掘り起こすうちその特異な形態に驚いた。

「小さな草なのに、華奢《きゃしゃ》な根が絡み合って延々と続き、掘っても掘っても先細りにならないまま一メートルも掘ったところで諦めるしかありませんでした」

　奇態はそう表現され、結局、鉢植えに入るくらいのところで断ち切ってくるしかなく、その分地中からの養分の吸い上げが悪くなったのか、持ち帰ってからわずか五日で、枯れてしまった。押し葉にするタイミングを逸したことは半井を落胆させたものの、新種を発見したという事実は事実として残った。はっきりとした理由は分からないが、半井はこの新種を冬至草と命名している。

　半井は新たな個体を得ようとして、勤務時間に抜け出してまで歩き回った。新種の植物というのは、それが一度見つかった後、ここにもあそこにもという例が少なくない。本来新種というからには今まで存在していなかったはずなのだが、身近に存在しても見逃しているのだろう。冬至草の場合も同様だったらしく、泥だらけになりながら杖が岩にはじかれて今まで入っていけなかった山奥に踏み込んでみると、後に人造湖の湖畔になる渓谷を中心に、一本ずつ隠れるようにして生えていた。

「丈の高い草に紛れて採取には苦労します。摘んできたものを近くの老人達に見せると、すり潰して塗るとできものに効くと教えてくれました。もともと珍しかったのが、二三十年前に一時繁栄したことがあって、この頃には綿毛のついた種が吹雪さながらに群れて飛び、ほぼ一年中、花をつけたと言います。ところが、繁殖は一時的で、数が減ってくると同時に、葉が小さくなって全体に透明感を増してきたらしく、同じ種として良いのかに疑問はあるのですが、生殖が数十年の単位で変化しているとも考えられます。昔は森に繁殖していたのが、今はもっぱら渓谷に分布しているので、生殖の変化とともに必要な生育環境に変化が起こったのかもしれません。気温の低さと交通事情の悪さからか、大学の先生があまり調査に来ていなかったのが幸いでした」

さらに半井は美的な変化と数の減少に関する考察を試みている。

「自然は目的に向かって存在しているわけではなくどんぶり勘定的に試行錯誤しているため簡単に絶滅現象が起こってしまうという説は、美しさはあくまで偶然の副産物であってそれ自体が目的とはなり得ないとする考えで、これにはかなり共感できる部分がありまず」

この「どんぶり勘定的に試行錯誤している」という一節は、半井が暗記しようとして文章を書き写すほど傾倒した米国の医学者ノグチヒデヨの著書『試行錯誤的進化論』の中に根拠があった。赤ん坊の頃いろりに手を突っ込んで指がくっついてしまうほど酷い火傷を負いながらも小学校出の学歴で渡米して名を上げたノグチは、半井が生涯尊敬した人間だった。自分もいつかは外国へ渡ってみたいと常々口にしていたようだが、半井が冬至草研究に没頭した時期はちょうど、「複雑怪奇」という言葉を残して内閣が総辞職し、「神国」が「鬼畜米英」と海を挟んだ戦争を始めた時期に一致してしまっていた。

人々が日本のめざましい戦果を話題にしていた頃、身体的障害で徴兵される心配のない半井の関心は冬至草のみに向かい、学生達はそんな半井を変人扱いした。教師達にしても、新しい冬至草を見つけたと言って喜ぶ半井には全く取り合わなかったようだ。北海道はほとんどが農業地帯で、本州の都市部などに比べて食料事情も良く、戦時色は薄かった。そんな中だから、半井の行為も許されたのだろう。確かに、非国民よりは変わり者や愚か者であった方が良い時代だったのかもしれない。

「山におります」という宮沢賢治張りの書き置きを残して山歩きしていた半井が不思議な発見をしたのは、山の台地状になった場所にある強制連行労働者達の共同墓地でのことだった。泊内から新川までの明和線敷設工事、平川炭坑の増産、そして人工湖である泊内ダムの建設に、多くの連行されてきた朝鮮人や中国人が使われ、劣悪な条件下の栄養失調に加えて寒さのために広がった結核で死者が相次いだ。埋葬をする穴の周辺には死臭が漂い、人魂が出るという噂も囁かれた。決して近寄るべきではない忌むべき場所とされ、土が至る所で掘り返されて落とし穴のようだったので、半井も自然と遠ざかっていた。しかし、分布図を完成させるためにどうしても調査せざるをえなくなり、仕方なく踏み込んでみると、墓地のまわりあちこちに冬至草が生えていて、半井の驚きは相当なものだったらしい。

「他所では二本として並んでいなかった冬至草が十本以上まとまっている場所もあり、何本かには白い花まで咲いていました。花はガラス製の風鈴を思わせるほど透き通って、風に揺れると音が聞こえそうです」

　夢中になって周辺の冬至草分布をスケッチ帳に書き込むうち、半井はその分布と咲き方に一つの法則を見出した。冬至草は墓地から離れた場所ではまばらに生え、墓地に近づくにつれて密生し、それとともに白さの純度も増していた。花を持つ草はほとんど穴の近くに限られ、半井にはまるで死体を養分にしているのではないかと思えるほどだった。

「死体＝養分」という大胆かつ気味の悪い仮説だが、冬至草が地中に長々と根を張り巡らすのは貪欲に養分を吸い上げるためで最も良質な養分としての死体を求めるのではないかとする考えが手紙の中でもっともらしく示された。試しに花をつけている冬至草の根をいくつか掘り返してみると、そのうち一本の下から白骨化しかかった遺体が出てきて、細い根がそれに絡んで包み込むように這っていた。

「それはまるで繭《まゆ》のようでした」と表現した半井は一層自分の考えに自信を深めることに

なった。結局、掘り返した八本の冬至草のうち下に遺体があったのは四本で、そのうち三本が花を咲かせていた。死体から体液を直接吸い上げる栄養の良いものだけが花をつけるのではないかと考えた半井は、学校のネズミ捕りにかかったネズミの死体を花のない冬至草の根元に埋葬する実験を試みている。しかし、毎日のように捕まえてきては首を切り落として浅いところに埋めたが、いつまでたっても花は咲かなかった。

学校で使っていた農業用の肥料をまいても駄目で、半井がついに思い至ったのは、麻痺して痛みを感じない足の先を小刀でつついて血を絞り出し、根元に垂らして栄養を与える猟奇的なやり方だった。死体から染み出る体液は血液と似た成分のはずで、直接根元に垂らした方が効率的だという目論見《もくろみ》もあったのだろう。一週間ほど毎朝毎晩血を垂らし続けたある朝、半井はついに小さな固いつぼみを見つけた。

「この草は血という動物性蛋白を栄養にしているはずです」

翌朝、つぼみが開き真っ白な小さい花が咲くに至って、半井は石川に喜び勇んで成果を書き送った。

人間の血を栄養とする植物の報告はないが、半井の指摘するように、ウツボ蔓《かずら》やムシトリスミレが消化する虫体も血と同じ動物性蛋白に違いはない。土壌養分の不足を補う食虫の習性も、吸収という面からは血が虫体に勝るのかもしれない。

「以前多く繁殖した時には、栄養源としてそれに見合うほど死体があったわけではないので、養分としての死体の増加とともに、栄養要求性の変化が起こったのではないでしょうか。あるいは血液要求性の高い個体がそうでない個体を淘汰していった可能性もあります」

半井のこうした考えがどこまで妥当なものかは分からないが、この後、以前失敗した鉢植えでの栽培についても、少し多めに血を垂らすというやり方で成功している。

半井の奇行は小さな村中に知れ渡り、半井は校長の桑野に呼び出され、おかしな行為をやめるよう注意を受けた。結果さえ出れば何とでもなると無視したようだが、度重なるとさすがに解雇されることを恐れて、冬至草をすり潰した抽出液が、「血の一滴」に相当すると言われた石油のかわりになるというフィクションを考え出した。当時盛んにコールタールが石油の代用にならないか研究されていたことからの発想だったのだろう。

「大事に至るための些細な方便です」

半井は悪びれた所もなく石川に報告し、「方便」を信用させるには事実を見せるのが一番と、冬至草に花火から取った火薬をまぶして燃やすことまで相談した。

「混ぜる火薬の量を決めるため実際にやってみると、乾燥させていない冬至草はそれ単体でも恐ろしくよく燃えました」

嘘から出た真だったのか、半井自身も驚いたようだ。もっとも、その後の実験では、すり潰して濾過《ろか》した液体は簡単に燃えないとあり、これは栽培の難しさなど無視して採取されればすぐになくなってしまうと心配していた半井にとって、むしろ好都合だったかもしれない。


学校の講堂で盛大に行われた公開実験の様子は秋庭が村人達に取材して書いていて、私自身も役場から紹介された老人達に当時の話を聞くことができた。ある老人は百人ほどと言い、またある老人は三百人以上と回想したが、いずれにせよ、そう大きくない講堂にかなりの人々が集まったようだ。時間に遅れてやってきた助役が最前列の席につくのを待って、半井は得意げに冬至草の植生についての説明をしている。しかし、理屈はいいからはやく見せろという助役の言葉を受けた桑野に促され、白い布を被せた教卓で実験が始まった。

平皿の上の冬至草にマッチを擦って近づけた炎はすぐ葉の先に移動し、一瞬にして虫食い状に燃え縮んだ。炎が赤い玉になってゆっくりと茎を進む奇異な光景に、最初の歓声が上がっている。やがてその赤い玉が根でいくつにも枝分かれし、パチパチと音を立てながらあたりに細かい火花を撒き散らすと、今度はもっと大きな歓声が湧き起こった。真っ赤になった根を前に、歓声は半井に対する賞賛に変わった。私が話を聞いた老人の一人はそれをまるで線香花火だったと述懐した。実際、若干の火薬が混ざっていた疑いもあるが、いずれにせよ桑野はこの辺境の地から戦争の役に立つ発明が生まれるかもしれないことに感動したようだ。半井が何度も繰り返した「お国のための新兵器」という文句も効果的だったのかもしれない。

桑野は草から燃料ができるまで、半井のためにできる限りの便宜を図ることを皆の前で約束した。半井は研究成果を上げることを条件に全ての雑務を免除され、古寺だった一戸建ての教員用住宅に住まわされた上、張本道久という名の実験助手まで与えられた。

「人間の血という腐り易いものを吸って花を咲かせたせいでしょうか、押し葉は三四日もすると、乾燥する前に腐って臭気を漂わせます。早く乾燥させようとして熱をかけると、今度はいきなり燃え出して手に負えません。液漬け標本も、融けるように形が崩れてしまいます」

半井は押し葉標本を作ることに熱心だったが、単純な操作であるにもかかわらず試みの全てが失敗して石川に教えを求めた。妙案が得られないまま、これまで描いたスケッチの束を携《たずさ》えて月山の石川のもとを訪れると、その強い勧めもあって、とりあえず論文投稿する方向で話が進んでいった。新種報告なので和文雑誌なら、「帝国博物学」でなくては駄目だという指示に従って書かれた論文は、完成まで十二回の直接訪問と、三十二通にも及ぶ書簡のやりとりを要した労作になった。

しかし、「人血を栄養とする新種植物」と題された論文は投稿から僅か三週間で送り返されてきて、却下の理由を問う手紙を出してもそれに対する返信はなかった。著者の学閥によって雑誌掲載が決まった当時の学会で、素人研究者の怪しげな報告など認められるはずもなかったのだろう。このまま新種の植物報告が埋もれてしまうのは惜しいという石川の主張を半井が呑んだ。著者を石川に変え、題名も「北海道寒冷地の特異な植生」と改められた論文はそのままの内容で簡単に掲載を許可される。一度拒否された半井の名前を第二著者としても記すことは許されず、謝辞に名前が載っただけの半井は、後になってから、「この国に科学などという高級なものはありません」と書いた手紙を送った。最初に送った時、自分だけの単独著者としたことを棚に上げて、第二著者にしなかったことに不満の言葉を並べ、この後疎遠になった二人の仲は半井が死ぬまで途絶えたようだ。大学では学生の書いた論文の筆頭著者を教授とするのが当たり前の時代で、石川にしてみれば、何度もの書き直しを経ている間にほとんどが自分の文章になったという思いもあったのだろう。

ともかくも、こうして世に出たものは形態記載を中心とした和文論文であり、時代の流れの中、結果的に冬至草に関する報告はこの一本だけに終わった。ところが、業績として評価されると思っていた論文は、逆に、可燃成分の抽出を「極秘研究」と考えていた桑野の怒りをかってしまい、栽培も含めた実験の全てを住宅内で行うようきつく言い渡される。

そこで何が行われたか誰も分からないまま、戦後間もなく半井は急死した。

「遅れて墓参にやってきた石川は半井の墓に咲いていた白い花を持ち帰って押し葉にした」

『冬至草伝』の最後の文章からは、これが唯一成功した押し葉になって、石川の死後、図書館に寄贈された他の蔵書の中に紛れたと考えられるが、スケッチしか見たことのなかった石川がそれを冬至草と認識していたかどうか、その後の行動を見ると、分かっていなかったのではないか。最後まで冬至草を見つけようと山歩きしたという秋庭は、胃癌転移で他界した。

半井の墓は湖を望む高台にあり、文字の消えかかった卒塔婆《そとば》の下には厚く隈笹《くまざさ》が繁っていた。その近くには数年前に村が建てた共同墓地跡の碑とベンチがあって、そこから眺める湖面は山影を映して波立っている。押し葉が墓に咲いていたのなら卒塔婆の近くの放射能が高いはずだが、丹念にその付近を散策しても反応はなかった。長い時間、笹を渡る風の音にガイガーカウンターの機械音だけが響いた。半井の墓に線香をあげ、卒塔婆にペットボトルの水を注ぐと「釈智道　半井幸吉」の文字がうっすらと浮かび上がった。

宿舎の中での実験がどんなものだったのか知るため、村役場で張本道久という実験助手の名前を住民基本台帳の中に探したが見つからず、倉庫にあった戦前からの戸籍記録にも存在しなかった。燃焼実験の様子を教えてくれた老人達に尋ねても、張本道久を記憶している人間は皆無だった。

東京の研究室に戻った私は、供血の事実を元に、中断していた作業を再開した。何度実験をしてもヒトの遺伝子が増幅されてしまったのは根に染み込んだ血が原因のはずだった。以前のように植物同士の遺伝的な相似性を前提とした実験操作を諦め、根の細胞から無作為に遺伝子を拾い上げることにした。単純作業で決して面白いものではなかったが、他の仕事全てをキャンセルしてこの不思議極まりない冬至草分析に打ち込んだ。ほとんど研究室のソファーベッドに泊まり込みで自動DNA解析装置を動かし続けていくうち、ようやくヒトとは異なる遺伝子がいくつか得られてきた。

塩基の組み合わせで並んでいる遺伝子情報をコンピューター検索にかけると、他の植物との遺伝的類似性を論じるレベルにはないほど変異が進んでいて、放射能による細かい遺伝子の傷が他の植物との遺伝的な類似性を低くしたことが疑われた。他の植物の遺伝子配列から作ったプライマーが冬至草遺伝子とうまく結合しなかったのも当然で、PCR反応など進むはずはなかった。急速な個体数の減少もこの変異が原因で起こったと考えられ、実際、生存に必須の部分はかろうじて保存されているものの、もっと遺伝子の損傷が進めばとても生命を維持できなかった。

自然科学に携わる人間は私も含めて、実験で分かった事実に相応の意味付けをして、何かしらの秩序を見つけ出そうと努力する。偶然の積み重なりで進化が起こるとしても、結論から逆算した予定調和が既に仮定されている。それは神の視線とも言えるものだが、どう考えても放射能を貯め込んで積極的に死を迎える生物の必然が分からなかった。あるいは必然性など存在しなかったのかもしれない。

あまり根を詰めてばかりいても良いアイデアが涌かないと言われ、仲間の研究員に連れ出されて酒を飲んだ帰り私は、気付くとスクランブル交差点を渡る人波の中にいた。帽子の集金箱を前にストリートミュージシャンがギターをかき鳴らすのに足を止めて、泊内で見た卒塔婆のことを考えた。この瞬間も卒塔婆は隈笹の擦れ合う音の中に存在するはずで、その暗闇のどこかに方向性のないエネルギーを抱えたまま冬至草がひっそりと生き延びている気がした。半井というぎらぎらした人間はあのエネルギーに惹かれたに違いない。

遺伝子以外の生化学に馴染みが薄いので、隣の研究室にいる年下の有機化学専門の研究員に教わりながら、慣れないガラスの実験器具を使って可燃成分の抽出を試みた。

「動物性蛋白の中に含まれる窒素は同時に火薬を作り上げる成分でもあり、草体の中で何らかの化学的変化が起これば、こういう現象が起こっても不思議ではないのかもしれません」

冬至草の可燃性に、半井はそんな怪しげな理屈をつけたが、化合物としての動物性蛋白と火薬はその組成が全く異なっていて、「何らかの」という形容詞を使わざるを得なかった半井の頭には、元素という聞きかじりの知識はあっても化合物という概念そのものがなかったように思える。

実際に根の分析作業が進んでいくと、ビーカーの底に張りついた残滓《ざんし》から硝酸化合物が検出されて、ほとんど根拠に乏しい半井の考えは、たまたま一部が証明された形になった。しかし同時に、ごく微量のＤＭＥ（シス・デヒドロ・マトリカリア・エステル）という可燃性とは関係ない物質も検出されてきた。ＤＭＥは激しい繁殖力を持つ外来植物の地中茎などに含まれる物質で、わずか十ｐｐｍ程度の微量でも毒性を示して周囲の植物の発育を妨《さまた》げる作用を持っている一方、その濃度が十から二十ｐｐｍに上昇すると、それ自身の種子に対しても毒性が出てきてしまい、一種の自家中毒を起こす。これは恐らく他を圧倒して増えすぎた生物はやがて滅ぶしかないという生物界の原則に則《のっと》った現象なのだが、冬至草がＤＭＥを持っていたことから、一時的な繁殖の後で個体数を減らした原因として、放射線説とは別に自家中毒の可能性も浮上してくることになった。いずれにせよ、もしも冬至草が、他の草花を排除して自己の繁栄だけを目指した結果、逆に滅ぶ道に踏み込んでしまったとするなら、半井が繰り返し書いた「冬至草は愚かな生きものです」という言葉は冬至草の本質を言い当てていることになる。

冬至草は土壌からウランを吸い上げたはずで、もっと綿密に泊内を調査すれば、局地的にウラン濃度の高い場所があるに違いなかった。これ以上冬至草本体を解析しても、それがどこなのかという手がかりが得られるとは思えず、新たな展開を求めるには、現地にもう一度出向いて調査する以外なかった。

岩井に頼んで新川に眠るためだけで良いからと宿を用意してもらった。弁当とガイガーカウンターを入れたリュックを背負って泊内行きの始発列車に乗り、かつて半井が彷徨した野原を丹念に歩いてみた。熊避けのためピッケルで岩を叩きながら赤土の山奥にも踏み込み、ごつごつとした岩だらけの斜面を苦労して歩き回った。芳香を発する樹林の光が移ろうまで散策してから沢伝いに里に戻ったが、どこにも放射能など検出されなかった。

夜になると、手当たり次第老人のいる家を訪ね歩いた。わざわざ東京から来たということで薄れかけた記憶を辿ってくれても、そこに張本の名前は出てこなかった。仕方なく商店などに尋ね人の張り紙をしているうち、老人が多く通ってくる診療所にも貼ることをすすめられた。週に三日だけ新川からアルバイトに来る若い医者がいて、これまでの経過を話すと、勤めている老人病院に膵臓癌《すいぞう》で同姓同名の人間が入院していると言い出し、意外な展開になった。

三階建ての立派な病院は山すそのリンゴ園の近くにあった。二階病棟の六人部屋へ行くと、下に尿瓶が置いてあるベッドにその老人は寝かされていた。看護婦の話では身寄りもなく、以前やった脳梗塞による感情失禁のために感情の起伏が激しくなっているものの、頭はしっかりしていて普通に会話はできるということだった。

水色の病院着を着た老人はまるで私を待っていたように、私の手を握り締めて涙を流した。隣の老人が休みなく呻吟《しんぎん》を繰り返し、時々大きく叫ぶ声がどこからか聞こえた。そのたびごとに看護婦が廊下を走っていく。誰かが点滴の針を自分で抜いてしまったらしく、叱られている。半井さんのことでお聞きしたいんですけれどもと言うと、細かく震えていた右手の動きが一層大きくなった。

「懐かしいね」

老人は呟き、染みと皺だらけの顔をくしゃくしゃにして、にっこり笑った。

「あの人は冬至草のことばかり考えていた」「きびしくて何度も叱られた」「よくものを知ってるって誉められた」「たのしかったよ、本当に」………

二人の関係を語る短いぼそぼそっとした言葉が涎《よだれ》と一緒に零《こぼ》れ落ちてきた。小さなスプーンで大事そうに粥を掬《すく》いながら、どういう意味なのか「みんなには悪かったたな」と独語していきなり大粒の涙を粥に垂らした。

「最近物を食べると泣いてばかりいるんです」

やってきた看護婦が背中をさすってなだめているうち、少し落ち着いたようだった。

「ずいぶん久しぶりだったな」

「いいえ、今日がはじめてですけれど」

私の言葉に少しの間沈思してから、首をかしげて見せた。

「あんた、石川さんだよね？」

「いいえ……、石川さんというのは石川洋三先生のことですか？」

「そう……先生だ」

「石川先生を御存知なんですか？」

「今、来てるのかい？」

「もう亡くなったんですよ、石川先生は」

驚いたように私の顔をじっと見つめた。

「ああ……だから……来なくなったのか」

「石川先生が来てたんですか？」

ベッドの下を指差して風呂敷を取らせ、震える手で解いて俗名がそのまま書かれただけのいくつかの粗末な位牌《いはい》と黄ばんだ紙の束をつまみ出した。

「学生さん……これ」

勘違いされたまま手渡されたのは五十枚ほどの古い原稿だった。

「冬至草の栽培のことが書いてありますね」

ざっと見ると、説明的な文章もあるが、張本の言葉を会話体のまま記していたりもして、何を目的に書かれたものか判然としなかった。

「石川先生が書いたんですね？」

「いや、ふたりで咲かせたんだ」

「それは古寺でやった研究ですよね。石川先生はいつこれを書かれたんですか？」

「いつ？……戦争の頃だな」

「石川先生がこれを書いたのはもっと後ですよね」

「ああ……炭坑に来たんだ」

「炭坑？」

「そう、俺が」

行きつ戻りつする話を整理すると、どういう経緯なのか戦後泊内を離れて赤砂炭坑で働いていた張本のところに訪ねてきた石川が聞き書きしたものらしかった。わざわざ張本を探し出して書いたとして、これがなぜ張本のところにあるのか分からない。

「置いていった」

尋ねてもそう繰り返して要領を得ない。古寺での研究について『冬至草伝』の中に何も記していない秋庭は恐らくこの草稿の存在を知らなかったのだろう。ベッドサイドの椅子に座って、前後関係の分からない原稿に書かれた内容を、張本に確かめながら組み立て直すことにした。

「この実験っていうのは血を垂らして栽培することを言っているんですか？」

「血？　これかい？」

点滴の針の刺さった左手を上げて見せた。

「いいですか、ここに書いてあることを読みますから」

張本は落ち着きなく目を瞑《つむ》ったり二重窓の外に目をやったりしながら、そうだと繰り返し、ちゃんと聞いているのか疑うと、

「いやそれは……」と口を挟んだ。なんとか石川の原文に張本の言葉をつなぎ合わせることで、半井が行った実験の大体の様子が浮かび上がってきた。


最初のうち家事に専念した張本は、ある朝半井に冬至草の入った鉢植えを持ってくるよう命じられ、かねてから村人達の間で噂になっていた「行為」を見せられた。張本が受けた指示は、花を咲かせるために必要な血の量を決めるというごく簡単なものだった。半井は、針で自分の人差し指の先を突いて搾り出した血を冬至草の上から垂らして見せ、張本にも同じようにやるよう命じた。一回に三滴で朝晩二回というのは鉢植えを維持するために最低限必要な量で、慣れないうちは浅く突きすぎて血が充分搾り出せなかったり逆に深くてポタポタ垂れすぎたりして四苦八苦したようだが、そのうち刺す場所に胼胝《たこ》ができると、あまり痛みを覚えなくなったらしい。

張本は半井から、自然状態に比べて根の短い鉢植えで花を咲かせるためにはもっと多くの血が必要だと聞かされた。一つ鉢を決めて半井も張本と同量の血を注ぎ、量を徐々に増

やしていったある朝、冬至草が真っ白い小さなつぼみをつけた。

「花が咲くと……血をやるのが良くなって」

その頃の様子を尋ねると、張本は焦点の合わない目で笑みを浮かべた。命じられて嫌々やっていても、美しい花が咲いたことで半井を信用するようになったのだろう。

この後、半井は鉢を一気に十以上に増やして花を咲かせようとした。ただ、一日の必要量を一度に与えても駄目で一定間隔をあけてなるべく頻繁に与える方が効果的と分かると、夜間の供血という厄介な問題が生じた。夜中に血をやるのはもっぱら下働きの張本の仕事で、これは難儀したようだ。絞った血の一部を濾紙《ろし》の上に少しだけつける決まりだったが、定時に起きるのが辛くなった張本は、時々、一回の血を夜の数回分として濾紙につけて、残りの時間を適当にさぼっていた。ある夜、たまたま起きてきた半井に本来ついていないところまで血がついているのを見つけられ、酷く叱責された。

発光現象を最初に見つけたのは張本だった。若い頃の張本の記憶では、ぼんやりとした明りの中心に冬至草が見え、全体がごく僅かな緑の光を放っていて、それは神経を集中しなくては分からないほどかすかなものだったという。張本はすぐに半井を起こし、暗がりの中、二人で冬至草を覗き込んだ。

「光ったのは花や葉を含めた草全体で、根本から先にいくと光が強くなっていました。目の奥に染みこんでくるほど明るい緑でした。ずっと見ていると明るさが強くなったり弱くなったりするような気がしました」

張本は石川にこのような言葉を残している。どうしてそれまでこの現象に気づかなかったのかについて二人は話し合い、花をつけていないものや、生血を与えていないものは光らないためではないかと推論したらしいが、以前から墓地のあたりは夜になるとうっすらとした光が見えるという怪談めいた話もあったようで、これは冬至草による発光だったのかもしれない。

いずれにせよ、徐々に与える血の量を多くする中で確認された現象だったことに間違いなかったことから、次の日は与える血の量を二倍にして夜を待った。日が落ちて闇が訪れると、前の晩に比べて特に葉の先が強く光った。あまりに長時間眺め続けた二人の目にはくっきりとした像が残ってしまい、見ているのが本物かどうか迷うほどだったという。

「明るいと嬉しかったんだ。とてもきれいな……緑色の光が……時計の文字と同じだ」

私にそう訴える張本は蛍光に似ていたと表現したかったのだろうが、昼間どんなに日を当てても夜の光り方に差はなかったらしい。この後、どこまで発光が強くなるか試そうとして、張本は自らすすんで鉢に血を垂らし始めた。自分の血の力で美しく光ることに誇りを感じたという張本は、やがて、自分と半井の鉢を分けるよう提案する。半井にしてみると、どういう動機であれ、張本が自分から発光に必要な血を与えると言い出したのだから、それを却下する理由はなかったはずである。

鉢を別にしても、二つは少なくとも外見上は同じ花を咲かせたが、緑色の発光に微妙な差異があった。半井の鉢はわずかに赤みがかって暗く、張本のは光が強い上に青みが加わり、その違いは日増しに大きくなった。張本が自分の鉢の美しさを話題にし始めると、自然と半井も張り合い、赤が美しいのか青が美しいのかといった主観的なことを巡って、しばしば言い争いになった。それは今現在でも張本の中にわだかまっていた。

「あんたも青い方がきれいだと思うだろう？」

私は張本に同意を求められた。首を傾げて見せると、どうしてそんな簡単なことが分からないんだと怒り出した。

「白内障でもうほとんど見えないんですよ」

会話を聞きつけた看護婦がやってきて私に耳打ちし、それがどういうふうに聞こえたのか、見えただけでも素晴らしかったのにと言って泣き出した。これほどの時間が経っていてもまだ拘《こだわ》る青い光というのはどんなものだったのだろうか。

半井は自分の鉢の発光を変えようとして与える血の量を増やしたり減らしたりした。血を少なくすると、光は弱くなって赤みを帯び、多くすると強くなって青みがかったようだが、張本の言によると、一番強かった時でも自分の鉢とは比べものにならなかったという。互いの鉢を交換して血をやると発光の仕方も逆になったので、草自体の差でないことは明らかだった。血液の違いとして二人が真っ先に考えた血液型は、たまたま二人とも同じO型で、その仮説はすぐに崩れ去った。

本来、たくさんの人間の血で咲き方の違いを見れば個人差が何を反映しているのか判明したはずだが、桑野に厳命された「極秘研究」の中では無理な相談だった。半井は、同じ人間が同じ量の血を与えて、それでも日によって光り方が微妙に変化するのは一体何を反映しているのか見ようとした。睡眠や食事、排尿や排便など、日常生活に関連するいくつもの項目について二人は同時に生活記録をつけ始め、そのうちどの因子が光の変動と相関するか調べた。光の強さと色合いをそれぞれ強中弱、赤緑青に分けて記載し、出来上がった二種類の表を前に、何が発光の違いを規定するのかが熱心に話し合われた。

光の弱くなる日に、ある法則性を見出したのは半井だった。一週間に一回光が弱くなる事実が何を意味するのかは半井自身にも分からず、日めくりに記した次の周期の日になって初めて、学生が鶏卵を持ってくる日だと気づいた。

「卵が食えたのは幸せだった」

張本の満足げな言葉通り、この頃の二人は、学校の農場で取れた作物や鶏卵を分けてもらったことで恵まれた生活を送っていた。鶏卵は持ってきた日に醤油と混ぜて飯にかけて食べたというので、光り方に関与しているのは栄養状態だということになった。半井に言われて張本が作った献立表の中、食べた量と光の強さの間にもほぼ反比例の関係が成立した。多く食べた日に光が弱くなるというのは、毎日の食事量が張本に比べて多い半井の鉢の方が弱くしか光らない事実の説明にもなった。しかし、これは一見常識に反する現象と思われ、さらに、血液を多く与えた方の光が強いという現象とも矛盾するようで、もしも一元的に説明するとしたら、血液全体としては光を強める作用を持つものの、栄養分の高い血液には発光を抑える物質が含まれていて、光の強さはその両者の兼ね合いで決まるといった論理を持ち出す必要があるのかもしれない。いずれにせよ、次の段階として発光と栄養の相関を確定するために絶食実験が行われた。

「水だけの生活を続けると毎日光り方が強くなって、三日もたったころには今まで見たこともないほど鮮やかな光を出しました。角度によって赤や青に見えたり、影になったところには紫や黄も混じっていました」

石川が記した張本の言葉は、栄養分の高い血液には青だけでなく彩色全体を抑える何らかの物質が含まれることを示唆しているように思える。もっとも、二人が同じ食事をしても色合いにはまだ違いがあったという言葉を信用するなら、この物質はもともと体質的に異なった量が血液中に存在したのかもしれない。絶食を終えての盛大な食事の後では、二人の鉢とも光り方は弱くなり、青や赤の輝きも失われた。見る向きで色が変わったという現象には物理的な偏光が絡んでいた可能性もあるが、詳細なデータが記されたはずの実験日誌が失われた現在となっては、追究のしようもない。

どこまで発光が鮮やかになるのか知ろうとした二人は、その後もできる限り食事量を減らすという無謀な実験に挑んだ。我慢比べだったと張本が今でも振り返る二人の貧血はさらに進み、戦時下の飢餓の中、自ら進んで餓えるという実に不思議な状況がこの家の中では出現したことになる。それは何とも奇妙な風景だったに違いない。

半井は定期的に桑野へ報告書を持っていき、その都度今の実験が成功すればどれほどの新兵器になるかを力説して、引き続き学校の仕事の一切を免除された。この頃の悩みは、鉢を増やして長くなった夜の供血時間のせいで不眠症になったことだったが、細切れの眠りの中、二人ともほとんど毎回、「甘い夢」を見たという。これは張本の表現で、「例えば、うまい物が食べられるとか、きれいな女が抱けるとか、そういうことではなくて」と具体的に説明し、それを筆記した石川は「言葉では表せない情念の奥底に直接心地よさとして響いてくるようなものだったのかもしれない」と補足の言葉を継いでいる。


「半井さんといた時、夢を見ましたか？」

「見たよ、たくさん」

私の問いかけに張本は簡単に答えた。

「どんな夢でした？」

「みんな忘れた……でもいい夢だった」

張本が忘れたという夢は、がたがたしていた窓ガラスが強い風で割れた晩、どこかに吹き飛ばされてしまった。張本が簡単にテープで補修しても隙間風が入り込んでくる状態が一週間ほど続き、その間全く夢を見なかった二人は酷く不機嫌だった。ところが、板を打ち付けて密封すると、再び前と同じ夢が現れたといい、この変化が劇的だったため、半井と張本はどちらからともなく夢には冬至草の放っていた香りが関係しているのではないかと言い出し、麻薬に似た効能があるのかもしれないということになった。

残された原稿では今一つ時間の前後関係が判然としないものの、二人の昼夜逆転がより酷くなったもう一つの理由として、夜、冬至草から聞こえてくる不思議な音もあったようだ。膨らんだ子房《しぼう》が破裂して綿毛のついた種が飛び散る時に出る微かな響きは、まるで人間の囁きを思わせ、深夜の空気の中では驚くほど良く通ったという。一本の冬至草の子房はいくつもの部屋に分かれていて、それらが日替わりで破裂した。半井は飛び散った種を掻き集めて庭に植え、繁殖させようと試みたが、種からの生育は極端に率が悪く、ほとんど芽が出ないまま腐った。

発光、子房の破裂はいずれも夜に起こり、緑の光と香り、囁くような音に魅せられた二人の生活は完全に逆転した。しかし、花を咲かせるには昼間の供血も欠かせず、睡眠不足は一層悪化する。もっとも、睡眠欲を含めた全ての「欲望」はむしろ低下したようで、供血以外の意欲はなくなり、貧血のためもあってか、二人とも何をするでもなく日がなぼんやりしていることが多かったらしい。張本は、冬至草を覗き込む半井の真っ白な横顔が妖しく照らされるのを見て「ぞっとした」という。しかし、次の瞬間には張本自身も冬至草を覗き込んで青白い笑みを浮かべたのだろう。

二人が冬至草の栽培に文字通り血道を上げていた頃、南方の島々では多くの血が流され、戦局は日ごとに厳しさを増して、人の肉まで食っているという噂が頻繁に囁かれるようになる。趨勢が大本営発表と異なるということは、既に、辺境の地の住民達にも知られるところだった。薄々感じていた負け戦に対する苛立《いらだ》ちを新兵器開発名目で軍事教練に参加しない半井に向ける者も少なくなかったのかもしれないが、防空壕掘りすら手伝わないことに怒った隣家の人々が半井に抗議するためやってくるという「事件」が起こった。この「事件」について、石川は当事者だった村人達から詳しく話を聞いている。

隣人達が発したのは、自分達が入る防空壕くらい掘りに来いとか、やっているのは本当に兵器開発なのかとか、負けてからできても仕方がないぞとか、そんな怒声だった。彼らは、玄関先から覗いたあまりに陰惨な光景に絶句した。異常なほどやせ細った二人は落ち窪んだ目だけがぎらぎらと光って、嬉々として指先から冬至草に血を搾り出していた部屋の中には、血の腐ったような何とも言えない甘酸っぱい悪臭が立ち籠めていたという。気分が悪くなって外で吐いた人間もいて、勇んでやってきた怒りは急に冷えた。何も言えないまま引き揚げてきた村人達は、「半井達は充分お国のために奉仕していた」という結論を出し、結局、抗議は取り下げられた。

血を捧げる尋常ならざる行為は、村人達にとって国を崇《あが》め奉《たてまつ》る一種の宗教儀式のようにでも映ったのだろうか。

誰もが敗戦を覚悟し始めた頃、この地はそれまでになく暑い夏を迎えた。張本は食べ物を持ってくる学生達からこんな田舎までアメリカ兵が攻めてくるらしいと聞かされ、さらに新型の爆弾が広島に落ちて降伏も時間の問題だと小耳に挟んでからは、それも妙な現実味を帯び始めた。一九四五年八月十五日早朝、村役場からの伝令が古寺を訪れ、昼頃ラジオで重大放送があると告知した。

寝不足の張本は、「耐え難きを耐え、忍び難きを忍び」という玉音放送を、半分居眠りしながら半井や村人達と学校で聞いた。

「雑音だらけで何を言っているのかよく聞こえなかった」

張本が記憶している山間の受信状況の悪さによって、多くの村人達もそれを今後一層の奮起を促すものとして受け取ったようだ。特に「もって万世の為に」のくだりはこれからますます戦争が激しくなり本土決戦が近いことを告げているのだと勘違いして、短い放送が終わってから、口口に「頑張らなければ」などと言い合ったが、ただ一人桑野だけは涙ながらに「戦争に負けた」と呟き、それからは村中大騒ぎになった。

張本が石川に語った終戦日の記憶は以下のようなものだった。

「泣き出す人もいれば、万歳を叫ぶ者もいました。やっと終わったんだと思いましたけれども、特別何かをしなくてはならないとは考えませんでした。いつも通り二人で冬至草に血をやって、光を見ながら種の弾ける音を聞きました。強い夜明けの光で発光が見えなくなると、少し赤みがかった花のあることに気づきました。異常なほど暑かったからなのか、花びらに色の変化があったのはそれ一度きりでした」

自分がかつて口にした文章を読んで聞かせると、張本は「綺麗だったのに夜までもたなかったな」と呟いて、何か言いたげに口を何度も、もごもごさせた。

終戦から二週間ほどして、張本は村役場に助けを求めて駆け込んだ。やってきた職員達が見たのは、瑞々しく部屋中に繁殖していた冬至草と、衰弱し切って横たわっていた半井の姿だった。半井はすぐに担架で村の診療所に運ばれ、獣医あがりの医者の診察を受けた。

半井は点滴で少し改善したものの、便所に歩いただけでもひどく息切れして倒れた。起きていることすらできない状態の中、どうしても冬至草に血をやりたいと言い出すときかず、医者の目を盗んで張本に鉢を持ってこさせ、血を垂らした。半井は一層弱っていき、逆に弱ることで貧血の進んだ血によって冬至草は美しい光を放つようになるという酷い悪循環に陥った。

「全体が白く光って……空から落ちてくる凍った雪みたいに……きらきらして……それが見たくて……血をやらせ続けた自分が……半井さんを殺した」

そう私に訴えかけるように言う張本の密やかな犯罪は、二人のアメリカ人憲兵が旭川からやってくるまで続いた。半井が定期的に提出した「極秘研究」の報告書は桑野を通じて旭川師団に届けられ、それを没収した米軍は北の地で秘密裏に行われている兵器開発と解釈したのだろう。村長の出迎えを受けたアメリカ兵達は、研究の場だった家に立ち寄り、自らが実験台になって瀕死の床にある半井を見てあざ笑った。

意識の怪しい半井は彼らを見て「はやく」と「アメリカ」を繰り返した。「早く自分をアメリカに連れていけ」という意味だったのかもしれないが、通訳が報告書に関して何を尋ねても唸ってばかりの答えで、どういうわけかはっきりと聞き取れたのは、「まけるもんか」の一言だけだった。怒ったアメリカ兵は鉢にガムを吐き捨て、半井の実験日誌を押収していった。

鉢植えのある病室で眠りながら微笑を繰り返した半井は毎日「甘い夢」を見ていたはずだった。しかし、終戦直前に完成した人造湖の泊内ダムから発生した濃い霧が村中を覆った朝、半井がついに夢から覚めることはなかった。臨終の場に近親者として立ち会ったのは、張本ただ一人だった。極度の貧血で半井の死体は降りたての雪のように白かったという。

半井が血をやった鉢植えの冬至草は彼の死後、すぐに枯れてしまった。自分も死んでしまうのではないかと恐ろしくなって血をやるのをやめたという張本の鉢も全部が同時に枯れた。

「死んでなお、いい加減な神に支配されたくない」

張本が半井の枕の下に見つけた紙片の文章だった。半井の人生に無縁だった「神」という言葉の突然の出現には違和感がある。


この時のカルテが残っていれば見てみたいと張本の存在を教えてくれた医者に相談したところ、戦後まもなくのものから保存されていることが分かり、泊内の勤務日に病歴室から探し出してくれた。血が普通の人間の四倍以上に薄くなっていた患者は到底生きていられる状況ではないが徐徐に変化してきたためここまで悪化しても生存できたのだろうと書かれ、単に貧血が進んでいただけでなく、副次的に心臓や肺までやられ、もはや手の施しようがなかったらしい。医者もそこに記載された凄まじい貧血の状態に驚き、「貧血の原因としては、一日数十滴程度の脱血よりもむしろ放射能に持続的に当たり続けたための骨髄機能低下の方が大きく関与しているでしょう」というコメントを私に残した。カルテに記された直接死因は「失血死」だった。

元々古寺だった住宅に一日遺体が安置されただけで、葬儀は行われず、桑野を含め村人は誰も、アメリカ兵の尋問を受けた半井の死に顔など見には来なかった。

「半井さんを……一人で引きずるのは……重かった」

張本はたった一人で苦労して遺体を運び、本人の希望通り、共同墓地の近くに埋めたという。半井の服についていた種が埋葬のとき零れ落ちて墓に冬至草の花が咲いたのかもしれない。なぜその一本だけが自然乾燥にもかかわらず腐敗を免れて押し葉になったのか、理由はよく分からない。死の直前には貧血が恐ろしく進んでいて栄養分が少なく、半井の遺体から吸い上げた体液の中に腐敗する成分が少なかったのだろうか。

私がベッドサイドで草稿に関して様々に尋ねる中、張本が何度も強調したのは、冬至草の幻想的な美しさだった。茎よりも葉が、葉よりも花が強く光っていて、張本はそれを「星みたいな」と表現した。しかし、そう言った次の瞬間、突然、「どうしてあんなものが見たかったんだろう？」と自問した。その口調は妙に冷静だった。

なぜ鉢を分けて自分の血をやったのかという問いは、それを何度繰り返しても、張本からの答えはなかった。あるいは他人に説明できるような答えを持っていなかったのかもしれない。

「誰もあなたのことを知らなくて苦労しました」

「おれには……名前が……ないから」

張本は曖昧な笑みを浮かべたが、私からの反応がないのを見て取り、「チョウホンドクって読むんだ……本当は」と言った。

「何がですか？」

「はりもとじゃねえ……チョウ、だ」

一瞬あって、張本道久が朝鮮人名の日本語読みと分かった。

「あなたは、どこから来たんですか？」

「朝鮮だ」

「じゃあ、強制労働で」

「朝、村の人間、六人と一緒に……憲兵隊に縛られて」

「そうだったんですか」

月並みな科白しか出てこなかった。

「港から船で……本当は死刑になるところを特別にとか言われて……タコ部屋に住んで……米袋で編んだ服は寒くてな」

突然、しっかりとした口調で張本は言った。

「風に吹かれて……飛んで逃げちまう……鉄格子と閂《かんぬき》で閉じ込められて……棒で殴られ

ながら……とにかく腹が減ってたんだ……芋の麦飯と味噌汁に……でもうまかったな……虫食ったり……犬の餌を盗み食いしたりして……綿の入ってねえ布団が寒くて」

　喋っているうちにどんどん調子良くなってくるのか次々と言葉は出てくるのに、どこかまるで他人事のような響きがあった。

「ダム工事じゃあよく死んだよ……最後は腹に水が溜まって膨れて……山越えて逃げても新川で待ち伏せされて……働いているうちは逃げないように裸で……見つかったら縛られて餓え死にだな」

「泊内湖のダム工事ですか」

「死体を置いた床が腐って落ちた……みんなで死んだ奴の服、取り合って……殴り殺された奴もいた」

「いつですか？」

「何が？」

「半井さんと冬至草を育てたのはダムで働いていた後ですか先ですか？」

「ダムから……選ばれて……あとだ」

「どうして選ばれたんですか？」

「学校で……教えてたんだ……おれは」

苛立たしげに張本が言った。

「教師をしていたということですか？」

「そう、きょうし」

教師だから実験助手にされたというバックグラウンドが分かると、石川に語られた言葉が事実をしっかり把握していたことも納得できた。突然の展開に何を口にしたら良いか分からず、気付くと、日本人を恨んでいるかと尋ねていた。

「恨まない奴はいない」

その言葉とともに、「半井さんは友達だった」という言葉が返ってきた。

「あんたな……どんなことでも起これば……あたりまえになっちまう」

張本は言い終えると、目を瞑った。石川が冬至草の実験を張本から聞きながら、秋庭にその事実を告げなかったのは、血を与えさせるという猟奇的な行為が人体実験にあたるという倫理的懸念からなのか。あるいは戦後あれだけの時間を経てもなお論文の著者として責任を追及されるという配慮が働いたのだろうか。

石川の原稿の裏に「冬至草分布之図」と書かれた折り目の切れている地図が貼ってあった。「半井が苦労して作り上げた」と石川が記していたものだと思い、張本に見せた。

「それを見ながら……みんな……採ったんだ」

「みんなって誰ですか？」

「冬至草だ」

「冬至草を採ったんですか？」

「そうだ」

「誰がですか？」

「校長とか……みんなだ」

　ぐるぐる回るばかりでどういうことを言っているのか分からなかったが、何度も聞くうち、野生の冬至草はアメリカ兵がやってくる前日、山狩りを行った桑野らによって処分されたのだと分かった。

「ばれるのが……怖かったんだろう」

　村ぐるみで兵器開発が行われたと疑われて自分達に累が及ぶのを恐れたためだったのだろうか。半井の残したこの正確な分布図が仇となって、冬至草は一本残らず引き抜かれたのだとしたら、人知れず細々と生存し続けてきた冬至草を絶やしたのは、結局のところ半井自身ということになるのかもしれない。

　地図にガイガーカウンターを当ててみると、六十年近くの時を経てなお残留する放射能がごくわずか検出された。病院の事務室でコピーさせてもらって眺めるうちに、共同墓地の他はぽつんぽつんと点が散在する中、一箇所だけ、泊内のほとんど外れに少し点の集積があることに気づいた。学校のあった場所でも人工湖のダムの近くでもない。

「ここはどこですか？」

地図作りに参加していなかったせいか、張本に尋ねても首をかしげてばかりだった。

調査の最終日、私はその場所がどこなのか確かめるため、駅前でレンタカーを借りた。高濃度ウランの埋蔵場所かもしれないという期待を抱きながら、舗装の悪い国道を一時間ほど走った。山道にそれて砂利をはじいているうち、分岐点に「鳩の湯温泉」と書かれた古木の立て看板が見えてきた。小さな滝の流れる岩肌の山すそにあったのは古びた村営温泉の建物だった。玄関から入り、すのこの廊下を渡って地元の住民が時折やってくるだけという浴槽を覗くと、細いパイプから濁った鉄さび色の湯がちょろちょろと流れてきていた。私の目を引いたのは壁に貼られた効能書きの看板で、そこには小さく「ラジウム鉱泉」の文字があった。湯も岩も、ガイガーカウンターに反応するものはなく、温泉中にごく微量含まれているラジウムと冬至草の高濃度ウランは全く別物だった。それでも、放射性物質の範疇《はんちゅう》に含まれるラジウムはウランの崩壊生成物の一つで、やっと摑んだ手がかりを諦めきれなかった。ラジウムに関しての資料はないか管理人に尋ねてみると、何かが役場にあるはずだという答えが返ってきた。

　役場の固いベンチに座って、ラジウム鉱泉の存在さえ知らなかった担当者が倉庫から掘り起こして持ってきた山のような関連書類を見ていくと、散逸しかかっていた一九五四年の政府調査報告書があった。原子力予算が成立してすぐに始まったウラン探しの時のもので、ジープに積まれた巨大な検出器によって日本全土の半分を超える面積が探鉱された結果として、人形峠とは比べるべくもない微量ながら泊内周辺の土壌にもウランとラジウムが存在すると記されている。しかし、最終報告として、「含有率が低くて発掘の対象とは考えられず、その分、人体に対する影響もない程度である」という結論が出されており、成果としては以前から出ていた温泉に「ラジウム鉱泉」の文字が加わるにとどまっていた。報告書の他に担当官がウラン測定時に作ったという黄ばんだ分布図が添付されていたものの、そこに書き込まれた数値は全て環境基準値以下だった。この程度なので村の人間にも泊内に放射性物質の埋蔵があるという意識は欠如していたのだろう。確かに温泉周辺と共同墓地のあるあたりのレベルが若干高いとはいっても、冬至草中の高濃度ウランとは比較にならなかった。それでも、見比べた冬至草の分布図とウランの分布図の模様は単なる偶然とは考えにくいほどよく似ていて、冬至草がウラン鉱を含んだ土壌を好んで生息したように思えた。

帰りがけに思い出して強制連行労働のことを尋ねると、「さあどんなものだったんでしょう」という返事が返ってきただけだった。ただ、なぜ張本の記録がなかったかについては、転出から五年経って住民票の記録が処分されたのだろうと教えてくれた。


東京に戻る前、私は張本に別れを言いに立ち寄った。余命を考えると、これが張本を見る最後になるはずだった。

「天気が良いですね」

「ああ」

「今日は山がよく見えます」

「見えん」

「鳥が飛んでますよ」

「そうか」

「ごはんはおいしかったですか?」

「なんでもうまい」

素っ気ない返事しか返ってこないとりとめもない会話を繰り返した後、これから東京に戻ることを告げた。そして張本の手を取って握手すると、いつまでたっても握った手を離そうとしなかった。

「人柱を……コンクリートに……埋め込んだ」

突然、張本は泣き、病院中に響くような声で「置いていかないでくれ」と言い、「助けてくれ」と叫んだ。人間というものはこれほど激しく泣くことができるのかと思うほどあさましい泣き方だった。

「またあの話ですか？　眠りましょうね」

慌ててやってきた看護婦が鎮静剤の注射を肩に打つと、すぐにとろんとなった。

「ぶっちぎれちまった」

張本は最後にそう呟いてから、薄目を開けたまま寝息を立て始めた。半開きの蔑むような眼差しに見つめられ、廊下に響く自分の足音を聞きながら病室をあとにした。

真っ暗な道を走って辿りついた空港のカウンターでレンタカーのキーを返して二時間半後には、まるで奇跡のように、光のシャワーの中に降り立つ。オレンジ色の明りに照らし出された倉庫街を通るモノレールに乗っていると、ついさっきまで北海道の暗闇にいたのが遠い記憶の中の出来事だった。数日ぶりに戻った薬品臭い研究室で一人、非常に薄い濃度でしか存在しないウランが冬至草内で濃縮された機序という現実的な問題について考えなくてはならなかった。飛行機の中からずっと「生物濃縮」が意識にまとわりついていたが、これは公害病で明らかになってきた概念で、原因物質を取り込んだ生物を別の生物が食べる食物連鎖によってしか起こりえない。どう考えても、食物連鎖の底辺にある植物に、いわゆる生物濃縮は不可能だった。

一切の実験をやめて、テープにとった張本の話を聞き、ひたすら考えることに集中した。暗い部屋の片隅に張本の粥を啜《すす》っている姿が浮かび、「ぶっちぎれちまった」という言葉が耳元に蘇った。その意識の向こうで点滅を繰り返すビルの灯りを見ながら、「茎より葉が、葉より花がよく光った」という言葉に引っかかりを感じた。草体に含まれる物質が放射能によって励起されて発光するのであれば、光り方の差はウランが葉や花で濃縮を受けたことの証拠になっていると考えても良いのかもしれない。細胞の排出システムが働かなくなることで一方的に入ってくる重金属の細胞内濃度が高くなり、結果として濃縮が進んだとは考えられないだろうか。泊内から持ちかえった土と冬至草のウラン組成の一致を確認すれば、生物濃縮が行われた間接証明になるはずだ。

私はすぐに冬至草の入った遮蔽箱とビニール袋に入れた泊内の土を携えて、放射線研究所の鳴海を訪ねた。そして、この前の分析の礼を言うのもそこそこに、生物濃縮に関する自分の考えを説明した。

「現実的ではないですね」

意気込んで話す私に試験管を振りながら答える鳴海の反応は冷静なもので、言われてみると、自分の思いつきがあまりに夢物語的な気がした。


数日して、鳴海が事前の電話もなくいきなり私の研究室を訪ねてきた。差し出した放射能マップでは、驚いたことに私が予想した通り、根や茎より葉や花で放射能の強いことが示されていた。これについて鳴海は現実的でないと予想した自分の不明を詫びた後、「どういう理由か分からないんですけれども」と前置きした上で、「ウランは通常九九・三％のウラン２３８と〇・七％のウラン２３５の二つの同位体からできていて、泊内の土ではその組成比率ですが、冬至草では核分裂の材料になるウラン２３５の割合が高くなっていました」と興奮気味に言った。

鳴海は理解できずにいる私に、核分裂というのは原子核に中性子が一個衝突して二個の原子核と二個の中性子を出す素過程の連鎖がネズミ算的に誘発されて起こるのだと説明し、そのためにはウラン２３５を相当量空間的に閉じ込めることが必要になると言った。

「イネ科の植物が根から大量に吸収したケイ酸を細胞壁に蓄積する現象があって、体内に溜まったケイ酸は植物が枯れて有機物が分解された後でも一部が長く土中に留まるようです。同様の現象はウランでも起こりうるはずで、大群生はＤＭＥによって阻止されるとしても、絶え間なく長期にわたって群生と堆積を繰り返せば、いずれ濃縮が進んで臨界量に達したとも考えられます」

地中から冬至草の根を通して精製されたウラン２３５がある一定量以上かたまって存在することで核分裂反応が自動的に起こってしまうという事実に基《もと》づくと、半井が研究の方便として言い出した燃料説はおろか、冬至草は自然界で作り出された原子炉になったかもしれず、さらに進んで、泊内地域での自然核爆発もあり得たということのようだった。

日本の原爆研究は最北の地で、こうして密やかに、本人達も気づかないまま行われていたことになる。もっとも、臨界体積に達するほど冬至草が群生するには、それを吸って成長するための血が必要だったわけで、たった数本の冬至草に半井一人の命が必要だったのだから、日本人全部の血をもってしても充分ではなかったかもしれない。鳴海は、今すぐ世界のウラン鉱に生えている植物の中に冬至草と同様の植生を示すものがないかどうか調べる必要があると強調し、私は専門家に警鐘を鳴らすため、日本科学新聞に一連の経過を書いた。

絶滅を免れ、どこかに隠れて生息している個体があるのではないかという思いが捨てられず、あれほどの犠牲者の上に作られた明和線が採算性の問題から廃線になる直前、もう一度泊内に足を運び、分布図を見ながら冬至草生息の可能性が高い地域を散策した。

梢の間に見える湖にはうっすらと霧が流れていて、水面から鋭く突き出た枯れ木は死にながら朽ちずに存在していた。夢中で斜面をさまよい歩くうち、地衣類が独特の斑紋を描いている樹木はどれ一つとして同じではないのに、踏み跡程度の道を外して迷い込んでしまった。どこも既視感のある風景の中、ふと気づくと、単純な模様の繰り返しが複雑な森を作り上げていた。風が葉を揺らしていく音は海鳴りに似て、緑の海底に沈んでいる錯覚が襲ってくる。枝葉で天蓋を覆われ霧に融け込んだ柔らかい生気の中、何度か冬至草の清楚な姿を見つけたと思った。しかし近寄ってみると、この辺りではどこにでもある雪石楠花《ユキシャクナゲ》や古庭帽子《コバボウシ》であったりして、確かに見たと思った白い花は幻想にすぎなかった。

実験日誌に弾けた種の紛れている可能性を求めてアメリカ公文書図書館でファイルを検索したが、一部公開になっている旧日本軍関連資料の中に半井の日誌は見当たらなかった。七三一部隊研究報告書の大部分に生物兵器研究として極秘扱いの網がかかっているのを考えると、押収された日誌も種を宿したまま同様の扱いを受けている可能性がある。七三一部隊が一切の戦争責任を逃れたことと、半井という人物に長い間日が当たらなかったこととは無縁でないのかもしれない。いま私はクローン技術を使って残っている遺伝子から冬至草を再生できないか試みている。一個の細胞、一セットの遺伝子から個体を再生するのは植物の方が動物よりはるかに容易なはずだが、長年の放射能照射によって損傷された遺伝子の傷が酷すぎて、現段階では不可能と言わざるを得ない。

王様はどのようにして不幸になっていったのか？

はじめに

その国の歴史は長い間「前ページに同じ」だったのですが、ある王様が王位に就くと突然、ページがものすごい早さで前に進み始めました。その王様はまず、全ての神様をその国から追い出すことにしました。そして、相応の知恵と知識を持った者を貴族に取り立てました。やがて国は豊かになり、「中世」という言葉が人々の意識から薄れてゆきました（しかし考えてみるとこの時から既に王様とこの国の悲劇は始まっていたのかもしれません）。ところがやがて王様とその国民は不幸になってゆきます。これはそのことを書いた物語です。

ある日の旅人の証言、王様の性格について

その国では、道で出会った誰に尋ねても、

「王様の言うことを聞いていれば、どんどん便利で豊かな生活ができるようになる」

と言いました。そこで、一番若くて自由にいろいろなことを考えられそうな男を選んで、

「でも、どうして王様の言うことに間違いはないと分かるんだい？　他の豊かな国のように、どんなに豊かな生活ができても、工場から汚染水が出たり、他の動物を根絶やしにしてしまったりすることはあるんじゃないのかい？」

と旅人が尋ねてみました。

「王様は間違わないわけじゃない。でも、王様は自分の間違いを認めることができる。だから結果的に間違うことはないんだ」

男は即座に答えました。

「王様はとても合理的な考え方をなさる。それに王様は、良いとか悪いとかで物事を考えるのがお嫌いなので、そもそも、間違うということと縁が薄いんだ。この国では、誰も王様のことを悪く言うことができないし、その必要もないのさ。王様のすることはいちいち筋が通っているし、逆に、筋の通らないことはしないからね」

男はそうつけ加えました。

「王様はどんな人なんだい？」

旅人は尋ねました。

「さあ、知らないね。貴族達だって知らないんじゃないのかな。好き嫌いもはっきりしていない人だからね。みんなから少々冷たい人だと思われているけど、毎日の暮らしが目に見えて良くなってきたことに比べると、そんなことはどうでもいい些細なことだよ」

男は王様のことを信頼しきっているのに、王様自身のことに関してはひどく無関心のように思えました。

王国の戦い、王様の知らない出来事

そのように王国の生活は概《おおむ》ね良好で、人々は歴史が前に進んでいると感じていたのですが、ある災難が王国を襲いました。外敵の侵入です。この豊かな王国を目がけて、小さな隣国がちょくちょく攻めてくるようになりました。合理的な王様のことですから、話し合いに応じないと分かると、その都度《つど》強力な軍隊を送り込んで撃退していましたが、まるで鏡が光を反射するように相手も装備を増やし、攻めてくる軍隊の力もどんどん強くなっていきました。そのため、あやういところで連戦連勝してはいたものの、膨大な費用をつぎ込んでしまったので、勝つということに慣れてしまったせいもあって、人々は徐々に、自分達が負けているような錯覚に陥るようになりました。

それでも、人々は、

「この国は戦争を繰り返して少しずつ大きくなっているし、壊れた橋よりも新しく作られた橋の方が多い」

と自慢げに言い合い、王様に感謝していました。実際、戦争は人々に仕事をもたらし、戦争によって王様の権威は保たれていました。

「この国は不幸な戦争を繰り返しながらも確実に大きくなっている」

と発表していた王様が嘘をつくことはありえなかったのです。

ところがある日、前線から帰った兵士の一人が、

「この国はどんどんと縮んでいる」

と言いふらしたことから、国中がパニックになりました。すぐにこの兵士は捕らえられ、城の前で正当な尋問を受けることになりました。王様は、

「どうしておまえはそんな嘘をつくのだ？」

と厳しく兵士を叱責しました。ところが一見純朴そうに見えるその兵士は、

「嘘ではなく本当のことです」

と事も無げに答えました。毎日前線の様子を報告していた貴族は、自分が責めたてられているように感じ、すぐに地図を持ってやって来て広げ、そこにペンで線を書き込みながら、

「この国はこのようにどんどんと大きくなっております」

と人々と王様に説明し、

「嘘つきの兵士を処罰しましょう」

と言い出しました。

「では、山に住んでいる村人を呼んで、どちらが正しいのか証言させよう」

王様はそう答え、一人の老人を連れてこさせました。

「山の上から見ていますと、この国の旗はどんどんと遠くの方に行っています。最近目が弱って近くのものは見えにくくなりましたが、遠くのものは前と同じようによく見えます。絶対に間違いありません」

ところが兵士は、

「みんなが錯覚しているだけで、相手はどんどんと強くなっていて、もう手持ちの武器では対応しきれなくなっています。こちらが新兵器を使っても、いつのまにかそれを遮《さえぎ》る盾が出来てしまっているのです。私は前線で後退を繰り返していました。それなのにどうし

て私の持っていた一番旗が遠くに行くのでしょうか？　今のうちに気づかないと大変なことになってしまいます」

と必死になって訴えかけました。

「一人だけの証言では錯覚ということもあるから、山に住む住人をもう一人、証言台に立たせなさい」

と王様が言い、今度は若い男が引き出されました。その男は、

「旗は時間毎、分毎に少しずつ遠くに行っています。私達は山の上から見ているんだから間違いないのです。この兵隊さんは何か勘違いをしているんだ。そうでなければやはり嘘つきとしか考えられません」

と証言しました。

その時です。群衆の中から一人の男が現れ、その兵士の近くに歩み寄って、大きな声でこう言いました。

「俺も前線で戦っていたんだが、今よく考えてみると、この兵隊が言うように、やっぱり後退していたような気がする」

人々は驚きの声を上げ、一体どうしてそんなことが起こったのかと口々に言い合いました。

それを聞いた王様は人々を引き連れ、直々に山に上り、前線を視察することにしました。

山に行った王様は側近の貴族に向かって、

「確かに我が国の旗は遠ざかっている」

と満足そうに言い、脇にいた貴族も、

「王様、間違いなく前線の旗は遠くに動いています」

と言いました。


しかしその足で前線に出向いた王様は、ごくわずかながら前線が後退していることをその目で確かめ、

「我が軍隊は予想以上に苦戦している」

と漏らしました。今度は貴族も自分の間違いを認めざるを得なくなり、

「残念ながら真実は敵国の力が強く、我が軍は後退を余儀なくされているようですな」

と言いました。


城に戻った王様は、テラスに立ちしばらく考えていましたが、やがて、その下の人々に向かって、

「我が国民よ、確かに我らの軍隊は後退を余儀なくされている。しかしながら、前線の旗はこの国の中心から遠ざかっている。これは考えてみると当然のことなのだ。私がこの国を治めてから、この国は毎日少しずつ膨張して来たのだから、前線が少々後退しても、国としては大きくなり続けているのだ」

と高らかに宣言しました。それを聞いた人々は、最初のうち王様が何を言っているのか分かりませんでしたが、やがてその理屈を理解すると口々に、

「さすがに王様は合理的な判断をなさり、王様の言うことに従っていれば間違いはない」

と褒めたたえました。

とりあえず国が大きくなっていることに満足して、人々が帰ろうとした時、例の兵士が、

「一体この国は負けているのだろうか勝っているのだろうか？」

と、ぽつんともらしました。

「もしも前線が後退しなければ、この国はもっと大きくなっているはずで、だからみんなが思っているほどこの国は大きくなっていないんじゃないだろうか」

兵士がそう言うと、それはすぐに人々に囁き声として広がりました。

散っていこうとしていた人々の足が止まり、

「自分は勘違いをしていたのだろうか」

と誰かが言い始めると、どこからともなく、「錯覚だ」「勘違いだ」という声が聞こえ始め、やがて、「間違っていたんだ」という声になりました。そしてまた別の誰かが、

「王様は錬金術師のようにペテン師だ」

と笑いながら、言い出しました。その時、王様の側にいた貴族の一人が真っ赤な顔をして、

「一体おまえたちは誰のおかげでこんなにいい暮らしができていると思っているんだ？」

と、叱りつけるような口調で言いました。

「もしも王様がいなかったら、暮らしは昔のままだったんだぞ。おまえたちは事実を見ていながら、それを否定しようというのか」

やがてみんなも自分達が王様から受けている恩恵を思い出したのか、口々に、

「王様がいなければまた元の酷い生活に逆戻りだ」

「筋の通らない強い神様が戻ってきたら大変だ」

と言い合い、納得して家路に着きました。

自然災害と森の話、予測できないこと

それからまもなくして、酷い自然災害がこの国を襲いました。強力な台風と、巨大な地

震と、火山の噴火がたて続けにやってきて、王国を破壊したのです。さすがに王様も手をこまねいてそれを見ているしかありませんでした。ここ数十年ほど、この国には何の災害もなく平和な日々が続いていたので、人々は今まで自分達が遭ってきた災害をすっかり忘れてしまい、王様の知恵が国中に浸透した結果、今までのような災害が襲ってきても、この国は大丈夫なのだと、あまり合理的でない錯覚をしてしまっていたのです。面白いのは、王様が合理的に考え、人々がそれを支持したのに、人々の方はあまり合理的に物事を判断しなくなっていたということです。王様が合理的だから自分達はあまりそんなことを考えなくてもいいだろうと、彼らは錯覚してしまったようなのです。破壊された地域に住んでいた人達は洞穴やテントに住み、大昔の原始人の生活に逆戻りしてしまいました。地震で地盤が緩んだせいでしょうか、被害のなかった土地でも少し経ってから橋が崩れたり建物が突然倒壊したりして、人々は自分達のやってきた仕事にすっかり自信をなくしてしまいました。王様はそういうことに対して、報道官を通じ、

「予測できないことだった」

というコメントを発表し、貴族達の中に、「予測専門チーム」を設けさせましたが、実際のところ、城の前で店を出している髭の長いペテン占い師の方が、「予測専門チーム」よりもよく当たっているという状況でした。

「王様にもできないことがあるんだ」

と言い出す人々もいましたが、王様はいつも努力し続けていたので、大多数の人々はいつかは王様がどうにかしてくれるだろうと期待していました。

またそれから少しして、王国の内部で犯罪が流行《はや》り出しました。外敵に備えるために武器を持ったり自然災害で家を失った人々が溢れた結果、今までは考えられなかったような酷い盗みや殺しが横行し始めたのです。家族を殺されたり、家に火をつけられた人々は、やがて森の中で生活するようになり、そういう人達に、働くのが嫌になった一群の人々が加わり、村という形態が現れました。こうしたこと全ての原因が王様一人の責任というわけではありませんでしたが、なんとかしなくてはいけないと心配した王様は、一人で、問題の森の方に向かって歩いてゆきました。

しかし王様はいつしか森の中で迷ってしまいました。大きな木の陰から出てきたぼろを纏《まと》った男が、王様の前に進み出て、

「あなたは間違っている」

と言いました。王様は、

「それは分かっているんだ」

と男に向かって答えました。

「違います。あなたは気づかないうちに間違った方向に来てしまって、今森の中で迷っていることにさえ気づいていないのです。私の言っていることが分かりますか？」

「そんなことはない。私は自分が迷っていることに気づいている」

「ではあなたは迷った時にどうすればいいのか知っていますか？　樹海で迷ったときには、前に進むと死んでしまうのです。立ち止まるか戻ることが必要なのです。だからこそ、我々はこの森の中で迷ったまま、抜けだそうとせずにとどまっているのです」

「迷うという事実と何が善《よ》くて何が悪いかの判断は別ものだ。私は良くはないかもしれないが、正しいのだ。結果的に抜け出せないかもしれないが、前に進むという行為自体は実に正しいのだ。おまえ達こそ何も分かっていない。前に進まなければそれこそ死んでしまうしかない」

「王様、私達は森で、もう何百年も前の人々の生活をしています。そしていろいろなことを知っています。例えば、あなたにもできないことはたくさんあるということを知っています。この森では原因と結果の関係が逆転しているのです。雨が降らないから木が枯れるのではなく、木が枯れるから雨が降らないのです。我々にとってはそれがきわめて自然なことなのです。だからあなたはここでは迷ってしまう。あなたはここでは正しくはないのです。正確には、あなたは自分が正しくなかったと認める時、もう元には戻れないのです。

だからこそ、正しくないかもしれないあなたは、今既に間違っているのです。例えば、私達は雨水が欲しいから木を生やしている。木が枯れると人が入ってくるから自分達の立入禁止区域を作っているのに、あなたはこんなところにも入って来てしまった」

「入れないという判断はあまり論理的ではない。入ることができるかもしれないという可能性を追求している限り、入れないという短絡的な判断は出てこないのだよ。百歩譲って、人が入ると木が枯れるのだとしても、私は自ずから自分の立入禁止区域を作ってしまうようなまねはできない。いいか、おまえ達のように自分の前に線を引いて、ここから先は入れないと決めてしまうほど馬鹿げたことはないのだ」

「では、あなたは本当に御自分がこの森の中で進んでいるとお思いですか？」

「もちろんだ。時としてぐるぐる巡っているだけかもしれないが、それでも自分なりに前には進んでいる。それは明らかなのだよ。そして私は前に進むことで、おまえ達の言う『入れないところ』に入る。そうすればここから抜けだせるのだ」

「そうですか。結局やってみるしかないようですね。でもそれが失敗だったとしても、もう取り返しはつかないのですよ。では、私の顔をよく覚えておいて下さい。また私に会ったら、あなたは堂々めぐりをしているだけなのだということを認めるしかないでしょう。ところで、私はあなたと似ていると、よく仲間から言われるのです」

そう言い残して、男は森の奥に歩いていきましたが、男が消えると、森もいつの間にかなくなっていました。気づくと、王様は太い道の真ん中で佇《たたず》んでいたのです。

王様の病気

帰る途中、黒い雨に打たれた王様はすっかり身体の調子を崩してしまいました。初めは軽い咳程度だったのですが、やがて熱が出て、ぜいぜい（税税）と息をするようになりました。すぐに医者が呼ばれて診察しましたが、原因は分かりませんでした。医者にも治せないような厄介な病気を治すことのできる人間はこの国に一人だけしかおらず、厄介なことに、それは王様自身でした。つまり、王様は自分自身を徹底的に調べ上げて治すしかなかったということでした。ところがそうしようとして、その過労がまた王様の病気を悪化させてしまいました。王様は完全に悪循環に入ってしまい、自分で自分を癒そうとして、かえって病気を致命的なものにしてしまいました。病人が病人を治すということはとても矛盾したことだということに、やっと王様は気づきましたが、手の動かなくなった王様にはもうどうすることもできませんでした。

王様が現れなくなった国では、不思議なことが流行り始めました。時計の針を逆に回すことです。人々は進まない時間の中でおっかなびっくり生活するようになりました。「いつかどうにかなる」というこの国の合い言葉が人々の口から聞かれなくなり、そのかわり、「これからは悪いことばかりが続く」という不気味な予言が広まり始めたからです。そのうち人々はどうして自分達は時計の針がいつも右回りでしか進まないと思っていたのか、そのこと自体を不思議に思いだしました。

一方、宮殿の中では貴族達が王様の世話を焼いていましたが、貴族達は世の中では時計の針がどちら向きに回っているのかということにはあまり関心がなく、毎日刻々と変化する王様の容態がどうなのかということだけを気にして生活していました。ところが王様の病がどんどんと重くなっていたことから、貴族達の中にも民衆の動向に不安を抱き、時計の針の進む向きを心配する者が現れてきました。

ある日、王様が寝ているベッドの脇に何人かの貴族達が集まってきました。そして、

「人民は時計の針がどうして右回りしかしないのかを不思議に思っています。我々はそれに答えることができません。どうしてなのか教えて下さい」

と言いました。病気でやつれた王様は、

「そんなことは私の知ったことではない」

と言いましたが、その言葉を聞いた貴族達はみなとても驚きました。なぜなら、今の王

様が王様になる前までは、時計の針は時として止まったり左回りしていたからです。貴族達は当然王様がその秘密を知っていると思っていました。

「でも王様、あなたが時計の針を右回りに進めたのです」

「それは単なる偶然だろう」

王様の答えはにべもありませんでした。しかし、王様にしてみれば、確かに、自分が国中の時計を一つ一つ右回りにしているわけではないので、それ以上答えようがなかったのです。

「私ではなく、私以外の全ての人間が時計の針は右に回り続けると考えていただけの話で、私は一度もそんなことを命令した覚えはない」

王様はそう正直に告げると、失望したような顔をしていた貴族達を部屋から追い出しました。王様は静かに一人で存在していたかったのです。

僧侶との会話、神様の消滅

ある日、通りがかりの僧侶が王様の部屋に通されました。

「私の病気が治るように祈りなさい」

と王様が言うと、僧侶は、

「残念ですがそれはできません」

と頭を下げました。

「それはどうしてだ？」

王様は怒って言いました。

「私は神様に仕える身でしかなく、あなた様が神を全て追い出した結果、もうどこにも神様などいません。いるとしたら、それはあなた様自身です。あなた様のためにあなた様に祈ることなどできません。もしそうしたら、因果関係が決定的に逆転してしまいます」

僧侶はあくまで冷静に答えます。王様はふと、この冷静さは実は自分のものだったということに気づきました。そして冷静になろうとしました。

「誰が神に向かって祈れと言った？　私はただ祈れと言ったのだ。それに、私はむしろ神などいないと言ってきたのだから、自分が神であるはずがない。おまえはおまえの神を奪われ、私への腹いせにそんなことを言っているのか？」

「いいえとんでもありません。あなたは神様を否定してきた結果、御自分が〝いわゆる〟神様になってしまわれたことに気づいていないだけなのです。確かにあなたが神になってしまわれたのは、あなたの周りであなたへの信仰を深めていった人間達のせいですが、あなた自身もそれを黙認していたことは事実なのです」

「黙認するもなにも、私に他人の判断を裁く権利はない。私は理にかなったことが好きで、おまえの神様のように筋の通らないものは好きではないだけなのだ」

「でも王様、あなたは誰に筋を通されたのですか？　あなたの考える神様ではないのですか？　少なくとも人々はそう思っています。つまりあなたにも神様のようなものはいて、あなたはそれに従って行動しているのだと。もしそうでないとおっしゃるなら、あなたは私に向かって、一体、誰に祈れとおっしゃったのですか？」

「では、人民の考える私の神様というのはどういうものなのだろう？　そんなものが存在するのか？　おまえは、どう思うのだ？」

王様は少し自信がなくなってそう言ってみました。

「あなた様のおっしゃっている筋とか理に神様を見つけるのは簡単なことです。それは、もしかしたら、あなた様自身が神様の影響力から抜け出しきっていないことの証明なのかもしれません。神様がいないとおっしゃるあなた様は、あるいは筋が通っているのかもしれませんが、大体、筋が通ると言うこと自体、本当に筋が通っているのでしょうか？」

僧侶はそんな捨て台詞《ぜりふ》を残して部屋を出ていきました。王様はその夜から、自分が追い出したはずの神様の悪夢に悩まされました。そしてそれは王様の病気を一層悪化させたのです。

病気の広がりと王国の消滅

王様の病気が人々に感染するまでにそう長い時間はかかりませんでした。最初に貴族達が調子を崩し、やがて城の周辺から徐々に人々の具合も悪くなっていきました。相変わらず外敵との戦争が続いていましたが、前線の兵士達にまで病が感染するようになると、今までになく兵士達も後退を余儀なくされ、領土が延びているといっても、とうとう前線はほとんど外に向かって進まなくなりました。正直者の山の住人達がふもとに降りてきて、

「もうこの国は大きくならなくなったぞ」

と言い触らして歩きました。


病気をうつされたのだと気づいた民衆は苛立ち、大挙して城に押し寄せました。そして、王様が悪いと口々に言い合いました。中には台風や地震まで王様のせいだと言い出すものまでいました。そのうち、人々はこんなに拡大した戦争をどうしようかと勝手に話し合い始めました。今まで人々にはこの戦争を自分達がしているのだという意識が希薄だったので、話し合いは少しも前に進んでいきませんでした。そのうち、

「強い王様がいるから相手もどんどん強くなるんだ」

と誰かが叫びました。

「王様がいなくなれば相手も攻撃をやめるさ」

とまた別の誰かが言いました。

やがてそんな騒動を聞きつけて、貴族達も民衆の前に現れ始めました。民衆達の怒りはおさまりません。

「おまえたち貴族がぼんやりしていたせいでこんなことになったんだ」

どこからかそういう声も聞かれます。

その時、やせ細った瀕死《ひんし》の王様がバルコニーに現れました。

「私は良くも悪くもない。私はただ正しかっただけなのだ。もちろん正しいことが良いこととは限らない」

王様はそう言い自分で納得すると、家来達に命じて、城の門をかたく閉じてしまいました。

少ししてから城が象牙をすりつぶした粉と瞬間接着剤で塗り固められ始めました。その頃には、人々は既にもうこの国に王様がいなくなったことを知りました。前線の兵士達はみな引き揚げて来ましたが、そうすると不思議に、敵の攻撃も止んでしまいました。森に住んでいた人々は、やはり自分達の考えが正しかったことをみんなに宣伝して回りました。そのため、人々は城のまわりを離れ、森に住むようになりました。しかしながら、森での生活は不便で、とても大多数の人々にとって耐えられるようなものではありませんでした。それにどういうわけか木の密度が濃くなってきているようで、森の中にあまり陽が差し込まなくなりました。じめじめした空気の中でおかしな虫達が飛び回り出し、前線から帰ってきた兵士達は、今度は、その虫と戦わなくてはなりませんでした。

そんなある日、誰かが、

「森が縮んできているんじゃないか」

と言い出しました。最初は誰もその言葉を信用していませんでしたが、元貴族の一人が木と木の間隔を測ってみると、確かにそれが毎日、徐々に短くなっていました。山に住んでいた住人も、

「国境の旗がものすごい勢いでこちらに向かってくる」

と言って我先に山を下りてきました。

人々は慌てて城に駆けつけ、

「王様、助けて下さい」

と叫びましたが、象牙で固まってしまった城にその声は届きません。その時になって初めて、人々は自分達の戦っていた相手が、実は森という勝ち目のない相手だったことに気づいたのですが、既に手遅れでした。人々は必死になってなぜ森が縮んできているのか考

えましたが、王様が城に閉じこもってから、結果と原因の関係はもうずっと前に逆転したままだったのです。

悲劇的な結末

やがてその国は真っ黒く縮んでゆきましたが、その真ん中には、象牙の城だけがぽつんと取り残されていました。そうして点のなかに押し込められた人々は、死がどういうものかを知る前に、既に存在しなくなってしまったので、最後まで何かを真剣に考えるという面倒なことをせずに済みました。それは唯一、この物語の中で幸福な要素です。

蛇足

その星を早くから望遠鏡で眺めていた人々がいました。彼らは、何でも吸い込まれてしまうその黒い点を「ブラックホール」と名付け、原因と結果の逆転した点だと考えましたが、もう消滅してしまった人々にとって、そんなことはどうでもいいことでした。なぜなら、これは、もう終わってしまった物語だったからです。

アブサルティに関する評伝

　私がアブサルティの実験に疑惑を抱いたのは、ごく些細な自分の実験ミスがきっかけだった。アブサルティは「偉大な研究の多くは失敗から得られる」と言っていたが、ある意味では、私の発見も偉大なものだったかもしれない。その日、アブサルティは日曜のミサに出かけたまま、約束していた午後になっても実験室に戻らなかった。タンパク精製を一緒にやることになっていたのに、結局自分だけで始めるしかなく、実験を進めていくうち、前日に使った放射性同位元素の容器を冷蔵庫にしまい忘れたのではないかと気になった。常温に放置しておいたら使いものにならないほど分解してしまう。ところが、日曜日には放射性物質実験室への立ち入りが禁止されていて、IDカードを機械に読みとらせなければドアが開かないために、どんなことをしても入室は不可能だった。そういえばアブサルティだけが特別に入室が許可されていたことを思い出して彼の机の上を見ると、ＩＤカードが無防備に置いてあって、どうせ彼が悪いのだからと、一時借用することにした。実験室に入ってみると、案の定、実験台の上に試薬が出しっぱなしになっていた。多少の分解はあるだろうがまだ十三時間ほどしか経っていないから実験には使えるはずで、私は試薬を冷蔵庫にしまい込み、それのあった実験台が放射能汚染されていないことを確かめるためにガイガーカウンターを持ち出した。ピッピッという無機的な音が響き、間合いの長さはバックグラウンドの放射線だけで汚染がないことを示していた。なんとなく、隣のアブサルティの実験机に、透明な四角いゲルが置きっぱなしになっているのが目に入った。放射性同位元素を流したゲルを片付け忘れるのは珍しいことだった。ミサが終わった後で来るつもりだったのか、あるいは日曜の実験室には誰も入ってこないという安心感があったのかもしれない。いつも他人に教える時には口やかましいのに意外とだらしないじゃないかという気持ちもあり、一応周囲の汚染がないかチェックしようとした。ガイガーカウンターがたまたまゲルの方に向いた時、妙な音の鳴り方をした。彼が使っているのはリンの放射性物質のはずなのに、カウンターの鳴り方は明らかにそれ以外のもの、例えばヨウ素化合物を思わせるような感じだった。

私はアブサルティ自身が書いた実験室の使用記録を見たが、やはりそこにはリン酸化合物の放射性同位元素による実験としか書き込まれていなかった。なぜ嘘を書いているのかという疑問は、使ったＩＤカードを返そうとしてアブサルティの机の上に置かれた一枚のエックス線写真を見た瞬間、解決した。端に昨日の日付が書き込まれ、黒いバンドの横にはそれが新たに抽出した酵素であることを示す文字が書かれていて……私は瞬時にそれが例のゲルから故意的に作られたデータであることを確信した。そして、なぜ研究者達がみなアブサルティに倣《なら》いながら成功しなかったのかという、いつも抱き続けてきた疑問の答えも同時に見つけてしまった。要するにそれは全て捏造《ねつぞう》だったのだ。実験の鬼であるアブサルティが実験室に張り付いているのは、自分がいなければ実験の創作が暴かれてしまうという恐怖感からだったのかもしれない。

数日間、私は、自分が知った事実を誰かに告げるべきかどうか迷った。私自身はアブサルティという人間が好きだったし、少なくとも彼の実験結果を自分の業績として発表してしまうボスよりも彼の方を好ましい人間だと思っていた。そして、考えた挙げ句、私はアブサルティ自身に告白する道を選んだ。

「科学者がデーターを偽造することをどう思う？」

私はコーヒーブレイクをしているアブサルティに、一切の緩衝材を入れずに尋ねた。驚いたことにアブサルティは眉一つ動かさず、

「世の中にはニュートンやガリレオにしてからが研究成果を捏造したと主張する人間さえいるくらいですけれど、残念ながら、どうもそれは正しいことのようです。遺伝子の概念を最初に提唱したメンデルにしても、エンドウ豆のデーターはあまりに揃いすぎていて、統計学上は創作だったと言われています。でもメンデルの主張は正しかったんですよ」

と、いつもの慇懃《いんぎん》さで答えた。

「それでも、捏造データーは科学に対する背信だよね」

「二十年前のネイチャーの論文をチェックしてみたことがありますか？　現在の基準からすると、かなりの部分が嘘ですよ。ネイチャーじゃなくても、十年前二十年前の一流科学雑誌に書かれている内容の多くは、現在の基準からすると誤りです。事実が書き込まれていながら結果的に真実ではなかった論文と、虚構が書かれていたのに結果的には真実だった論文は、どうやって区別をつければいいんでしょうか？　既に結果が真実であるということが分かっている論文の真贋《しんがん》を鑑定することは、不可能なことだと言わざるを得ないじゃないですか。科学を作った天才は、科学的思考に優れていたというより、むしろ直感に優れていたんです。彼らには、真実というものが厳然と存在していて、それを証明するデーターは必ずしも真実である必要はなかったのかもしれません。著作の中で多くの思考実験を書き記したガリレオは、本当は実験が好きではなかったという説があります。ある意味、彼には証明など必要なくて、データーは単に他の愚かな人間を納得させるための便法に過ぎなかったということです。大切なのは真実が真実として認められることで、どうやって真実を認識したかは、問題じゃなかったんです」

アブサルティの言葉は次第に熱を帯びてきた。

「科学は科学で独自の進化を遂げようとしているし、人間は人間で進化しようとしているけれども、その両者は相容れません。科学は元々錬金術ですからね。メンデルは部屋の窓辺に一度もエンドウ豆を植えたことはなかったかもしれないんです」

確かに、彼が事実を言っていないとしても、それが真実ならば何の問題もないのではないかという気にさせられた。

「君が求めている結末というのは、演繹《えんえき》的には次の瞬間を予測できなくても、最後から逆算すると、その結末には一つの必然性が、偶然に存在してしまったという、ひどく都合の良いものなんじゃないだろうか？」

いつもは爽やかだと感じるアブサルティの笑みが不敵なものに思え、私の中では自信たっぷりの彼に対する嫉妬のような感情が芽生え始めていた。確かに彼は天才的な詐欺師かもしれないが、詐欺師は詐欺師としての呵責《かしやく》を感じるべきだというぼんやりとした怒りだった。

ボスのスチュワートに面会を求めると、貴重な時間は潰せないという態度で、書き物の手を休めようとしなかった。その時、凡人である自分が天才であるアブサルティの優位に立てるのだというどうしようもない衝動が私を動かしていたような気がする。

「先週の日曜日……」

私は熱にうかされたように、自分が見たことをそのままだらだらと言っていたが、スチュワートは最初、否定して取り合わなかった。私が証拠として見せたのは、実験者の名前が書かれた袋の中の崩れかかったゲルだった。スチュワートは実験助手を呼び出し、そのゲルに含まれている放射性同位元素がヨウ素であることを確認させ、新しいエックス線フィルムに感光させるよう指示した。アブサルティが最新のデーターとして提出したエックス線フィルムに映し出されていたバンドのパターンと、私がごみ箱から拾い上げたゲルからフィルムに感光させたバンドのパターンは完全に一致していた。その時になって初めて顔色を失ったスチュワートは慌ててアブサルティを呼び出し、

「一体どういうことなんだ？」

と怒鳴りつけるように言った。アブサルティは、

「実験の途中で間違った核種を使ったのかもしれません」

と苦しい言い訳をしたが、ヨウ素を使ってそれらしいバンドを作り出した作為まで消せるものではないことは、その場にいる誰もが知っていた。

「四週間の期間を与える。君に疑いを抱いているイノウエの前でもう一度酵素の精製をしてみなさい。もしそれができなかったら、この研究室から出ていってもらうしかない」

スチュワートの厳しい言葉にアブサルティは軽く微笑み、

「なぜイノウエが僕を陥れるようなことを言うのか分からないんですが、疑いを晴らすには四週間で充分です」

と自信たっぷりに言ってのけた。


「全ての科学者は神の存在を仮定しながら研究しているんですよ」

ある遺伝子を制限酵素で切り、別の遺伝子とつなぎ合わせる実験をしながら、アブサルティは私に言った。

「人間が既知の領域を越えて未知の分野に挑戦する時、そこに合理的な秩序が存在していると仮定して次の歩を進めるしかありません。ところがその合理的秩序を決める主体は我々人間ではなく、絶対的な他者、つまり神ということにならざるを得なくて、一時的に神の視線から全てを眺め渡すことが必要になります」

私が何も言わずにいると、彼は、

「遺伝子イコール神という論理が巷《ちまた》では優勢ですけれども、遺伝子の唯一の誤算が何だったか知っていますか？」

と私に尋ねた。

「それは、こうやって自分自身をぶち切る人間を作ってしまったことですよ」

彼は自分で自分の問いに答え、にやりといやらしい笑いを見せた。

彼の口から「神」という言葉を聞くと、私は、当時人気の高かったF１レーサー、アイルトン・セナがインタビューのたび口にしていた、自分は神に導かれて走っているのだという言葉を思い出す。

インターネットで医学系論文検索システム「MEDLINE」を開き、そこで細胞の情報伝達の鍵となる物質「MAP Kinase Kinase」を入力すると、多数の論文が画面に現れる。その一番最初にリストアップされているのは、「Alias Absarti」が雑誌サイエンスに発表した短い論文で、彼はこの物質を最初に発見した人間として登録されている。論文の中で提唱されている「リン酸化酵素のドミノ（カスケード）理論」はワシントンポストで「きわめて斬新な発見」と評され、この業績のみで充分ノーベル賞に値すると言われた。さらにアブサルティが当時まだ二十代の大学院の学生であったという事実が世界の学者達を驚かせた。

旺盛な増殖を繰り返す癌細胞からいくつもの癌遺伝子が立て続けに単離・精製されたのは八〇年代前半である。癌細胞から取り出した遺伝子を正常細胞に移入すると癌細胞としての性質を示すようになることから、新規の癌遺伝子が次々と同定された。これらのほとんどは細胞増殖のシグナル伝達系と呼ばれる一連の情報連鎖に関わるものであった。細胞が分裂して増える時、成長因子を必要とするが、これが細胞表面の受容体に結合して細胞内に何らかの変化を起こし、それが細胞の核にまで伝わって染色体分裂を促進する。その際、リン酸化酵素が細胞増殖に重要な役割を果たすと考えられていた。しかし、詳細については不明で、研究者達も手詰まりの状態だったが、突然アブサルティによって世に提唱されたリン酸化酵素ドミノ理論は、リン酸化酵素をリン酸化する酵素が存在し、さらにそれをリン酸化する酵素が存在するといった具合に、いくつもの酵素が連鎖して細胞内情報伝達に関わっているという画期的な仮説であった。このドミノ理論はそこにつながっていくべき過去における何らの報告もなく、アブサルティによって全く独立に世に出された理論であった。当初、アブサルティは、このドミノの中の一つの駒しか精製報告できていなかったが、多くの駒があることを予測してドミノ理論と名付けたことに先見の明があったと言わなくてはならない。この理論は、細胞増殖のみならず、細胞死（アポトーシス）など他の細胞内情報伝達においてもカスケード形成というシステムが存在している可能性を示したという点で高く評価されている。

留学生として在籍していた私の研究テーマは癌細胞の増殖と転移についてであり、アブサルティとは最も親しい間柄の一人であったと言ってよかったと思う。アブサルティは研究所内で「実験の天才」とも「実験の鬼」とも呼ばれていて、スポーツクラブとミサに出かけるごく僅かな時間を除いて連日ほとんど所内に泊まり込みで研究をしており、そこには鬼気迫るものがあった。彼は、この研究所に来てから僅か半年で「ドミノ理論」という当たりくじを引き当て、多くの製薬系企業がその研究成果に飛びついた。常々、遠心機を一人占めしてしまう利己的な態度を助手に批判されていたアブサルティは彼との関係をごく短い期間で逆転して見せた。研究室のボス、スチュワートは五十代後半の太った男で、若い頃からこつこつと業績を蓄積して生体内酵素の分野で名前を知られた存在ではあったが、これといって大きな業績を持っているわけではなかった。ところが、共同研究者ということでアブサルティの研究成果を携《たずさ》えて各地の学会を飛び回るうちに、その研究がオリジナルには自分の発想に基づくものであると公言するようになっていた。実際にはアブサルティは彼独自の発想に基づいて単独に実験を始めたのであり、スチュワートは研究資金の面での援助を行ったに過ぎなかった。それどころか、彼は、アブサルティに対して当初、奇抜な発想に基づく実験をやめて博士号取得にふさわしい堅実なテーマに変えるよう促していたほど、研究の目先の利かない人間だった。

　彼の研究室には連日、彼から実験技術を習おうとして多くの人間が訪れていたものの、多少躁鬱の気味があったためか、彼らのアブサルティに対する評価は時として全く異なっていた。しかし、彼らは一様に彼の素早く正確な実験操作には感心しており、私も酵素精製の方法を盗もうとしたが、一見簡単そうに見える手順を自分の実験室に帰ってきてやってみてもどうしてもうまくいかず、アブサルティだけが知っていて決して口外しない何らかのコツがあるのだと思えた。

　この頃からアブサルティは自分の目標はノーベル賞だと明言するようになっている。

「ノーベル賞は決して地道な研究を積み重ねていったところだけに存在するものではないんですよ。すこんと突き抜けたようなたった一週間程度の実験でも取れるときには取れるものですから。僕は、ノーベル賞学者でも、キュリー夫人みたいなタイプは嫌いです。放射線の存在はキュリー夫人が研究を始める前に分かっていたし、ウラン鉱石の中に放射線を発する物質があることも分かっていました。彼女がやったことは分かり切った事実から予想された物質を抽出しただけのことです。たまたまそれが人類の役に立ったから二度もノーベル賞を与えられたというだけのことで、くそ真面目な女学生の研究が過剰に評価された稀有な例です」

アブサルティはそう吐き捨てるように言っていた。彼は、教師が出来の悪い学生を叱る時に使われてきたキュリー夫人の苦学生時代の有名なエピソード、つまり死ぬほど勉強したあげく、サクランボと赤カブだけしか食べるものがなくなり、貧血になって倒れたという逸話に関しても懐疑的だった。

「彼女は無理に苦学生を装って、ストイックな生活に傾倒していたらしいんです。実際彼女の姉は医者と結婚していて、その気になれば夕食を共にすることくらい何でもなかったのに、猛勉強して他の男子生徒を負かすことだけに夢中だったわけです」

アブサルティはそう言いながらも、自分とキュリー夫人との共通点を認識していた。アブサルティはその名前から明らかなように移民の子で、キュリー夫人同様、自己顕示の逆さまとしてのコンプレックスが非常に強い人間でもあった。多少抽象的な言い方になるが、コンプレックスは理想と現実のいびつな乖離《かいり》からさらに増強されたように、私には思えた。彼は精神においても肉体においても、いつも高すぎる理想を抱き、自分勝手にその摩擦に悩み続けていた。精神はいくぶん恣意的な操作が可能だったのだろうが、肉体は、常に彼を縛る決定的な要因であり続けた。彼はごく僅かな時間を見つけてはボディビルジムに通い、空手を習い、毎日のジョギングと研究所の地下のプールでのスイミングを欠かさなかった。競技人口の少ないライフルではオリンピックの強化選手に選ばれたいと本気で考えていたようで、重いライフルをぶれずに持つ筋力をつけるために、昼時にはいつもパンにタンパクの粉とビタミン剤を混ぜてがつがつと食べていたのを覚えている。彼の万能ぶりに周囲の人間はみな感心していたが、そのどれにおいても超一流でないという、他の人間にとってはなんでもないことに、彼自身は我慢ができなかったようだった。

アブサルティはいつもと変わらず実験に没頭していたが、どう見ても結果が出ないまま、与えられた時間だけは確実に消費されていた。

「こうやって、実験でたくさんネズミを殺しながら、彼らは人間の私をどう思っているんだろうと、考えることがあります」

アブサルティはそう言いながら、ケージの中から実験に使うネズミを取り出していた。手早く台の上に首を固定し、尻尾の細い静脈から器用に薬剤を注射する。そのネズミの一時間後の死は確定することになる。

「残忍な独裁者と思うか、神と思うか。いずれにせよ絶対的な存在として映るはずです。まあでも、神と言われた人間だって結局は死んでいるんですから、本当の絶対者は、殺しても殺してもコピーが存在する、この純系マウスかもしれません。純系マウスはみな同じ一つのネズミのコピーで、どの個体も同じ遺伝子を持っています」

彼はそう言いながら、別のケージから取り出したネズミの首を麻酔薬の入った瓶に入れた。ネズミは身体をくねらせながら死に、少しすると黒目が白く濁ってくる。

「彼らは自分でも他の個体と自分の区別がつかないんです。つまり、今現在、この二匹を僕の右手と左手が区別していますが、ケージの中で混ぜてからつまみだすと、さっき右手として認識されていたものと左手として認識されていたものの判別は、僕にもあなたにも、いや、それどころか、彼ら自身にもつかない」

死んだネズミはハサミで胸を開けられ、肺だけが切り取られて、残りはゴミ袋の中に放り込まれた。

「不思議ですね。自分でやっておきながら、次第に死体が溜まってくると、実に恐ろしい、おぞましい光景だと思うんです。そして、これを僕にやらせている神という生き物が本当に存在するのだとしたら、それこそ、なんて残忍な奴なんだと感じるんです。神は共食いしますからね、ネズミといっしょで」

彼はそう言ってにやりと笑った。

その日もアブサルティの実験は進んでいなかった。昼の会議が終わると、私はスチュワートに呼び出された。アブサルティが修士論文を仕上げたコーネリア大学のエバンス研究室に行き、なぜ彼が前の研究室を去ったのか、その理由を探ってこいと言われた。実はエバンス研究室とは以前、細胞の貸し借りの件で揉めた経緯があって、研究室としての交流はほとんどない状態だった。留学生の私レベルの人間なら、出入りにそれほど問題がないという判断だったのだろう。それで、私は学会帰りを装って面識のあった日本人学生のもとを訪問し、それとなくアブサルティのことを聞き出してみた。しかし、私がそこで得た証言は、驚くべきものだった。彼の経歴には詐称があり、彼は本当にはまだ修士も得ていなかったのである。事情の一端を説明すると、彼はこちらのボスに聞かせるための証言の録音に同意してくれた。

「一年間、私はアブサルティと机を並べて、癌治療に関する免疫学的研究に従事していました。彼も私も留学生という立場でしたが、彼は研究室の中で、的を射た実験を無駄なくこなして教授の信任を得ていました。でも、脳手術を施したとされるマウスのどこにも傷跡が見つからなかったり、彼が注文したマウスの匹数《ひきすう》が論文に記されていた匹数に遠く及ばなかったりと、あまり良くない噂が立ち始めました。結局データーのずさんさを批判されて、喧嘩別れのような感じであなたの研究室に移っていってからも、彼が樹立培養したホジキン病患者の細胞が、その染色体の観察から実は人間のものではないことが明らかになったりしました。書面で彼に通知したのですが、返事はありませんでした。彼があなたの研究室を選んだのは、一つには、以前の感情的なしこりがあって交流がないことが大きかったのではないかと思います」

私が持ち帰ったテープを聞いたスチュワートは表情を硬くし、言葉を失った。そして彼は私を含めて数人がかりでアブサルティの実験の監視を行うように指示し、アブサルティに第三者の見ていないところでの実験を一切禁止した。どう見ても、精製は一部を除いてうまくいっていなかった。徐々に彼の鮮やかな手さばきは影を潜め、ごく簡単な操作にも酷く手間取り、驚いたことに、標識していない精製タンパクをゲルに載せるという単純な失敗をしそうになったりもした。私はその時、彼の使ったトリックを直感した。彼は予《あらかじ》め分子量の分かっているタンパクを放射線標識しておき、それを精製したとする未標識のタンパクと混ぜてゲルに載せて流していただけだったのだ。当然、未標識のタンパクからも放射能が検出されることになる。

その日の実験が全て失敗に終わると、アブサルティは何をすることもなく、私の前で缶ビールを飲みながら実験室のベランダに出て星空を眺めていた。

「宇宙を見ている人達の常識というのは次々と変わっていきますね。痩せた現実は巨大な想像によって徐々に吸収されていくしかないんでしょうか」

アブサルティはじっと一つの星を見つめていた。

「たとえ証明はできなくても、僕の理論は正しくて、僕がいなくてもこのまま研究は進み、僕の正しさは証明されるはずです。神は正しいから証明される必要がない。牧師でもあったメンデルの証明は間違っていたけれど、彼は正しかったんです。でも、彼は生きている間、その正しさを認めてもらえなかった。誠実に、正直に、真面目に、真剣に……世の中には便利な言葉がいくつもあって、それを使ってさえいれば正しいということになっているけれども、相手を喧嘩で殴って殺してしまった人間だって本質的には悪意に欠けているかもしれない。真実が真実として成立するのに要する時間は、個人の持ち時間よりも長いんじゃないでしょうか。真実の内包する基本的な矛盾というのは、それを主張する人間達の多様性が持ち込まれた結果でしかなくて、だからこの空間の中では、毎日誰かが、誠実さや正直さとは関係なく死んでいくんだと思います」

「でも君は失敗しているよね」

私が意地悪に尋ねると、彼は少し考えてから口を開いた。

「人間は、生きていくために、高度に自分でなければならないんです。僕はそのために努力してきました。努力するのは悪いことではないと教えられてきたからです。そしてそれが報われると、ずっと信じてきました。でも、そんなものは幻想にすぎなかったんです。人間が作り出した秩序は全てがフィクションです。ところで、人間は二百歳まで生きる権利があるって馬鹿げた説を知ってました？　人間の細胞を試験管の中で飼うと、大体五十回ほど分裂して、そこから先は分裂しなくなって死滅しますけど、それを人間の年齢に換算すると、およそ二百歳くらいになるそうです。個体は死んでも組織は生き続けます。組織が死んでも細胞は生きています。その細胞が死んでも物質としての遺伝子は残ります。遺伝子の塩基配列さえ分かれば、個体が再生できてしまうんです。死というのは一体この過程のどこに存在しているんでしょうか」

幼い頃、船の遭難事故に遭って両親を失い、彼を育てた母方の祖母も強盗に惨殺されたという、今まで何度も聞かされた話を思い出していた。そうした経験が彼の中でトラウマになっているのか、彼は死を異常なほど恐れ、死を抹殺しようとすらしているのではないかと思えた。そういう意味で、彼はクレージーなのだ。もちろん正常な人間でも夜一人のときなど自分の死を嫌悪することはあるが、彼の場合は明らかに常軌を逸していて、頭の中から死の恐怖が去ることはないかのようだった。彼が歩くと、胸にぶら下げたペンダントの中からカサカサと小さな音がする。十六歳の時に骨肉腫で死んだガールフレンドから摘出された肉腫が中に入っていると言っていた。彼は、癌や肉腫といった、いわば寿命を持たずに増殖し続ける細胞に対しては、憧憬の念すら抱いていたように思えた。そしてそれらの細胞の増殖の鍵を握るのが、まさしくリン酸化酵素ドミノ理論だった。

後に医学ジャーナリスト、エド・ハリソンが「背徳の医学者　アブサルティ」という記事をタイムに掲載した時、彼はボストンに住むアブサルティの従兄弟にあたるという高校教師にインタビューしている。その一部を引用する。

「アブサルティは両親と客船に乗っていて遭難事故に遭い、彼一人が助かりました。彼にはいくぶんの保険金が残りましたが、祖母が強盗に殺されるという悲劇の後、親族は十二歳になったばかりの彼に、二十歳年上のキムという女性を妻として迎えさせました。半分夫婦で半分母子という性的関係の中、彼は一時、同級生と同性愛の関係にありました。しかし、そのキムも、アブサルティが二十歳の時に、肺癌で死んでしまいます。死の匂いが、いつも彼の周りにまとわりついていました。キムは死の前日、女の子を出産しました。その子が小児癌で一歳にもならずに死ぬと、彼は一時癌恐怖症に陥り、自分も癌で死ぬのだと思いこむようになりました。金で何でもする病院に入り、自ら希望して何の根拠もなく胃の半分を切り取らせました。それでも癌の恐怖から逃れられなかった彼は、自分が癌の専門家になるため、医学部に入り、入学と同時に癌の研究を始めたんです。この頃のアブサルティは自分の精子がブラックマーケットのブローカーに高く売れることをとても自慢していました。

幼児期の船の遭難事故の体験からか、飛行機に乗る時ですら、いつもロビーでランチボックスを買って飛行機が落ちた時の緊急食料にあてると言っていたアブサルティは、人類よりも進歩した科学を持つ生物の侵略にどう対処したらいいのかという、非現実的な課題に思い悩んでいたりもしていました。だから、一九八八年にベン・ジョンソンがドーピングで百メートルを九秒七九という前人未到の記録で走り抜けた時ですら、とにかく人類の能力がそこまで来たことを、誰よりも素直に喜んでいました。もっとも、基本的には、車があれば走る速さを争う競技に意味はないと考えていたことも事実で、彼はスポーツにドラマ性を見つけようとすることはギャンブルを楽しむのと同じことだと言って軽蔑していました。彼にとって最も大事だったのは自分の出世や金儲けでなく、ましてや自分の子孫や国の発展でもなく、信じられないことに、人類の存続という切羽詰まった異次元のものだったように思うことがあります。人類が存続していけるためなら、何もフェアーな勝負に拘《こだわ》る必要などないというのが彼の基本的な考えで、人間の精子や卵子に恣意的な操作を加えて加工した人間を作り出すのも許されるべきだという割り切りが既に出来上がっていたからこそ、精子をブラックマーケットにばらまくという行為にも抵抗がなかったのかもしれません。

　アブサルティは本当に、ネオナチ的な思想を持っていました。ヒトラーは、ヒトラーユーゲントと呼ばれた純系アーリア民族の子供達の再生産を目指していたわけですけれど、アブサルティ自身、ポルシェやビーエムやベンツを有り難がっている金持ち達は、心の底では、ゲルマン民族の優秀さを認めているのだとも言っており、精子に付けられるラベルに書き込まれた血統には、自分もゲルマン民族の血を引いていると申請していました。そして、死体に対するモノ的扱いに抵抗の少ない国ほど、ナチスドイツがそうであったように、科学は進歩するのだと常々口にしていました」

　実際、ハリソンの記事を証明するように、アブサルティがコンピューターに残していった日記のファイルにヒトラーについて書かれた以下のような文章が見つかっている。

「戦後混迷していたドイツに突然現れたヒトラーは、飢えた民衆にパンを与えた。その結果、彼は、民衆に奉仕したというイメージと卓越した指導力によって、極めて民主的な過程を経て、指導者に選ばれた。一般民衆にとって、自分達の生活が良くなっていればそれで文句はなかった。彼は権力を掌握する過程における演説の中で、（国が何をしてくれるかではなく自分達が国に何をできるかを考えて欲しい）というケネディと同じ言葉を述べているが、それは単なる偶然ではない。

ヒトラーは自分の思想を一冊の本にまとめて発表した。この本は彼自身の予想を上回るほど現実的な力を持ち、独裁者としての地位を確かなものにした。しかし、彼の空想が力を持ってしまったこと自体は彼の責任ではない。彼のような人間はいつどこにでも存在しているし、多少エキセントリックな理論を本に書いたからといって彼には免責される権利がある。

結局ヒトラーが『民衆のために始めた戦争』は、彼と関係なく行き着くところまで進んでしまった。システムを作り上げてしまった時期以降の彼は、傾いてきた不動産会社の社長のように、土地という実物と登記簿という紙切れの乖離を乖離とも考えず、よく実情をつかめないまま、執務室にこもって書類にサインをしていただけだったに違いない。そしてどこの家庭でもそうであるように、仕事時間が終わると家に帰り、マティーニを二杯飲んでから寝た。ただ問題は、ある時期以降、その家が地下壕にあったというだけのことなのだ。

戦争の末期、不思議なことに、その後東西に分かれて対立することになる国々はみな、ヒトラーが悪魔的であるということに関してだけは奇妙に一致していた。魔女狩り的な戦争裁判は、第三国の中立的判事がどう法的異議を唱えようと、絶対に正当なものでなくてはならなかった。多くの人々が死んだのは、あの異常きわまりないヒトラー一人のせいで、戦争そのものが悲惨であってはならなかった。しかし、彼らはむしろ、人間という動物の矛盾を一身に背負ったヒトラーに、キリストと同様の感情を抱き、彼の悲惨な最期に涙できるようにならなくてはいけなかったのかもしれない。彼は戦争に最新の科学を持ち込んだが、あるいは逆に科学がヒトラーという人間を必要としたのかもしれない。いずれにせよ、最後の瞬間に、科学はヒトラーを見放した。原子力爆弾で無差別殺人を行ったのはあの異常極まりないはずのヒトラーではなかった。悪魔は生き延びるために別の実体に乗り移り、自分こそが正義だと宣言させたのだ。

ヒトラーは、自分が戦わなくてはならなかったのは全ての偽善だと感じていたはずだ。逆に、彼が愛していたのは誰もついてこられないほどの高度な相対化だったのだろう。彼は余りにも相対化していたため、彼自身矛盾しているという愚かな誤解を受けなくてはならなかった。彼が信じた唯一の感情表現は、悲しみでも怒りでも寂しさでもなく、ありとあらゆる哲学が欠落していた『笑い』だけだった。ところが多くの人間達は、チャップリンの上映館のようなどうでもいい場所で貴重な笑いを浪費した。恐らく、彼にはそれが耐えられなかったのだ」

ランチミーティングのため、ハンバーガーを片手にカンファレンスルームに入った。技官の一人が、この一ヶ月ネイチャーに発表されていた論文の追試をしたができなかったと言うと、キャンディーの外装をくるくると丸めていたアブサルティが、

「あそこはロシアから来た奴が多くて論文を出してグリーンカードを取ることに必死だから、かなりいい加減なデーターでも出してしまうんじゃないですか」

と妙に陽気に笑った。そして、隣の研究室の技官がエイズで死んだのを知っているかと聞いてきた。やせた背の高い黒人だったと気づいて、確か最後はカリニ肺炎で死んだのだろうと答えると、

「彼はエイズの研究をしていて、エイズウイルスの詰まったチューブを遠心機の中で破損してばらまいたんだ」

と何が楽しいのか愉快そうに言った。一瞬、自分の知らないうちに彼が精製に成功したのではないかと不安になるほどだった。

スチュワートは輪の中心に座り、研究員の一人一人がオーバーヘッドで示す一週間の研究成果を、どんな細かい点も漏らさず頭の中に入れようとして顔を赤らめている。アブサルティの番がやってきた。

「どうだ精製できたか？」

というスチュワートの問いに、アブサルティは、一部精製したタンパクの入った試験管を見せ、データーを示した。粗いが一応精製されていることを私も確認している。しかし、それは彼が発見したとされる三種類のタンパクのうち最初に見つけた一つにしか過ぎなかった。

「他のは？」

というスチュワートの言葉に、アブサルティは返す言葉を持っていなかった。そこには妙にさばさばした表情を見て取ることができた。

「君のことを詳しく調べると、実際には修士も取っていなかったし、かつて精神科の施設に半年間入っていたことがあるね。その時のことを教えてもらいたい」

一種類の粗精製だけでも、それで勘弁するのではないかと思っていた私には意外な言葉だった。

「ジュニアスクールの頃で、毎晩、数人の友達に金を巻き上げられる夢に悩まされたことがありました。精神科に行って睡眠薬をもらっても止まず、考えてある晩、彼らに向かってピストルを撃って威嚇《いかく》することにしたんです。何発か撃ったうちの一発が一人の膝に当たって、それ以後は夢を見ることはなくなりました。何日かして警察がやってきて、見知らぬ人間に対する傷害罪で逮捕すると言われました。二重人格の精神鑑定を受けましたが、結局精神病ではないという結果で、半年間施設に入り、模範的な態度が認められて復学しました」

アブサルティはまるで他人の経歴のように言い捨て、スチュワートの言葉を遮《さえぎ》って、ミーティングルームのドアを大きく開けて部屋を出ていった。そしてそれが、我々がアブサルティを見た最後になった。

スチュワートは研究員全員に、今回の事件に関して他言は無用であると言い渡し、ミーティングは終わった。実験室に戻ってみると、綺麗に片づけられた彼の机には一片の紙切れが残され、そこには、

「既知の概念に存在する僅かな差異の無意味な、そして無限の組み合わせ」

と、殴り書きの字で書かれていた。我々が毎日必死にやっていることをそう皮肉ったのだろうか。

スチュワートは結局、アブサルティの前のボス同様、アブサルティの疑惑を公《おおやけ》にすることも、論文の取り消しを求めることもしなかった。アブサルティのこの研究室での最後の論文が雑誌に掲載されたのは、彼が去ってから一ヶ月後のことであり、疑惑が明らかになった後もスチュワートは自分とアブサルティの名前が記された論文の校正をせっせと行っていた。

　半年後、アブサルティのことはすでに研究者達の知れわたるところとなっており、NIHのキュストナーらのグループがあらためてMAP Kinase Kinase及びMAP Kinase Kinase Kinaseの精製単離に成功したと発表した。それらは偶然にもアブサルティの論文に記された通りの分子量を持っており、研究者達はみなその一致に驚いた。一方で彼が本当に単離に成功していたのではないかという説も流れたが、大部分の学者は彼の復権に否定的だった。リン酸化酵素が次のリン酸化酵素をリン酸化することで酵素系全体の活性化が起こるというリン酸化ドミノ理論は、研究の進んだ現在の基準からして、今後疑問の挟まる余地のない真実と考えられている。もしも彼の目指したものが、想像した概念の実現に過ぎなかったのだとすると、彼の意思とは別に、彼の論文のどこからどこまでがフィクションで、どこからどこまでが事実なのかはっきりしないことになる。彼は自分のついた「嘘」に自分自身が騙されてしまったということができるのかもしれない。彼がもしもドミノ理論を純粋な仮説として発表し、怪しげな証明をしようとさえしなければ、あるいは、理論生物学者として高い評価を受けていたかもしれない。実際、有名なノーベル賞受賞者であるロバート・コーエンは彼のことを「実験に基づいたデーターとしてではなく単なる仮説としてドミノ理論を発表していればノーベル賞に手がとどいたかもしれなかった」（サイエンス・トゥデイ）と評している。彼の理論のオリジナリティーやプライオリティーは、どこまでが認められるべきなのか、それさえ現在でははっきりしないが、例えば、立体的矛盾をフィクションの中の出来事について、その登場人物がリアル度を判断するような、作り上げてしまったと言えるのかもしれない。しかし、彼の最も大きな誤算は、頭で考えた理論が計算以上の話題になってしまったということだった。

アブサルティが去って半年後、「アリストテレス」という一般向け科学雑誌が何人かの若手研究者を選び、未来人の生活についてというテーマに答えさせている特集があり、彼の以下のような文章を目にした。

「完全な密室で、部屋のドアは周囲の金属の壁に溶接され、つるりとした銀色の部屋の中には一つも窓がない。食物や衣服の差し入れられるダクトと、排泄物を流すダクト以外、どんな秘密の通路も、そこには存在しない。その他にはアスレチック設備と、コンピューターが置かれているだけである。人間はそこで薬物による疑似体験をし、ルームランナーで百万キロを走り、コンピューターと快適な会話を繰り返す。性欲を含めたあらゆる欲望は、いくつもの薬物を使用することで完全に満たされ、平和団体の推奨する、他人との競争もなく充足した省エネ型の生活が存在している。エンジンを改造した車を危険な速度で運転することによって得られる快感と全く同じものを、脳内物質を摂取することでより安全に得られる。麻薬と同様の効果を持ちながら生理的で副作用のない脳内物質による経験の山と感情の嵐は、極めて客観的かつ曖昧な無意味さという点を除くと、贅沢で快適な麻薬漬けの生活と何ら遜色ない。彼らに与えられた仕事は、複雑だが単純なコンピューター プログラムを作り上げることで、それは人類の未来に確実に貢献するはずであり、彼らの人生が有意義なものとなることは既に約束されている。彼らはコンピューターを通じて多くの人間達と相互会話し、自己と他者の区別の必要ない時間をひっそりと送り、犯罪行為をおかすこともなく、自分でも気づかない間に老いていく。死の瞬間、彼らは幸せな人生だったと回顧し、その生きた時間は全てがテレビカメラによって記録されている。そして、その全てが次のクローンにひきつがれる」

ここに描かれていた人間の原型はアブサルティそのものだったのかもしれない。

アブサルティの名前でコンピューター検索すると、追放後も新たな論文が出されていることが分かり、所属先は政情が不安定なコルセアの研究所になっていた。新種のウイルスが人体に感染すると患者は全く夢を見なくなり、最後には人格に破綻を来《きた》すという、「無夢病」と名付けられた病気についての報告だった。やがて患者は現実と脳内現実の区別が付かなくなるということから「潜在意識の表層意識に対する侵襲」といった怪しげな考察までつけられていたが、そういう症例を経験したというだけで、ウイルスの性質についてなど客観的なデーターを伴っていない。ただ、彼にしては妙に臨床的で詳細なレポートなので、今までの基礎医学論文とはかなり趣を異にしていて、これはかつて彼自身が経験してきたもののようにも思える。現実らしい嘘をついてきた彼が、今度は嘘のような現実を書いてきたのかもしれない。

その論文発表後、学会でも問題になっていたアブサルティの一連のゴタゴタをニューズウイークが掲載した。アブサルティの事件は科学界に一つの教訓を残したと言われている。大筋での結論が間違っていなければ、適当にばらついたデーターは頭の中でいくらでも作ることができるという、当たり前と言えば当たり前すぎる事実の再認識だ。エックス線写真も、放射性同位元素などを適当に使って捏造することは容易で、科学において、ある程度直感に優れていれば、偽りは真実に変換可能だということに社会全体が気づかされた。

アブサルティの発表した論文が偽りと分かっても、「MEDLINE」のコンピューター検索登録の中から将来的に彼の名前が抹消されることはないという。そういう意味ではアブサルティの業績は彼が意図したように、永遠に残ることになる。

　コルセアの研究所を去ったアブサルティのその後については、一時、中東の国で生物兵器製造に携わっていると囁かれたことがあった。南方の島で大富豪が自分のクローン人間を作ったという話が出た時にも、それに手を貸した匿名の科学者がアブサルティであったという噂が流れた。何年かの周期で科学の持つ本質的ないかがわしさを現わすような事件が起こると、決まってアブサルティの名前が蘇ってくるが、誰もその行方について正確なところは知らない。前出の彼の唯一の縁者である従兄弟は、タイム誌のインタビューの中で、五年前にニューヨークから手紙が来たのが最後でその後音信はないと述べている。

　アイルトン・セナがサンマリノで神に導かれるまま激突死を遂げた年、それを報じるアメリカのゴシップ誌エレナの同じ号に、希代のペテン科学者アブサルティが既に死亡しているのではないかというスクープ記事が小さく取り上げられた。その根拠になったのは、研究所に隣接する付属病院に保管されていたカルテだった。カルテのデーターがコンピューター管理されるのに伴って、それを整理していた人間がたまたま、まだ研究所に在籍していた当時のアブサルティのカルテを見つけて、知り合いの科学ジャーナリストに話したのがきっかけと説明されている。

「カルテの表紙に書かれていた病名は悪性リンパ腫であり、そこに記された当時の進行度と薬剤耐性度から見て、専門医の意見では、アブサルティは研究所を去ってから五年以内に死亡している可能性が高く、現在生存している可能性は極めて低いと考えられる」

記事にはそう書かれていた。

このカルテが書かれた当時、アブサルティの病気について知っている人間は彼の周囲に誰もいなかった。ボディビルジムと空手道場に通っていた彼は日々屈強な肉体を作ろうとしていたが、しかし、結局の所、捏造されたデーターは、彼が捏造しようとしていた幻の肉体と同一のもので、あるいは、カルテに記された悪性リンパ腫という病名こそ、フィクションではなく、彼にとっての事実そのものだったのかもしれない。

今年（二〇〇一年）の四月一日号のネイチャーに、追放になったはずのアブサルティの名前で、一つの論文が掲載された。「リップバンウインクルのマウス」と題されたその風変わりな論文の内容は、しかしながら不老不死の遺伝子の抽出に成功したという重大なもので、一瞬同姓同名の研究者の著作かと疑った。リップバンウインクルは小説の中に出てくる主人公の名前で、自分の時間を自覚した瞬間一気に年を取ってしまうという結末は浦島太郎の話によく似ている。魚は年を取らないという説があり、魚の死は老化死ではなく、病死や事故死によるものであって、条件さえ整えばいつまでも生きると言われている。

そこで、魚から取り出したfishという不老化遺伝子をマウスに注入することで、不死化マウスを作り出したというのである。fishは細胞死を誘導するP21遺伝子と共にマウスの生殖細胞に移入され、マウスの寿命は延びたが、それでもまだ老化に伴う様々の障害を持っていたため、安定な個体だけを選択して繁殖させたところ、全く老化しないマウスが出来上がったとあった。しかし、P21を働かせるような条件下に置くと、マウスは一斉に死んでしまったと結ばれていた。実は論文の最後にこれはエープリルフールの冗談として掲載されたものだという注がついており、科学者達はまんまと一杯食わされたことに気づいたというわけだった。もちろんアブサルティの名前も、この論文にふさわしい著者というジョークだったのだろう。

私自身、今でもアブサルティという人物を嫌いではないが、彼を深く知ることは、私を複雑な気持ちにさせる。告白すると、私も（恐らく他の大部分の研究者同様）、結論と矛盾するデーターを実験の失敗として意図的に葬り去ったことがある。積極的な捏造ではないものの、これもある意味ではデーターの加工と言えなくもない。アブサルティの名を借りた論文は、こうしたいわば研究者の本性をするどく批判しているのかもしれない。

或る一日

私は、不十分な麻酔のもとでまだ三歳にも満たない少女ミュの足が切断されるのを見ながら、周囲に体温を放出しつつ立っているこの場所が、自分が生まれる前の手術場の光景であるような錯覚に襲われていた。

天井から途切れなく落ちてくる黴菌《ばいきん》だらけの埃《ほこり》が妙に明るい無影灯の光に透けて、空気が濁って見える。ミュの細い右足は、大腿部《だいたいぶ》の真ん中から焼け焦げ、焼け切ってしまう直前の炭のように硬くねじ曲がってしまっていた。泣き声は既にかすれ声に変わり、荒い息遣いと区別がつかない。この少女は、苦痛以外、自分の身体の一部がもう永遠に戻ってこないことなど分かってはいないはずだ。体動が激しくて、胴を押さえていた力が思わず緩みカイの右手が大きくはじかれた。

「ちゃんと押さえてろよ」

カイは私に怒鳴り、アルコールを塗って火をつけた程度の消毒の怪しいメスで、壊死している筋肉の束に切り込んだ。肉の焦げる香ばしい臭いがして切れ目が入ったが、血は一滴も出てこない。壊死組織を残すと、やがて健常な部分も腐ってきて、身体全体に広がり命に関わる。

カイがいきなり股の付け根近くに切り込むと、たまたま血流の良いところにあたったのか、メスの先からすさまじく血が吹き出た。ミュは激しく動き始め、その細い腕が驚くほど強い力で私のマスクを払いのけようとした。幼児のどこにこんな力があったのか、生きようとする無意識の力なのか、私はミュの首が折れるのではないかと思うほど強く硬い台に押しつけなくてはならなかった。

次の瞬間、ミュが咳込みながら激しく胃液を吐いたので、慌てて手を緩めた。その間もカイは手の動きを止めなかった。まるで人形のパーツのような足が、がさっと音をたてて床の上に落ちた。カイは糸を節約するために、皮膚の切れ端を粗く縫い合わせたが、まだ出血は続いていた。ぐったりした身体からは全ての力が抜き取られ、その目からは流れるべき涙さえ枯渇していた。

ミュが保護されたのは、汚染中心地から五十キロ離れた場所でだった。半径二十キロ以内の人間は即日に死亡、四十キロ以内の人間も数日で死亡したという。五百キロ離れているこの病院も安全とは言えない。

　ここに来る前、ヘリコプターを待つため半日だけ中心地に近い簡易診療所にいたことがある。最も重症の人々が収容されていてそこは地獄のようだった。私は、担当医に連れられて特異な症状を呈する患者達を見て歩いた。喀血《かっけつ》しながら空咳を続ける者、腹水が溜まって息苦しさを訴える者、一瞬も止まない苦痛に転げ回る者、身体から流れ出てくるどす黒い血の止まらない者、医者になってから今まで目にしたことのない悲惨な症状の人間であふれていた。

　しかし不思議なもので、一時間もいるとその恐ろしい光景に慣れてしまう。私は人々が呻きながら死んでいくのを、ただ黙って見ているしかなかった。彼らの皮膚はただれ、手や足の指はくっついて離れなかった。片手や片足を失っているのにほとんど無処置の者も大勢いた。黙って手を合わせている老女の先には、破壊された屍《しかばね》の山がただ乱雑に積み重なっていた。

　汚染された川の水を求めて人だかりが出来ていたが、顎がなくて水をすることさえできない者もいた。母親が真っ黒に焼けこげて既に死んでいる小さな子供を抱きかかえ、赤い肉の露出した震える手でその子の頭をしきりに撫でていた。頭からぱらぱらと皮膚が地面に零《こぼ》れ落ちた。その女性の死期も間近だった。ミュと同じでそこにいた誰の目にも涙を見つけることが出来なかった。医療スタッフが圧倒的に不足しているとはいえ、一応の手術ができるここはあそこに比べればはるかにましだ。

血塗《ちまみ》れの手を布で拭っていると、カイが脇にやってきて溜まり水で手を洗い始めた。

「文明が逆戻りしているだろう」

カイは私をからかうように言った。

妙にぎらぎらした異常な目つきだと、ここに来た時から感じていた。私は黒く付着した血を、瓶から垂らした僅かのアルコールで丁寧に拭き取った。カイはあざけりを浮かべながら、

「押さえつけている力が緩んだから、麻酔の効いていないところで切らなきゃいけなくなったんだ。分かっているのかおまえは」

と吐き捨てるように言った。

「筋肉を残してもうちょっと下で切ってもよかったんじゃないですか？」

「その長さの差にどんな意味があるのか教えてくれよ」

カイは、煩《わずら》わしそうに答え、

「ここでは口よりも手を動かせ」

と言い残して出ていった。

手術用のゴムの前掛けを外し廊下に出ると、三日前にやってきたセタナという男がモップで床を擦《こす》っている。彼は黄色いつなぎ服を着て現れ、自分は研究所で働いていたが除染のためにやってきたのだと言った。スタッフのほぼ全員が期待のまなざしで見守る中、床に除染剤と称する白い液体（私にはそれが汚染された牛の乳にしか思えなかったが）をほんの少しだけ撒《ま》き、汚いモップで擦り水で流した。

セタナは除染のため、本来大人は収容されないはずの（寄宿舎のついた学校を改造した）この小児病院に留まることを許された。怪しげなのは誰の目にも明らかだったが、右手が火傷《やけど》で拘縮《こうしゅく》して肘から曲がらない状態で懸命に床を磨いている男の姿を見ていると、嫌われ者のカイを除いて彼をあからさまに非難する者はいなかった。

すれ違いざま、私の目の前で、顔の半分以上を損傷した女の子が、ケロイドになってひきつれた唇を必死に動かし、聞き取るのがやっとの声で、

「ありがとう」

とセタナに言っている。彼は、それが当然のねぎらいの言葉であるかのように笑みを浮かべていた。奇妙なことに、この男もまた私と同じ、ボランティアという名の下《もと》に活動しているのだ。

私は彼が床に撒いた白濁した水にズボンの裾が浸《つ》からないよう注意して歩いた。長く手術場にいたせいで酷く喉が渇く。雨水や川の水は汚染が強いので飲まないようにという通知が来ていたが、しるし程度の炭素の粉で浄化した川の水を飲まなければ水は手に入らなかった。焼き場の管理をしている老人は、空の神様から恵まれる天然の雨水が最も安全だと言って、樋《とい》から流れてくる雨水を溜めて飲んでいたが、それが最も危険なものであることは誰もが知っていた。

病気の子供達を診ながら、目に見えない汚染物質の種が体の中に入り込んでくるのが恐い。私自身、一滴の水も飲まないことを固く決心していても、ここにある空気まで吸わないわけにはいかない。自分だけがマスクをしたまま医療にあたり、本国から定期的に送られてくる缶詰とミネラルドリンクしか口にしないことに罪悪感があったが、そのマスクも日に日に汚れ、在庫も底をつきかけている。人間とのかかわりを求めてこんな所にまでやって来たはずなのに、今は人と接触することが汚染としか感じられない。

病室に行こうとして食堂を横切ると、何も知らない子供達が、汚染されたポテトのスープをとてもおいしそうに啜っている。それが唯一の食べ物で彼らにはそれ以外の選択はない。

今日もまた汚染雨が降るのか、窓の外では黒い雲がゆっくりと流れていた。この雲のうち少しは私の家のある場所にも行き、そこで汚染物質をたっぷり降らせるに違いない。同じことがまた繰り返され、そこで出来た雲もまたもっと遠くへ汚れた雨を降らせるのだろう。

この近くで自身も汚染された技師のモーリが詰所にやって来て、何が気に入らないのか外国から届いた医療品の箱をあたりかまわず蹴飛ばしていたが、緑色の胃液とコールタールのような粘稠《ねんちゅう》な残渣《ざんさ》を少し吐いた。

「科学がこの国を滅ぼしたとか勝手に書き立てているみたいだが、ここにあるペニシリン作ったのもその科学だからな」

「ごたくを並べている暇があったらもっと働いたらどうなの」

通りがかりに話を聞いていたモーリと仲の悪い看護婦のリサが吐いて捨てるように言い、

「俺だって病人なのに手伝っているんだぜ」

というモーリの声を無視して、そのまま歩いていった。

「要するに、科学は自分にふさわしいほど進歩していないんだよ。おまえに分かるか、これが？　ここでぴーぴー泣いているガキどもに罪はないかもしれないが、大汚染をしちまった馬鹿どもにも、実は罪がないかもしれないんだ。いいとか悪いとか、加害者とか被害者とか、そういう問題じゃない。もう、そういう問題じゃないっていうことなんだが、おまえにこの難しい理屈が分かるか。被害者の俺が言うんだから間違いはない。もしもそうじゃないんなら、一体誰が悪いのか、それを教えてくれ。あんたなら分かるだろう。悪い奴がいたとすりゃあ、それは、じゃあ、神様なのかね」

と毒づいた。

この男も、結局、何もできないのだ、私はそう思うことにした。確かに、ここでは誰も、何もできないのだ。

詰所を出てすぐの病室に入る。左足関節から下を切断した三歳になるレイという女の子が、私の着ていたタトラのTシャツ（これは最近の私のトレードマークなのだが）を見て首を傾《かし》げ、

「このカメさんは何ていう名前なの？」

と尋ねた。

「タトラっていうんだ」

私は何度も使い回ししたガーゼを取り外し、ひきつれて黄色い組織液の出てくる傷を見ながら、そう答えた。汚染による創傷はいつまでたっても治らない。

「お耳が大きいのね」

子供というものは本能的に何が自分達の味方なのかを感じ、そのキャラクターが自分達

のためのものだとすぐに見抜いてしまうらしい。

それまでレイはとても機嫌が良かったが、私とチームを組んでいる看護婦のエリーを見つけると、包帯交換をしにきた私にでなく彼女に向かって、

「痛いよ、お薬塗って」

と訴え、急に泣き顔になった。子供達が甘える対象は若くて優しい看護婦で、医者の前では途端に寡黙になる。彼らに何か言うとすぐに痛い行為が返ってくることを、子供は子供なりに心得ているのだ。

「お薬はないのよ」

と簡単にエリーが言い、包帯を巻いていると、

「わたしのあんよ」

と言って、残った足を持ち上げて嬉しそうに見せた。そして、

「これレイのものなの」

と自慢げに言った。汚染された血が自分に触れないようにガーゼを膿盆《のうぼん》の中に入れる。

窓の外ではやはり汚染雨がぽつぽつと降り始めていた。

「ヤケド、治ったね」

レイは、ただれた自分の顔の右半分をおずおずと私に見せながら言い、

「ヤケド、治ったのかな」

と、今度は小声でこちらの顔色を窺うように言い直した。

死ぬまで残る傷だった。皮膚が瘢痕《はんこん》になってひきつれてしまっている。色素が沈着している黒い斑点と、毛細血管の拡張した赤い筋が混ざり合い、所々に瘡蓋《かさぶた》が固く張り付いている。潰瘍になって皮が剝けていた時に比べると、確かにレイの言うように一見、良くなったように見える。そう思うのが当然だろう。しかし、他の子供達の経過を見ていると、そこからまた潰瘍《かいよう》ができて中途半端に治るという悪循環が始まることは明らかだった。

「前みたいになるんだ、ちゃんと」

まるで私に教えるように、しかし、またこちらの顔色を窺うようにレイは言った。

「あのね、ヤケドなおったら、ママがむかえにくるのよ。ママはね、ヤケドがきらいだから、こないの」

ママどころか周囲十キロで生き残ったのはこの子だけなのだ。

「痒《かゆ》くても掻《か》いちゃ駄目よ」

と、エリーは話をそらした。

「うん、レイ、掻かないよ」

いつもそう言うのだが、神経がやられてぴりぴりした異常知覚のあるところを夜無意識に掻いてしまうのか、朝には折角張りかけた薄い表皮が破られている。

私は消毒液の付いた綿球を看護婦から受け取りながら、窓の外に聞こえるヘリコプターの音をなんとなく追いかけていた。傷など実は些細なことでしかなく、今は目に見えない恐怖や悲しみが、やがて彼女を襲うだろう。この子の破壊された生殖細胞を元に戻すことはもう誰にも出来ないのだ。

「カイが酷いことしているの、止めて」

カイの患者を担当しているリサが慌てて私を呼びに来た。

離れた病室に走って行くと、看護婦達がカイに取り付き、ベッドの上で頬を真っ赤に腫らしたユーキが泣いている。逃げた猫を追いかけて汚染区域の中に入ってしまったユーキには左の前腕と左の耳介がなく、残った右手で涙を拭き取っていたが、左目の瞼《まぶた》は完全には閉じなかった。ショックからなのかそれとも脳神経が破壊されたからなのか、自分の周囲に起こっている出来事に無関心だった。ユーキは泣いていたが、それは悲しさを表現するような泣き方ではなかった。

「こんなもの描いたくらいでさ、何考えてんだか」

リサが顎で示した床の上には、丸い人間の顔を描いた黄ばんだ紙があった。同じ部屋の子供達はみな怯《おび》えきっている。

カイは看護婦に摑まれていた腕を振りほどくと、リサを睨み付け、床に唾を吐いて部屋を出ていった。

カイが描くのをやめるように言っても、ユーキは頑固に隣のベッドで既に息を引き取っていた女の子の顔を描き続けたのだという。ユーキは、

「どうして?」

と繰り返しながら右手を動かし、カイはそれをうまく説明できないまま、徐々に激してきたらしい。ユーキの頰にはうっすらと手の痕がついていた。

カイが出ていくと、泣き止んでいたユーキは、床から鉛筆と紙を拾い上げて、また別の絵を描き始めた。リサはじっと立ってその絵を見ていた。

「ねえ、それは何なの?」

「うん……あたまがとがっていてさ、これがしかくいからだでさ」

「じゃあ、それは人間なの?」

「そうだよ、いいや、ちがうよ。ぼくじゃないよ。レイじゃないよ。だれかな」

気づくと短い休憩時間はもうほとんどなくなっていた。寝不足の私は急いで地下に通じる階段を下り、半分は死体置き場になっている暗い仮眠室の固いベッドに横になった。瞼を閉じるとめまいを覚え、意識を失うように眠りに落ちる。記憶と判別のつかない短い自

覚的な夢を見た。

　石造りの古い学校が、焼けこげた草原の中にぽつんと一つだけ建っている。近代的な建物は何も残らなかった。偉大な人類が営々と築き上げてきた文化や文明は一かけらも残っていない。筋論を通す偉そうな人間も、お粗末な力を誇示する人間もそこにはいない。残ったのはこの地方特有の白い石と砂だけだった。妙なことに、激しく汚染され、黒くただれた草原をヘリコプターから見ながら、それを美しいと思った。ヘリコプターに乗っている自分は下界を俯瞰《ふかん》して、救われたと感じていた。なぜそんなことを考えるのだろうと、自分が見ているはずの夢の中で思った。たぶん、そこには人間の造形が全くなかったからなのだろう。ヘリコプターは着陸の場所を見つけられずに、いつまでもぐるぐると回った。その光景を上からのぞき込んでいる子供の私は、今つかまえたばかりのとんぼに「死」を与える儀式を始めていた。まず透明な羽をむしり取り、足を一本ずつ外し、尻尾を引き抜き、最後に頭を胴体から離した。しかし私に残酷なことをしているという意識は微塵《みじん》もない。私はまた新しいとんぼをつかまえては、同じ遊びに耽《ふけ》る。そうかこれも夢なのかと思い、ふっと目を覚ますと、私は時間のひずみの中にいた。その中で、時間は私の意志でゆっくりも早くも流れ、眠ることで一気に飛び越えることすらできた。ダイスを振って、駒を三つ進めた私は真っ暗な穴の中をどこまでも深く落ちた。１Gで落下していた私は、相対速度ゼロの時間の空間の中で、くるくると回転している分子から時々発せられるまぶしい光線に全身の皮膚を焼かれていた。この空間に幽閉されている少女が目の前に現れた。私が話しかけても、女の子は目をつぶって眠り続けていた。次第に、その体の周りだけに青い液体がまとわりつき始める。ゼリーのような液体に少しだけ触れると、火傷をしそうなほど冷たかった。液体は青白い炎に変わり、私を徐々に包んでいく。息苦しくなり、もう一度「現実の世界」に目覚めることにした。ぼんやりと私が現実と認識するものが現実のはずだった。目を開けると、今まで見ていたのは、つい数日前、自分が本当に見た光景にそっくりだった。

毎日誰かが死んでいく。午後に礼拝堂で、ケンが死んだ。重症で、ここ三日ほどは口もきけず高熱にうなされていただけの子だった。既に髪の毛は全て抜け落ち、全身の皮膚は赤くむくんでいた。弱々しい咳が出されることはあっても、口から意味のある言葉が漏れることはなかった。一方的に苦痛の呻き声を発していただけだった。痩せこけていて、正確な年すら分からなかったが、看護婦の一人がこんなふうになる前は五歳くらいに見えたと言い、記録には五歳で死亡ということになった。

ケンは、十二日前、トラックに乗せられてやってきた二十人の子供達の中の一人だった。ほとんど外傷のない元気な子供達だったが、カイはその子達の被曝した場所の名前を聞くと、大した診察もしないで全員を中庭にある小さな礼拝堂の中に押し込めてしまった。礼拝堂の扉には外側から鍵がかけられた。その子供達には普通の子供達の半分の量の食事しか与えられなかったが、汚染の少ない健康な子供達を周囲から隔離するのが目的なのだとぼんやり理解していたせいか、私を含めて誰もカイの行為を批判することはなかった。

簡単な火傷の処置の必要な子供が一人いただけだったので、カイが一日一度回診する他、誰も診ることはなかった。一週間目に女の子の一人が少し気持ちが悪いと訴えて私が呼ばれたが、特に異常な所見を認めなかった。しかしその女の子は一晩で全身の皮膚を真っ赤に腫らして呼吸を停止し、私達は事の異常さに気づき始めた。翌日には二人が全く同じ症状を呈して死に、その翌日には死んだ子供の数が五人に増えた。倍々ゲームが続き、もう広く感じられる礼拝堂の中の最後の一人がケンだった。ケンが死に、全員が十二日以内に死んだことになった。死体が礼拝堂を出ると、カイは鍵をかけ、誰にも入ることを禁止した。そして突然、死因を調べるために解剖すると言い出した。

私が裏の小屋に小さな遺体を腕に抱き抱えて運ぶと、カイはハサミ一つでその身体をばらばらにした。骨すらハサミで断ち切ることができた。ひきつれた皮膚からは血も出なかった。血が作られるはずの骨髄の中がすかすかになってしまっていた。胸を開けると一体どこで呼吸をしていたのかと思うほど黄色い胸水が溜まり、肺が隅に押しやられていた。

開腹すると、腸の上皮も萎縮して壁がペラペラになって、どんなに口からものを入れたとしても、もう栄養を吸収することなど不可能だったことが分かった。縦割りにされた頭蓋骨の内部にはぽつぽつとした点状の出血が至る所に見られ、脳の実質も多少萎縮しているように見えた。臓器を袋の中に入れると、最後に、カイは死因の欄に、ただ「汚染死」とだけ書き込んだ。

遺体はゴミを入れるビニール袋に入れられて、ゴミを焼く焼却炉へと持って行かれた。死臭さえ漂わない小屋を出ると、強い風が吹いていた。汚染粒子が炭素の粉に付着して煙となってここを出ていき、決して壊れることはなくどこまでも塵《ちり》になって飛んで行くような気がした。死んだ子供がかわいそうだという人間らしい感情の前に、目に見えない恐怖が今まで見ていた解剖の光景と共に、私の身体にまとわりついて離れない。何にも、ドアのノブにさえ触りたくなかった。部屋に戻ると猛烈な空腹感に襲われて缶詰を食べたが、食べている最中から冷や汗が出、気分が悪くなって吐いた。どこからか血の臭いがした。あの子の体の中にあった汚染物質を吸い込んでしまったような気がして、そんな思念から抜け出せなくなった。一度体内に入り込めばそこから抜けることなく身体全体に蓄積するはずだ。何かをしなくてはならないと思ったが、それが何か分からない。

足を高くして少し休んでいると、もう子供達を散歩に連れていく時間になっていた。まだ気分が悪かったが、病棟を回って歩ける子供を集め、中庭に出ると、死んだ子供を焼いた煙が、脇の焼却炉の煙突からゆっくりと空に立ち上っている。私の前をはしゃぎながら歩く子供達は、すでに、それが何の煙かを知っているようだった。その高い煙突は、写真集で見たアウシュビッツの高い煙突に似ていたし、チェルノブイリの崩れかけた煙突にも似ていた。

「煙突ばっかり見てないでさ」

私があまり焼却炉の方ばかり気にしていたせいだろうか、元気な女の子達のリーダー的存在のナルがそんなことを言った。他の子供達は遊び回っている。

ナルが着ているタトラの絵のついたTシャツは私が一週間ほど前、ねだられて与えたものので、私のTシャツと揃いで送られてきた子供用の一着だった。カイが何か言うだろうと思っていたが、やはり、

「他の子供達のことを考えろ」

と文句を言った。それでも無視しておくと、子供達が代わるがわるやってきて、ナルの胸についたカメの肖像を見て言った。ナルは得意げに、

「このカメの名前はタトラって言うの」

と教え、そんな他愛もないことに子供達は感心した。

やがて子供達の間に、

「タトラがやってきて自分達を助けてくれる」

という信仰のようなものが出来上がり、どの子供も、みんな痛い処置をする時にはタトラに助けを求めるようになっていた。

処置をしに行っただけで、まだ何も痛いことをしていないのに、私は、

「タトラ助けて」

という言葉を子供達の口から聞かされることになった。

救世主どころか、スラップスティックの主人公のタトラは正義の味方ですらない。外見からだけでもキリストやスーパーマンとは違ったキャラクターであるのは明らかに思えた。勘違いの元がナルにあるのは明らかだったが、ナルの顔を潰すわけにもいかないので、子供達に聞かれると、タトラは恐ろしく強いんだとか、鏡の国からやって来たんだとか、いい加減に言いふらすナルと調子を合わせるしかなかった。もっとも、やりようによってタトラは私にとって便利な存在にもなりえた。例えば、

「タトラはそんなことで泣く子は嫌いだろうな」

と言ったりすると、泣いている子が嘘のように泣き止んだりした。私に倣《なら》ったのか次第に、「タトラが後で来てくれるから泣かないでね」「そんなことじゃあタトラに笑われる

わ」「悪い子はタトラに怒られるのよ」といったさまざまな言葉が看護婦達の口をついて出てくるようになった。言葉の理解ができないような子供にも、絵を見せるだけで、今までになく意思の疎通が可能になったのは驚きだった。

　タトラのＴシャツを繰り返し着なくてはならなくなった私は、回診の度にタトラのことを根ほり葉ほり尋ねられたが、そんなに詳しくなかったので、知っている童話を適当に混ぜて話すことになった。子供達の間で流行しているのが「タトラ教」ならば、さしずめ私はその神父といったところだったのかもしれない。宗教を持たない私は、宗教を持つ子供との会話の中に「神様」が出てくるといつも黙らなくてはならなかったが、なにしろ本物の神様がテレビの中で動いているのを多少なりとも見たのは私一人なのだから強かった。私は本国からの物資の要望のリストに、「タトラの本」と書き記したが、そんなものは一番優先順位が低いと思われたのか、毎回箱の中を隅から隅まで調べてみても、絵本の一冊も入っていなかった。もっとも、子供達が作り上げたタトラの幻想を壊さないためには、その方がよかったのかもしれない。それはいんちき司祭としての私の地位を維持するのに役立ったからだ。

「タトラなんていうのは、所詮《しょせん》、擬人化された商業主義の産物に過ぎないんだ」

　と言って馬鹿にしていたカイも、さすがにこの絶大な「タトラ効果」を認めないわけに

はいかなくなったらしく、あまり泣く子に手を焼いて、

「ほら、あの馬鹿ガメが怒ってるぞ」

と叱りつけたりして、看護婦の失笑をかい、そのうち、誰かが、カイの顔はタトラに似ているると言い出してカイを激怒させた。

「死んだ人はもう生き返らないのよ」

はっとして振り返ると、鬼ごっこのルールを守らなかった年少の子供に、ナルがそう言っていた。

走り回っていた子供達がどこからか耳の千切れた猫に首縄をつけて持ってきた。全身の毛が短くなり、右の耳の上半分がなくなっている。弱った汚染猫のようだった。よく見ると尻尾も根本から切れている。

子供達は交互にその猫を短い尻尾から逆さ吊りにして持ち上げ、ぐるぐると回して放り投げたり、腹を蹴飛ばしたりしていた。リュウという背骨をやられて足を引きずっている子が頭を軽く叩くと別の子がもっと強く叩き、力いっぱい首がへし折れてしまうのではないかと思うほど容赦なく叩く子供が現れた。リュウは棒を持ってきて、弱って動けない背中を結構な強さで打ち始めた。猫の汚染の程度が酷そうでなんとなく近寄り難くそのまま見ていると、男の子も女の子も変わりなく猫を痛めつけている。その中にはあのナルも含

まれている。決して首を絞めて殺すようなことはしないが、殺す一歩手前のところまで痛めつけ、ふと気づくと子供達の間から不気味な笑いすら漏れている。

リュウが首縄で猫を宙吊りにした。首の絞まった猫は苦しくてもがくのに、子供達はそれに気づかず、縄の周りで踊りながら、ぐるぐると回っている猫を楽しそうにただ見ている。一瞬、猫の身体から力が抜けた。リュウは慌てて縄を放し、周囲の子供達も異変に気づいて猫を凝視した。慌てて私が駆け寄ろうとした時、猫はよろよろと立ち上がったが、その頃には子供達は、死にかかった猫が恐ろしいものであるかのように、逃げ出してしまっていた。たった一人残った知恵遅れの男の子が猫の首縄を摑んだ。どうするのか見ていると、猫を引きずって歩き始めた。

呼びに来た看護婦に連れられて乳幼児の病棟に戻ると、脱水症状をおこし目の落ちくぼんだ乳児が力なく泣いていた。同じ部屋の他の乳児達もなんとなく元気がない。この部屋の担当ではないので毎日診ているわけではなかったが、それでも一見して何かがおかしいという空気だった。部屋の隅で、カイは係だったマリという十五歳の看護見習いの子を責めたてていた。頰を張られ涙を流しながら、昨日から乳幼児にミルクを一滴も与えなかったのだと漏らした。そして、その分のミルクを自分が飲み続けたのだとも言った。

「どうして、そんなことをしたんだ？」

カイは苛立って、口の中が切れるほど何度もマリの頬を張って怒鳴ったが、マリはひとことも口をきかなかった。

昨日黄色いトラックでやってきた役人が原因だろうことはなんとなく分かった。小役人という感じの男に、正確な数字の把握など不可能な患者数の確認や、名前すら判然としない患児のカルテの記載不備を細かく言われているうち次第に苛立ってきたカイは、突然、

「いつまで汚染されたミルクを子供達に与え続けるんだ。飲む食うは基本だぞ」

と激高した。それを飲んだとしても今すぐに何かが起こる量ではないとか、汚染されたミルクを飲むなと発表しているのは政府の方だとかいった言い合いの末に、ついにカイは役人の襟首を摑んだ。

「おまえは今日からクビだ。ここには永遠にきれいなミルクは来ないぞ」

という捨て台詞を残して、役人は去って行った。リサが、

「あんたがうまくやらなかったせいでここの待遇はよくならないかもしれないのよ」

とカイを罵《ののし》った。マリはそのやりとりをずっと聞いて、自分が熱心に飲ませているものが汚染ミルクだと知ったに違いないのだ。

私は収まりのつかないカイをマリから引き離して午後の回診に連れ出した。回診中もカイは不機嫌だった。しかしいつも不思議に思っているのだが、どうしてカイは子供達に、

回診の度、大きくなったら何になりたいかを執拗《しつよう》に尋ねるのだろうか。子供ごとに何か話題を作るのが面倒だからかもしれない。多分そうなのだろう。カイは聞いておきながら、その答えにはほとんど興味を示さない。ただ、処置の間中、子供達に考えさせておくだけだ。男の子達は誰も「医者」になりたいとは言わない。女の子達も決して「看護婦」になりたいとは言わない。それは手足を失っていない一見正常な子供達も全く同じだった。誰も、何にもならない。驚いたことに、多くの子供達がカイの問いに対する答えを持っていない社会というのがどんなものなのか？　しかしそれはそれで一つの救いであるのかもしれない。一体この子達のうちの何人が大人になれるというのか。運よく成長したとしても多くが障害に苦しみ、脳が分解されて大人になる前に麻痺《まひ》や痴呆《ちほう》に陥ってしまうのだろう。本当に幸運に、全てから逃れられたとしても、仲間達が死んでいくのを見続けなくてはならない。結局、彼らは、壊れるまでロシアン・ルーレットを回し続けるしかないのだ。

いつまでたっても茶かっ色の融解した組織が出てきて塞がらない傷口にガーゼを詰め込んでいると、

「この学校にはね、月の夜になると、犬に咬まれて死んだ女の子の幽霊が、中庭を散歩するそうだけど、せんせい知ってる？」

と、ナルはそんなことを言った。ナルが自分には理解できない仲間の死をこの学校で死んだという子供と関係づけているのではないかと、なんとなく感じているうちに、ふと、何百年もたった後の光景が想像された。残念ながら、そこに私はいない。ナルもいない。ナルの子供も孫も曾孫もいない。ナルが生きていたというかすかな痕跡すらないだろう。そこに他の人間の姿はあるのだろうか？　人類が絶滅しても、最終的に、自分の死の方が重いのだと思い、なぜかそれにやすらぎを感じる。

隣では、エリーがあまり容態の良くないジュンという男の子に点滴をしながら、

「死ぬことは眠ることと同じなの」

と、言って聞かせている。聖職者のいないこの病院では、看護婦達が聖職者のかわりもしなくてはならない。ジュンは理解しているのかいないのか黙って頷いている。

「死ぬと、どこに行くか知ってる？」

「神様の近くにいくのよ」

「死ぬと痛いの？」

「死んでしまえば痛くないわ」

「そう、よかった」

確かにエリーの言うように、死ぬことはそう困難なことではない。一瞬だけ我慢すれば、後はもう死よりも恐いものは何もない。自分にとって死が縁遠いのは、自分が神を持たな

いからなのかもしれない。もしも自分に神があるのだとしたら、それはこの汚染を作った実証的な科学でしかありえない。結局、私は科学とその力を信仰している。そういう意味で私にとっての科学と子供達にとってのタトラは同一のものなのだ。

エリーが死んでいく子供達に、眠る前に「死」を教えようとするのは、宗教を持つ人間としては、ごく自然なことなのだろう。驚くべきことに、あのカイでさえ、宗教について尋ねると、

「死ぬことがどんなことか知るなんていうのは、不自然なことで、お神の教えにも背くはずだろうよ」

と言い、神の存在自体は否定しない。

やはりエリーから「死」を教えられたシンという子が、

「ねえ、カイ先生、ぼくは死ぬの？　神さまはどう思っているのかな」

と傷の処置をしているカイに尋ねると、

「死ぬときは生きてねえし、生きてるときも死んでねえんだ」

とそっけなく答えた。怯えたようにシンはカイの顔を見つめている。

なぜ子供達に「死」を教えるのかと尋ねた時、エリーがしてくれた話を思い出した。国立小児病院で働いていた頃、エリーは、白血病で化学療法を受けていた孤児に、ピーター

パンの話をしてやったという。夜誰かに話をしてもらって寝たことのなかったその子は、それまで見たこともなかったほど喜び、エリーに、フック船長やティンカーベルのことを根掘り葉掘り尋ねた。そして、

「僕も空を飛べるかな」

と尋ねた。その時、エリーは何気なく、

「そうね」

と答え、その子は、深夜、屋上から飛び降りて、死んだのだという。

ぼんやりとそんな話を思い出していると、

「いやだ、いやだよ」

という声が病棟の中に響いていた。それにつられて何人もの子供達が泣き始める。彼らが漠然と嫌がっていることは何なのか？　何を拒否しているのか？　それは本当に死や苦痛といった単純なものなのか？　ここにいると、私たちはみな無に到る過程の中にいるのだと分かる。我々が作り上げてきたのは単に変化でしかなく、新たに生まれてきたものは何一つないのだと分かる。何百万年の半減期を持つ放射性元素でさえ、徐々に、しかし確実に崩壊しているのだと分かる。高層ビルは城の石垣よりもはやく崩れて、白い土になるのが分かる。時間だけが流れ、風車の羽根をカラカラと回して、電球を灯すのが分かる。

そして何よりも自分がどこにも存在していないのだと分かる。

　床の掃除をしてくれている近くに住んでいる老婆が私に向かって腰を曲げて挨拶した。剝がれた子供達の皮膚だけを塵から丁寧に分けてガーゼの中に集めていた。通りがかりに、どうしてそんなことをしているのですかと尋ねると、「もったいないから」と答えた。はげ落ちた皮膚を利用することはできないのだと、どんなに説明しても、老婆は集めた皮膚を入れた袋を私の机の上にあげていく。

　詰所に戻ると、一足先に戻ってきて消毒用アルコールで酔ったカイが、リサの持っていた汚染検査用の硬質テープを取り上げ、思いきり床に叩きつけてばらばらにした。

「これさえなければ、汚染なんて恐くないんだ」

　カイはそう言い、細かな断片になったテープを拾い上げると丸めて口に放り込み、アルコールで飲み干した。

「クレージーよ、あんたはクレージーよ」

　リサはそう言ったが、カイは、

「どうだ、もうこれで何もできないだろう」

　と笑った。そして私の方を向き、

「いいか、俺はおまえみたいにマスクをつけるようなことはしない。自分も被曝者だからだ」

と言い捨て、ドアを強く閉め、怒りを背中で表現して出ていった。

ごく簡単なカルテと呼べないようなカルテをつけていると、エリーがナルが高熱を出し始めたと報告に来た。診察に行くとさっきまで外で走り回っていたのが、ぐったりとしている。傷はもう治っているはずだった。白血球が少なくなっているのは気になっていた。外の空気を吸って肺炎か何かを起こしたのならまだ救われるが、急変は汚染に特異的な症状でそれは死に至るしかない。既にべろべろになったカイは、

「汚染に効く薬なんかねえ」

と言い、私を笑った。普段は大喜びするキャンディーを口に入れてもナルは弱々しく吐き出した。医療設備の乏しいこの病院では、血球数を測って、抗生剤を投与するのがせいぜいで、抗生剤の効かない感染症以外の病気を治すことは難しい。とりあえず、脱水症状に陥らないように、生理食塩水を点滴するしかない。エリーは一つしかない簡易血圧計で何度もナルの血圧を測り、垢のこびりついた身体を、その汚れとあまり変わらないぼろ切れで拭いた。

呼吸が荒くなって、傾眠傾向が明らかになってくると空気の胸への入りも悪くなった。時々、吸わせる酸素もないまま、刻々と悪化する状況をただ黙って見ているしかなかった。

寝言のような意味の分からない言葉を呟いているので耳を近づけてみると、

「タ・ト・ラ」

と熱にうなされながら繰り返していた。

血圧が下がり出し、私がエリーにそれを告げると、ベッドの脇で不安そうに見守っていたナルより年上のケイが、突然、汗まみれのナルの服を脱がせ始めた。あっけにとられて見ていると、ケイはそのままナルのお気に入りだったタトラのTシャツを着せようとし、エリーがそれを手伝った。乾いた服の感触が心地よかったのか、一瞬だけナルは目を開けたが、すぐに閉じられた。

ケイの着せた服を着て、ナルは一切の苦痛を訴えず、静かに呼吸を停止した。安置場所のない遺体はそのまま、他の子供達の目に晒《さら》されながら闇が病室全体を包むまで放って置かれた。子供達はナルのベッドの回りを走り回り、いつものようにかくれんぼをした。いつもナルが他の子達に大声で言っていたように、一度死んだ鬼は生き返らなかった。

リヤカーに遺体を移しかえる時、エリーが硬直の始まっていた身体から肩を脱臼させてまで無理やりTシャツを脱がせようとした。

私はやめるように言ったが、

「そういうわけにはいきません」

と言い、もう一度脱がせなくてもいいと繰り返すと、

「人間は、生まれるときと死ぬときは、みんな平等です。死んでからもモノに拘束されたりはしないわ。このカメにも」

と言った。それが子供の頃から繰り返し教えられてきた彼女の神様の「意思」なのだろう。彼女は脱がせたシャツをきれいに畳んで、私に戻した。

炉の中に入れたナルの遺体に火がついたのを見る間もなく、

「シンちゃんが目が見えないって」

と女の子が走って言いに来た。

「右の目が見えないよ、目が見えないよ」

大粒の涙を流し、ベッドや壁にぶつかりながらシンはそう叫んで歩き回っていた。あちこちに身体をぶつけたせいで腕は血だらけになっている。部屋の他の子供達は恐ろしいものを見るようにシンの周りを遠巻きに取り囲み、ただ黙って眺めていた。

足下のふらついたカイは何度もシンの目に向かって拳を振り下ろし、その直前で止めた。目が見えていれば、反射的に瞼を閉じるはずだったが、シンはそれをしなかった。右目は全く瞬《まばた》きをせず、左目もかすかにつぶる動作をする程度でしかない。

「角膜が濁っているだけで、これは治るんだ。いいか、絶対に治るんだ。治るんだから泣

くな。ここには治らないやつもたくさんいるんだ。おまえは、治るから泣くなと言っているのが分からないのか」

どういうわけかカイによくなついていたシンは泣き止んで頷いた。真っ赤な顔をしたカイは「治る」という言葉を何度も繰り返し、シンの両頬を手の平で挟んだ。そして、壁に貼ってあったタトラの絵を剝がして破り捨てた。その音に敏感に反応したシンは、

「そんなことしないで」

と言ってカイの足を小さな腕で抱え込んだ。そして、目が見えないのに、カイの顔を見上げるようなしぐさを見せた。カイは私の方を向き、

「おまえが帰るときにこのちっこいやつくらいはつれていけないのか。おまえの国なら見えるようにできるだろう」

と言った。私が首を横に振ると、カイは何も言わず、シンをそのままにして部屋を出ていった。それと入れかわるようにマリが進み出て、シンの身体を抱き、他の誰にも触らせようとしなかった。

息苦しさを感じて部屋を出た。セタナとモーリが激しく言い争いをしている脇を通って外に出ると、晴れた夜空に自分の国で見るのと全く同じ満月が浮かんでいた。靄《もや》がかかっていて足下にはたっぷりと汚染粒子を吸ってぷよぷよした気味の悪い草が生えてきている。

これもどういう素性のものかは別にして、新しい命に違いはないのだろう。少し歩いてから振り返ると、弱々しい血の色に似たライトの中に真っ黒な病院が浮かび上がって見えた。それが見えたせいで、かろうじて今ここにこうして生きているのだという感触を持つことができた。鳥の鳴き声が聞こえたような気がしたが、次の瞬間、もう既に四方から巨大なうなりが響き始めていた。不気味な雷と同時に頬に水滴を感じ、私は慌ててもと来た道を引き返した。暗闇の中、これほど来てしまったのかと思うほど道は遠く、明かりはなかなか近づいてこない。すぐにでも家に帰って、シャワーを浴び冷たい水を飲みたいと思った。その水はきっと汚染されていないはずだ。ここからやってきた雲からの雨で汚染されているとしても、それは人体に影響のないほどに違いない。

ALICE

１９９２年３月20日に発生したYureud刑務所の囚人による反乱並びにBroca区域の占拠は約二年六ヵ月の異常に長い経過をとったが、人質に取られていた精神科医が主犯の囚人を射殺したことで一気に解決し、周囲を驚かせた。

暴動を扇動したとされる囚人女性の名前はAliceであったが、彼女の精神分析を担当し、彼女を射殺した女医の名前が、偶然にも同じaliceという名前であった（ここでは便宜的に、Aとaの表記で両者を区別する）ことで、事件は別の面から有名になった。

この事件は人格内人格が複雑に関与していると分析されており、深層心理学と犯罪心理学の研究者によって非常に興味深い実例とされ、多角的な分析の研究対象とされたが、複雑で奇異な経過のため、未だにその全容が明らかにされたとはいえない。

Aliceが刑務所に収容された経過と精神鑑定を受ける決定を下された理由は、事件発生当時の警察発表によると、以下の通りであった。

Aliceは1990年5月11日に起こった殺人事件の犯人として逮捕され、翌年に刑が確定したが、担当の弁護士によって、彼女が二重人格者であり、事件当時心身喪失状態にあったという再審請求がなされた。

新たな証拠として、彼女が通院していた精神科のカルテが提出されたため、再審が許可される方向で裁判所が再鑑定を指示した。それに伴い、犯罪心理が専門で刑務所所属の精神科医であるaliceが、自分と同名のAliceという女性囚の鑑定を担当することとなった。

Aliceはケンブリッジ大学で物理学の博士号を取得しており、二年間をハーバード大学で研究生として過ごした後、カインの理論量子力学研究所に研究員として勤務している。

彼女の勤務状態について、上司や同僚から特に問題は指摘されていない。仕事によっては休日にも出所し、多少寡黙で感情を表に出さないタイプではあったとされているが、一流誌への論文掲載も多い優秀な研究員として当時の主任研究員には記憶されているのみである。また、同僚の評判も概ね良好なものであった。それゆえ、彼女を知る人間達は、彼女が殺人を犯したことに一様に驚きをおぼえたと証言した。

Aliceが殺人の現行犯逮捕されたのは、彼女と同じセクションに所属し同性愛の関係にあったとされるMikaという同僚のマンションにおいてだった。

ベランダで胸に貫通創を負ったMikaは13階から地面に転落し、地上からそれを目撃した住民によって即座に通報され駆けつけた警官によって、部屋の捜索がなされた。銃を携帯した警官がMikaの部屋に踏み込んだ時、Aliceは冷蔵庫の前でかぼちゃを一心不乱にむさぼり食っていたとされている。

逮捕当初Aliceは黙秘権を行使していたが、科学捜査官が取り調べを担当するようになると次第に供述を始めた。

Aliceは上級研究員であったMikaが、所内で使用している同位元素の計量を操作して所外に持ち出し、ライターの火程度のイニシエーション（初期条件）で膨大なエネルギーを発生する連鎖反応を誘発する装置を作製しようとしていたと説明した。

それに対し、Alice は自ら未然にカタストロフを阻止したのだと主張した。

毎年行方不明として報告されるほぼ同一量の同位元素の管理を Mika が担当していたのは Alice の指摘したように事実であったが、検察はどこの施設からもそうした年間誤差の報告はされているという反証を行い、弁護側によって示された、Alice の行為の正当性を否定した。

その後の捜索の結果、Mika のマンションに兵器の材料となるような物も発見されなかったことから、Alice と Mika が同性愛関係にあったという関係者からの証言によって、愛憎のもつれが原因の殺人とされ、Alice の罪状が問題なく成立した。

Alice 自身の証言として示された、Mika が破壊的行為を行わなくてはならなかった必然性も、当時の陪審員には今一つ説得性に欠けるものとして理解された。

Alice（当時30歳）の精神鑑定を担当した alice（当時31歳）は精神科グループの医師の一人として医療刑務所に所属していたが、特に深層心理を専門にしており、犯罪心理学に対するユング派の夢分析アプローチ法を研究していた。

alice は面接における対話をテープからおこしてカルテに記しており、現在保管されている Alice 関連のカルテは、ダンボール2箱分、約二千ページもの量に上っている。

その最初の部分で、Alice は自分が殺害した Mika について、以下のような供述を行っている。

「私は Mika の提唱し研究していた統一理論についての仕事をしていました。

私が最初に Mika を知ったのは、Mika の主催していた研究会に誘われたからです。

彼女は、自分の説による自然の予定秩序的収束について、会員にその解釈をしていました。

私にとって、Mika は上司というよりも、あらゆる意味で正しい存在として言い表せるべきものでした。

それは科学においても宗教的な意味においても、自己には到達し得ない真理を摑むことができるという意味においても、でした。

私だけでなく会員の全てが、Mika に従い彼女の提唱していた統一理論を信じることで、精神的に進化していけるのだと思っていたのだと思います。

ですから私とMika の関係は世間で言われているのとは違って、もっと次元の高いものでした。

もちろんそれは個々人の認識の違いによるものだと思いますが、少なくとも私にとってはそうだったということです。

Mika は研究所の中で、私を自分のセクションに呼んでくれました。

自分としては、Mika の理論の一番の理解者であったと思っていますし、Mika もそう感じてくれていたのだろうと思います。

私はMika の下で、統一理論の一般数理解釈の手伝いをしました。

でも、私が新しい数式の変換に成功してMika に告げると、すでにMika のノートにはその物理的な意味についての直感がほぼ正確な形で書き込まれているといった感じで、Mika は常に私の先を進んでいました。

真理を把握するときに私達一般の人間が必要とするプロセスを、Mika は必要としていませんでした。

先ほどのことに関して言うと、それが正しいという言葉の意味です」

――統一理論とはどのようなものですか？――

「Mika は五年前、互いに変換可能な素粒子として BU と EN の存在を発表し、それらに関する基本性質についていくつかの発表を行ってきました。

その後、BU と EN はそれぞれの反存在となる bu と en というカウンターパートを持つことが明らかになり、4個の粒子とその結合・解離によって出来る10個の素粒子分子の存在が仮定されました。

Mika と私は、現在までの存在に関する一般理論の全体的解釈を、それら10個の現象論のみによって、単一理論・原則に統一しようとしていました。

Mika はそうした理論を、存在と非存在間の、確率論によらない自然変換を表しているのだと考えていました」

――ごく単純な疑問として尋ねますが、Mika が直感的に真理を把握できるのならば、あなたが共同研究する意味がないとは考えませんでしたか？――

「当然 Mika の中では統一理論の骨格は出来上がっており、私の仕事は単にそれに数学的解釈を与えることでした。

確かにMika は直感において真理を把握できるという点で天才的でしたが、あまりにも特殊で他の人間が理解できる範囲を逸脱していました。

自分の仕事は、そうした極めて特殊な理念を、客観的に評価されることが可能な程度にまで一般化することだというふうに考えていました。

また、それはMika の真理に対するアプローチとは違った意味で重要だと考えていました。

共同研究という表現は適切でないような気もします。

ある意味で、象徴的な言い方をするならば、むしろ、私とMika は統一理論を理解しようとする人間にとって、その理論が書き込まれた一枚のカードの表と裏の関係にあるというふうに言えるかもしれません。

真理には表と裏があり、表と裏が一対にならなければ真理が存在しないということです」

——なぜその正しいはずのMika が破滅のための装置の作製を試みたのですか？——

「Mika は創造と破壊を同一のものと考えていました。

統一理論は理論であり、破壊はその実践であり証明であると考えていました。

Mika の理論では、BU と bu、EN と en の素粒子分子解離はごく簡単な条件下で起こり、しかも反応のタイミングによっては時間変換が可能なほど巨大なエネルギーを生むと考えていました。

時空のねじれを可能にするほどのエネルギーというと、これはもはや兵器という言い方は適当ではなく、陳腐な比喩を持ち出すならば、創造主への反逆といったような規模のものを考えていただければいいかもしれません。

常温での核融合の可能性が示されたとき、非常な衝撃をもって受けとめられましたが、それが全く問題にならないレベルのものです。

場合によっては全宇宙を反転させて、全てをブラックホールに作りかえることができるほどの膨大なエネルギーです。

統一理論に関して、Mika は数理的証明が遅れていることに苛立っており、プロセスを通り越して結果を知っていた Mika は、それを破壊という結果を通じて逆の側から証明しようと考えていたのです。

私にはそれが分かりました。

一般的な科学の思考とは異なるものですが、Mikaにとってはごく自然な発想でした。Mikaはそれを制御可能な範囲でも行えると考えていたようです。

でも、私は時々計算をあやまるごく普通の人間の標準的偏差の中にいる者として、最終的にそうした思考回路の中に入ることはできませんでした」

——Mikaはどのような人間でしたか？——

「先ほども言ったように、Mikaは正しい人間でした。

それ以外のMikaの人格を述べることは、コンピューターや神の人格？　について述べるのと同様、私にとって不可能であり、かつ無意味なことです」

——なぜそれほど理解し、敬愛していたMikaを殺害したのですか？　数理的証明が遅れていたことで、その担当者としてMikaとの間に確執があったのではないのですか？——

「確執など、我々にとっては全く意味のないことでした。

正直に言って、私に社会や人類を救済するという必要や意識は全くありませんでした。

行為の理由は、単純に、それが自己の消滅に関わる問題だったからです。現実的な問題として、子孫を残すこともできないような自己の完全な消去を前にして、Mikaというある種信仰の対象を選択することが不可能だったという、ただそれだけの問題です。

もっと単純に言うと死ぬのが恐かったんです。

その時にはもう、私はMikaを一つの人格として認めることができなくなっていました。それは事実です。

Mikaという概念上の存在を否定することは不可能ですが、Mikaという存在を否定することはあまりにも容易なことでした。

私はそれに気づいて驚きましたが、一方で自分にそれが可能だとは思いませんでした。殺すという具体的な行動の中で私は徐々に自覚していきました。

私はこうして収監されていますが、あなたが私の立場だったら、全く同じことをしただろうと思っています」

診察の中で、Aliceは、事件後、しばしば夢の中にMikaが登場してきて自分を支配的に扱うという告白をしている。

「夢の中に出てくるMikaは喋りませんが、私はMikaの意思を直感的に言葉として感じることができます。

Mikaは人格を持っていないので、私は彼女を殺した罪悪感を感じなくてすみます」

とAliceは述べている。

Mikaの意思が独立した存在として最初に現れた時について、Aliceははっきりとした同定を行っていない。まだMikaが生きていた時点から同様の状況が出来ていた可能性も否定はできない。しかし事実として、その程度は診察が進む中で徐々にではあるが確実に増悪し、頻度を増してきていた。

診察開始から一カ月を経過すると、Aliceはほぼ毎晩Mikaの夢をみるようになり、また数回に一回の割で、記憶が可能になった。その夢はAliceの深層心理分析に役立てられ、aliceはAliceに対して積極的な夢の記憶を指導した。

Mikaは夢という媒体を通じてのみAliceと交信可能であり、それは偶然にもaliceが深層心理分析にAliceの夢を利用することでより程度を深めたと考えられる。実際、Alice

はaliceの診察と指導を受けてから、夢の記憶が収監の前からは考えられないほど容易になったようだと告白している。

aliceは診察の当初から、AliceとMikaの関係が厳密な意味での二重人格を意味するものではないと考えていた。その根拠としてaliceは、

「Aliceは自身の告白にもある通り、Mikaを殺害する以前から、Mikaを形而上の存在（Mikaと一体化していた統一理論）と形而下の存在（実在としてのMika）に区別して考えていたと考えられる。

Aliceがその殺人実行において形而下のMikaを殺害したという合理化を行っていたのだとすれば、形而上のMikaの流入はごく自然に行われた可能性がある。

またMikaが夢の中に限定された中でのみ現れていることも二重人格という解釈には否定的な要素である」

とカルテに記している。

aliceによるAliceの性格分析を正確に記載することは、限られたスペースの中では制約を受けるが、要点としては以下の3点になるのではないかと解析される。すなわち、

1　高学歴であることの側面とも考えられるが、上昇志向が強く、時として全排他的ですらあり協調性に欠ける。これは強すぎる自我のためである。保護者の仕事の関係で様々な国を渡り歩き、それぞれのナショナリティーのアイデンティティーを充分に獲得できなかったことが、その原因であり、場合によっては結果であるとも考えられる。

2　幼い頃両親が離婚し、外交官という職業にはあるが精神的に不安定な父親に育てられたことから、愛情の観念に乏しく、逆にしばしば程度の甚だしい愛情が間違った方向に向けられる傾向がある。

3　理論先行である反面、その理論は感情によって過度に左右され、一貫性に欠ける。しかしながら、自覚的には自己の感情が理論的であるという、閉鎖回路の矛盾から抜け出せずに苦しんでいる。

こうした性格上の素地が、それを補う関係にあるMikaとの癒着関係を容易にしたとも考えられるが、alice は、Alice の中に被害者である Mika という人格が入り込んできたのは、もし仮に彼女達が同性愛者の関係にあったのだとすれば、歪んだ自己愛の対象を自ら殺害消滅させてしまったことによって、それを代償しようという心の作用が原因ではないかと考えた。これは心理学上、「移入」という用語で表現される概念であり、対話治療の場では、内科的治療薬における副作用のような作用をもたらすことが知られている。

alice は Alice の夢に登場する「移入」された自覚的な Mika と、Alice が殺害し消去した他覚的な Mika が同一かどうかといった問題を喚起・考察しているが、最終的に、夢の中の Mika は Alice から全く独立した存在ではなく、あくまでも他覚的な Mika と同一のものではないという結論づけがなされている。

Alice にとって Mika は様々な要求をする「存在」として高度に自覚されてはいるが、その人格については以下に述べるような夢の中での抽象的な概念を除いて、他に充分な説明がなされていない。しかしながら、Alice 自身は、生前の Mika について、たとえそれが「正しさ」という一面的なものを中心としていたにせよ、きわめて具体的に彼女を支配・拘束する存在であったと断言している。この解離を根拠として、Mika が Alice にとって分離不能な自己の複製として無意識に自覚されていたのではないかという考察もなされた。

ある夢の中で、幼いAliceが森の奥に入って行き、太い木の根本で大きな鍋で煮物をしているMikaと出会った記憶が語られている。それはAliceにおけるMikaの認識がどのようなものであったかを知る手がかりとして重要であると考えられている。

Mikaは赤ワインの中にネジリンボウという素材を入れて灰色トーフを作っていた。Aliceが近づくとMikaは、

「そんなに近寄ると灰色トーフに感電して死ぬ」

と警告したが、幼いAliceには「死ぬ」ということが分からなかったので、その言葉を恐れることができなかった。AliceがMikaに何をしているのかと尋ねると、Mikaは、

「[Jikken]をしている」

と答えた。

やがて灰色トーフが固まってくると、中から銀色のきらきらした破片が飛び出してきてその表面を飛び回った。

そして赤黒い煙がいくつも細い柱のように立ち上がり、最後にキノコの形をした大きな煙が上がったかと思うと、鍋の中のトーフはみんな真っ黒になってしまった。

Mika は、

「失敗だ」

と呟くと中の炭の塊を丹念に一つ残らず外に放り出し、また赤ワインを入れてことこと煮始めた。

一体何が出来るのかとAliceが尋ねると、Mika は、

「灰色トーフが固まると金色の鏡ができる」

と答えた。

なぜ鏡が要るのかというAliceの問いに対しては、

「鏡がなければ自分がいるのかどうかさえわからなくなってしまうから」

と答え、

「自分があなたを作ったのは、鏡を作るため」

とつけ加えた。

この夢の中で、Mika は中性的、非人格的な存在として語られているが、alice はそれを殺害した人間を抽象化することで殺人という事実を遠ざけながら客観化しようとする心の働きが原因だと考察した。

alice は夢の解釈を次のような言葉で記している。

「Mika が作っていた灰色トーフは、Mika が作り上げようとしていた統一理論か、またはそれに相同なものだと想像される。そこから出てくるきらきらした破片や赤黒い煙は素粒子分子解離によるエネルギーかもしれない。そして真っ黒になってしまったという結末は、それが最終的な破壊につながるものとして自覚されていることを示しているのだろう。

金色の鏡は統一理論から導き出されてくるはずの Alice 自身のアイデンティティーとも解釈される。それは鏡という言葉で非常に直接的に表現されている。

最後に、Mika は、自分があなた（Alice）を作ったのは、自分（Mika）を認識させるためだといった意味のことを答えており、この夢の中では Alice と Mika の、存在における順位が逆転していることを暗に示唆している」

また Alice における、自己と Mika との関係は、やはり象徴的な「森の中」という場における別の夢の中で次のようにも語られている。

ある夜、Alice は森の中で子供を産み、その子は Mika と名付けられた。しかし生まれた Mika は産声を上げず、この世に出た後も、Mika には全ての自覚がないままだった。

Mika は物を見、手を動かし、歩いたが、それらは全て自覚的ではなかった。Alice は、Mika が本当に自覚的でないかどうかを疑ったが、Mika が他覚的に自覚を表現できない以上、そこに自覚があるのかどうかを知りようがなかった。

一方において、Alice は、自覚的でないのは自分の方であって、これは全て Mika の夢ではないかという強い疑いを持っていた。

夢の中では、Mika に自覚がないことを Alice に伝えたのは、夢の主体である Mika 自身であった。

alice の行った夢の分析は以下の通りである。

「この複雑な夢の中で、Alice が Mika を産むというのは両者の同一化を表していると考えられる。しかし面白いことに Mika には自覚が認められておらず、あくまで象徴的な存在として示されているにすぎない。その一方で、Alice の中ではセルフと Mika の間にある主体関係に混乱が自覚されている。
これらはAliceがMikaを殺害した際におけるAliceの心の中におけるMikaの位置がどのようなものであったかを反映しているのだと考えられる」

aliceは夢をより克明に記憶させ、それをAliceに自己分析させることで現状からの脱出をはかったが、残念ながらこの後、反乱の首謀者となったという経過からは、通常のように夢がAliceにとって治癒的に作用することはなかったと結論せざるを得ないのだろう。

aliceによって治療が行われていた最中、Aliceによって引き起こされた反乱の経過は以下のようなものであった。

治療は治療室と呼ばれていた小部屋で行われており、中には銃を携帯した看守が同席していたが、Aliceが治療に協力的になってきたと判断したaliceは、独自の判断と権限で、よりプライベートな事項について質問するため、また第三者の存在が自由連想法等の妨げになると考え、何度か看守を部屋の外に置くということをしていた。

1992年3月20日も通常の対話治療が行われていた。しかし自由連想法が行われる直前、看守が室外に出る一瞬の隙を狙って、Aliceは看守を背後から襲い、絞殺して銃を奪った。

彼女は即座に廊下にいた看守を次々と射殺し、収監されていたBroca区域を占拠した。その時Aliceとaliceの他にBroca区域内部にいたのは、独房に監禁されたままの囚人四十九人であったが、Aliceは射殺した看守の一人が携帯していた独房のマスターキーを手に入れている。

反乱を察知したコントロールタワーは即座にBroca区域の通路を全て閉鎖し、通風孔等のライフライン関連施設も金属板で遮断する処置を取った。それに対してAliceらは（この時Aliceは数人の囚人を解放して協力させている）外部区域へつながる情報ラインを全て破壊し、Broca区域内部のコントロールパネルシステムを破壊した。

Broca区域は他との遮断性が強いために自家発電装置と食糧庫を備えていたことから、当初の三カ月間、囚人達は外部との連絡を全く持たない自給生活が可能であった。それに対して、警備側はストックの途絶える時期が必ずやってくることを確信し、強い世論の批判に対しても比較的冷静な構えを見せ、唯一の一般人であったaliceの生命を除いた部分では、状況を楽観視していた。

Broca区域の自給生活が六カ月を数えたところで、予想通り彼らは水と食糧の補給を要求し、aliceが人質として取られていたにもかかわらず、先ほども述べたように状況を自分達にとって圧倒的に有利だと判断していた警備側はこれを受け付けなかった。

その反応として、即座にAliceによって電子ロックが解除され、胸を撃ち抜かれた血だらけの囚人の死体が一つ外に出されてきた。さらに同様の死体がもう一体出されるに及んで、警備側は停止されていた水道を通し、食糧と燃料を通風孔から差し入れることを決定した。

結果的に占拠はだらだらと解決の決め手を欠いたまま二年半続き、その間、様々な部位を撃たれた計四十九体の死体が様々な要求の言葉を書いた紙をくわえさせられて、無惨な姿で外に出された。

しかしながら警備側が「コンピューターの反乱」とあだ名をつけて呼んだこの異常な事件も、所詮、警備側がコンセントを管理している以上、コンピューターに勝ち目がないことは初めから明らかだった。

五十発目の銃弾が解剖死体から摘出されたところで警備側は反乱当初に使われたものと合わせ奪った銃弾が尽きたと判断、強行進入を決行した。至る所に古くなった血の痕がこびりついたBroca区域の最も奥の空間に武装兵士が見つけたのは、糞便にまみれてライフルを抱き抱えていたaliceと、蛆がわき既にミイラ化し始めていた蠟人形のようなAliceの姿であった。

Aliceの瞼と口と耳は黒い糸で縫い合わされ、全身の皮フは全て削ぎ落とされていた。

保護されたaliceはショックのために感情表出ほとんどなく、犯行の有無を尋問する前に、精神鑑定を受ける決定がなされた。

Aliceの死亡推定が三カ月前であったことから、その間の五体の殺害については他者が行ったと考えざるを得ないが、Broca区域に残っていた防犯システムのエンドレステープ（これだけは壁に埋め込み式になっていたため破壊を免れた）には、偶然Aliceの殺害を含めて、無防備であった囚人の殺害をaliceが行ったことが克明に映し出されていた。また異常とも思えるAliceの死体に対する処置も、alice自身が行ったものであった。

映像に付属している記録音声が反響や残響のために必ずしもはっきりしないという点があったが、Aliceは完全に自由を奪われていたaliceに対して、精神心理分析的な問いをくりかえし発していたというふうに聞き取れる場所があり、自分が受けた精神療法と全く逆の精神療法を行ったのではないかと推定された。

映像から判断される部分では、首を垂らしているaliceを銃身で殴りつけ、

「あなたはどうして自分なの？」

という問いを発している。aliceの答えはほとんどが聞き取れない。また、覚醒しているのか意識を失っているのか分からない程までに睡眠を奪い、ナイフのようなもので太ももを刺しながら、

「今、どんな夢をみていたの？」

と夢の内容を語らせている場所も見受けられ、自分が受けた診療の仕返しのようにも見える。

さらに、各廊下の隅に設置されたマイクロカメラによって断片的に映し出された映像には、既にaliceがAliceから銃を奪った後の場面が記録されていたが、Aliceの殺害は銃によるものではなく、強制餓死によるものだと推定された。またaliceがAliceの口を縫い合わせるのに使用した針と黒い糸は、aliceが囚人を殺害して外部に要求したものであった。

自発語を失ったaliceは当時の内部の様子についての充分な証言が出来ず、

「今、夢を見ていた」

という言葉をくりかえした。

また捜査官による発言の強制が alice の失語症状を悪化させたため、精神治療が優先された。alice は外部から呼ばれた医師によって百種類以上の心理テストを受け、夢分析と箱庭療法、作業療法等による深層心理分析を受けた。

alice の作った箱庭は大きな沼を中心にしてその外側と内側に人間を配したごく単純で特殊なものであった。心理テストの結果を分析していた医師である C57/black は、それが、かつて Alice に対して alice が実施した結果と一致することを発見し、

「箱庭の中の人物は Alice と alice で、外側にいる人物と内側にいる人物の位置がしばしばいれかわるのは、alice が Alice にかわって反乱を継続していたことを意味するのではないか」

という解釈を試みている。

その後、意外なことに、心理テストの分析を進めていた医師団は、alice の精神状態について、「全てのテストの結果が正常範囲内にあり、alice の取った異常行動は異常な環境下の反応によるものである可能性がある」

という報告書をまとめた。

担当医となったC57/blackは、言語訓練を、「私」「あなた」「書く」「休む」といった基本的な単語から始めていった。そこからは事件を連想させるようなものは一切取り除かれた。

生まれたばかりの子供が言葉を一つ一つおぼえていくように、aliceが言葉を取り戻していった経過がカルテには克明に記されている。

バラバラの単語がつながって文になると、aliceは急速に「意味」を身につけた。

やがて、治療を開始して三カ月後、aliceは、自身の言葉として、

「判断が必要な時、自分は『Sud』という、自分とは別のもっと優れた人格の声を聞くことができます」

と証言して、治療可能であるという報告書を用意していた医師団を混乱させた。

診断結果を総合的に判断した担当医C57/blackと他の医師達は、以前AliceとMikaの関係についてaliceが行った考察に倣い、

「極度の死の恐怖を覚えながら常にAliceという他者の深層を読解しなくてはならない特殊状況下において、Aliceの中の深層にあったMikaという人格が無意識のうちにaliceに『移入』したのだ」

と考えた。

以前も「移入」という語が使われたが、ここで言う「移入」は、例えば、厳格な教師の下で生活している生徒が、常に教師の心の動きを意識して判断を下す結果、やがてその教師に似た精神構造を取るようになる現象として、より具体的に理解される。

後にまとめられた報告書の中では、Sud の出現について、

「閉鎖された空間の中で、Mika は絶対的な存在として力を持ち、Alice は生存のために自己を抑圧して Mika が何を考え、どういう意思を持っているかを常に推測しなければならなかったのだ」

という補助説明がなされ、さきに医師団がまとめた異常状況下における「正常反応内の行為」という分析と矛盾しないと結論づけた。

断片的な言葉を取り戻した alice が C57/black に向かって語った最初の意味を持つストーリーは、占拠中 Alice によって拷問的に行われた行為を思い出したのか、自分の見た夢について次のような内容のものであった。彼女はこの全てを語るのに約三時間を要している。

「ネジリンボウや灰色トーフとBUやENとの間で最終戦争（ハルマゲドン）が起きていた。


それは私のいる場所にまで及んだ。

初めに異臭が漂い、それからいくつかの閃光が稲妻のように枝分かれしながら走った。

何も知らないネジリンボウと灰色トーフは、それぞれBUとENを摑んで、互いに投げつけ合った。

BUとENが衝突した瞬間、素粒子分子融合と分裂が同時に起こった。

空中のあちこちで赤い不気味な煙が上がり、それらはあっという間に集まってキノコ状の雲となって高く高く上った。

黒い煙の粒子だけが辺りをおおい、音が激しく行き交い始めた。

やがて完全な静寂が訪れた。

私はその時死んだのに、その死んだことを見ている自分は残った。

最終戦争で死んだのはAliceとMikaだった。

煙が晴れてくると、buとenが辺り一面におびただしい量残った。

buはAliceの飛び散ったかけらで、enはMikaの飛び散ったかけらだった。

buとenは互いに反応を起こさないよう、別々の籠に集められた。

私はそれらを丹念に丹念に拾い集めたが、いつまでたってもきりがなかった。

ある男がやってきて、籠の中の bu をほしがった。

それがネジリンボウの材料になると言うのだ。

その男は自分のことを Mika だと名乗り、死んだ Mika とは別人なのだが、たまたま同じ名前なのだと言った。

男は私に en と bu の変換の仕方を尋ねたが、私は男がいかにもうさんくさそうだったのでわざと知らないと言い、戦争が繰り返されると面倒なので、bu をあげることはできないと言った。

男は怒って、en と bu の入っている籠をぶちまけて行った。

地面に撒かれた en と bu はべたべたとくっつき始めて、幸い反応はしなかったが、どんなにはがそうとして力を入れてもはがれなくなってしまった。

私は男の言葉を思い出し、それらがネジリンボウになって灰色トーフが出来てしまうのではないかと恐れた。

そして、それらを食べて消化してしまうことを思いついた。

それは我ながらいいアイデアに思えた。

やがて便になって排泄されるはずだが、それはその時になってから考えればいいことだった」

alice の言葉を詳細に分析した C57/black は、

「夢の主体が Alice や Mika を殺したのは、自分が彼女達の壮大な実験に無自覚のまま参加させられていたと感じていたからではないのか」

と述べている。

実験が具体的に何を意味しているのかについて、C57/black にもアイデアはない。ただ、この言葉自体は診察の中で示された alice の思考回路に沿ったものであるとし、

「実験は自分と無関係に始まり、自覚的な恐怖が植え付けられた」

という明白な被害者意識をそこに探り出している。

alice は Alice に行った死体処置に関して、

「確かに殺害したはずの Mika の復活を恐れたため」

と C57/black に説明し、彼はそれをカルテに記載した。またそれは、C57/black に繰り返し語った次のような言葉によって象徴的に言い表されている。

「Alice は Mika の言葉に従って、罪深い囚人を一人ずつ殺しました。
Mika の口がなくなることで Mika の意思は自覚されなくなるだろうと思いました。
Mika の意思とは、自分（alice）の死のことでした。
Mika は以前にも一度殺されていました。
しかし、死んでいたのではなく、死を認定されていただけでした。
それは Alice が既に Mika によって他覚されていたからでした。
Alice は灰色トーフを介して Mika に支配されていました」

C57/black は次のような考察と仮定を行い、総括として報告している。

「alice の言葉が暗示しているように、Alice の脳細胞によって規定された Mika という意識と、その意識によって「存在」を規定された Alice は分離不能になってしまった可能性がある。
だとすると、Alice の中から Mika を呼び出すためには Alice が「自覚的」でなくなる儀式のようなものが必要であったのかもしれない。
Alice は Mika を憎みながらも、自分の存在を認識する客体としての Mika を必要としていた。

他方、拘禁状態の恐怖の中で、alice も自分の生死を支配する Mika という異常な存在を憎んでいた。

彼女が憎んでいたのは Mika であり、Alice ではなかった。

しかしながら、alice が殺害したのは Alice という表象に過ぎなかった。

憎しみもやはり理解の一部だとするなら、alice は無自覚のうちに Mika の相同物を必要としていたと考えるのが自然だろう。

催眠導入を行おうとする者が、一生懸命に行えば行うほど自分自身もその導入の影響を必然的に被るように、Alice の中の Mika を理解しようとした alice の中にも、無意識を支配する主体である Sud が必然的に紛れ込んできたのではないのかと推定することができる」


「服を着がえたい」「髪を切りたい」など、次第に alice との気軽な日常対話が可能になると、alice という表層の人格にもかなりの変化が起きていることが明らかになってきた。

alice は、

「今まで言いませんでしたが、私は四六時中死んだ後の自分と対話ができます。でも具体的な内容については覚えることが出来ないのでお話しできません」

という言葉を発して、再び周囲を驚愕させた。

夢による深層心理分析において「死後の自分」の自覚はしばしば経験されるものであるが、alice の場合のように恒常的な対話はごく特殊なものだと考えられ、その真偽が疑われた。一部の医師は Sud の存在も含めて、正常状態にある alice が、専門知識を利用して虚言を弄し、精神分析を混乱させているのではないかと考えた。

何度も対話の内容が尋ねられたが、その度、

「今聞こえている言葉が覚えられない」

と訴え周囲に理解を求めた。

なぜ死後の自分と生きている自分が両立できるのかという C57/black の素朴な問いに対して、alice は、

「全ての人間はもう既に死んでいるんです」

という、一見論理的とも思える答えをしている。

実際、その後に実施された種々の特殊心理テストに表れた成績の中でも、aliceという独立した人格が、（aliceの申請する）死後のaliceという影の部分と不可分に結びついていることを支持する結果が得られた。この中でMMMテスト等は、たとえ医師としてそのテストの意味を知っていても、内容の複雑性から恣意的な操作はほとんど不可能であると考えられ、証拠としての客観性を有するものであるとされた。

「死後の自分」出現の解釈としては、C57/blackによって、極度の死の恐怖の結果、自己が分裂して現に生を自覚している自己の他にそれを客観視している死後の自分を常に仮定することで死の恐怖から逃れようとした「合理化反応」の一種だという説明がなされた。

もしもこうした説が正しいのだとすると、aliceは自ら生存するために、Sudと死後の自分を、それぞれ夢と覚醒の領域に置いたことになる。また、Aliceの拷問的な覚醒によって夢と現実が混乱した状況の中で、それはさらに複雑な関係に置かれただろうと推測される。

aliceの他者の殺害について、自己防衛として正当化されない部分に関しては、

「必ずしも心身喪失状態にあったというだけでは免責されない部分がある」という司法的判断が下され、裁判所の保護観察処分とするという決定が下された。これはalice の身分確保として重要なことであった。

現在のalice の精神状態が「一般社会の中にあっては他者にとっても本人自身にとっても危険なものである」と判断され、Alice を殺害した状況などを子細に分析し、精神分析と治療を目的として、C57/black の所属する高度の異常心理者を収容するWernicke 施設への移転が、裁判所の判断に基づき、家族の同意を得て決定された。

これまで囚人殺害の具体的状況に関わる話題はほとんど避けられてきたが、Wernicke 施設ではBroca 区域で正確には何が起こったのか、alice 自身の口から司法的判断の根拠となるものが語られるよう誘導することで外部との意思統一がはかられた。そのため対外発表は一切押さえられた。

Alice の射殺がalice 自身の判断によるものなのか、あるいは死後のalice ないしSud からの命令によるものなのかが、司法的な面から最終診断の目標に設定され、全ての診断・治療行為はその一点に向けられた。

C57/blackの興味は、これまでの経過の中で厳密には明らかにされていなかった、1 Aliceとaliceの同一性、2 MikaとSudの同一性 の二点に絞られた。それを解く手がかりはalice自身がAliceに関して残した膨大なカルテであった。

なぜかこの頃からaliceはC57/blackのことを「マウス」と呼び始め、親密なコンタクトがC57/blackとの間においてのみ可能になっていた。また同時期頃から治療の意図を理解し協力的になった彼女は、急速に、専門的な分析を自分自身に対して行い、それを観念的な用語を用いて説明しようと試みるようになった。

C57/blackのカルテの中で、aliceは自己とAliceの同一性についてははっきりと否定している。また、移入してきた人格であるSudについても、Mikaとは別の人格だとしている。さらに、aliceは時々、aliceとしての思考や意思をなくすことができると言い、彼女はそうした現象を「解脱」と呼んだ。alice自身の言葉によると、

「自分が死後の自分と直接対話できるのはこうした『解脱』の状態にいる時だけです。それ以外の時には死後の自分が一方的に語りかけているだけです。

対話の内容はそれを言葉にしようとすると消えてしまいます。それは私の言語中枢が破

壊されているからか、それが生きている私の脳味噌の外で起きている出来事だからです」
と説明されている。

なぜ意思のないaliceと死後のaliceとの対話が客観的な事項として語られうるのか、誰がそれを客観視しているのかを追及された時の彼女の返答は、
「それはSudによって記憶され、aliceである自分に語られます」
という非常に明快なものだった。

alice自身が語ったように、C57/blackにとって、SudはMikaのように特異性を帯びた人格ではなく、むしろ「移入」を繰り返す事で純化され無人格的な存在としても理解可能であった。実際、（前述の如く脱自覚を介した）AliceとMikaの関係は、（解脱を介した）aliceと死後のaliceの関係に対応しており、MikaはSudではなく、むしろ死後のaliceに類似すると考える方が自然かもしれない。

aliceはかつて彼女自身が精神科医であり、彼女は自分の中に起こった変化、すなわちSudという別の人格が入り込み死後の自分と対話可能であるという異常な状態を、なんと

か他者に分からせようとして、多少混乱した概念的な言葉で次のように説明している。

「死後の自分は『無』に向かって話しかけ、脳と離れた無方向性のエネルギーを持つ『意思』の存在を仮定しています。

死後の自分はその『無』の『意思』の中で、この『無』を体系化しようと試みましたが、それは結局『認知』に関わる問題でした。

死後の自分が『認知』を極度に拒んだ結果、『無』自身が『無』を規定しなくてはならなくなりました。

だから逆に自分は死後の自分を仮定しなくてはならなくなりました」

彼女の言葉には若干の矛盾があるが、医師としての彼女の意識が述べようとしていることは、死自身が死を規定する論理矛盾の中で、死後の自分が必然的に発生したものであるということだろうと思われる。

既にお気づきかもしれないが、言葉を取り戻した後の彼女の発する言葉は、どれもが殺人を犯した人間とは考えられないほど冷静で、多少表出に時間を要するものの、明快であった。

C57/black は、この点に関し、
「殺人が他者の意識に基づくもので自分はむしろ被害者であるという意識があり、かつ alice にとって全ての出来事が夢の中で起きたこととして認知されているためである」
というコメントを残している。

また alice は、
「死後の自分を解体しようとしている夢を毎晩のように見ます」
と告白しているが、これは犯罪者がしばしば死の分割の欲求を覚えることと矛盾しないと C57/black は考察している。

バラバラ死体事件という形でも表現されるそうした衝動は、まだ充分に理解されていないが、殺人者は死体というモノを細かく刻むことで、死という概念をも細かく認知不能な程度にまで刻もうと努力しているようにも思える。

C57/black が死後と現在の自己についての彼女の論理矛盾を指摘すると、彼女は数理的な言葉を用い、

「$E=mc^2$は1＋1＝2を前提とした世界で成立するのであって、1＋1＝11が仮定される世界では当然それに対応した変換が必要です。変換を瞬時瞬時に変化させ、結果が出る前に仮定が変化する世界では、結果自体が存在しなくなります」

と答えている。


長時間の面接の結果、Sudは多くの場合aliceの夢の中の人物であり、AliceにおけるMikaと同様、厳密な意味での人格の二重性を示すものではないと判断された。Sudに関しては、それが一つの人格という形を取ることはなく、常に超人格的な存在として語られたからである。


例えば、C57/blackのカルテの中で、aliceの見たある夢が記されているが、その中でSudは自分と死後の自分との間に子供ができることを切望している。

Sudの考えによれば、Mikaの作った時限爆弾によってこの世の全ての人間は滅び、自分の子供の中の一部のみが生き残るはずであった。

生きている子供は動き、死んでいる子供は動かなかった。

Sudは動いていない子供を焼いて灰にして食べた。

動いている子どもの名前は、やはりSudであった。

その子の仕事は真っ黒になった灰からネジリンボウを再生することだった。

やがてネジリンボウから灰色トーフが出来上がると、Sudはおいしそうにそれを食べた。

Sudは一日に三回、灰色トーフを食べないと死んでしまう体質なのだと言った。

そして、自分が死を恐れるのは、この灰色トーフを味わえなくなってしまうからだと断言した。

Sudが灰色トーフを腹いっぱい食べると、それがSudの腹の中で膨らんで破裂し、その中に逆にSudが飲み込まれた。

だからSudはもう一度灰色トーフを食べ直さなくてはならなかった。

自分の中から出てきた灰色トーフにまみれながら、Sudは簡単に再生し、分裂した。

それを見ていたaliceは、Sudに自己の再生を願ったが、Sudは死後のaliceがMikaの［Jikken］の中で生成したものであると確信していたため、結局、申し出を断った。


以上の夢の中で興味深いのは、alice自身の言葉にもあったように、MikaとSudが区別された別の存在として登場してきたことである。しかしながら、その関係は最終戦争を介した同調的なものであるという印象を与える。

最後の部分で、alice の再生を却下した Sud が Mika に対して肯定的であったのか否定的であったのか、ここでは厳密には明らかにされておらず、両者は同様に生や死を恣意的に決めることのできる存在とされていることも、そうした印象の形成に寄与している。

また、カルテの別な箇所では、覚醒し自覚されている alice の中で、自己は function しているモノとして、死後の自分は function していないモノとして、極めて理性的な言葉で理解されていたと記されている。それは非常に明快な区分であったが、かつて alice が記載した Alice の言葉（「生と死の差異は機能のみであり、その区分は生の論理による」）そのものの繰り返しであるとも考えられた。

C57/black はネジリンボウを DNA、灰色トーフを脳に対応させて解釈を試みた。Sud の子供の仕事がネジリンボウを作る事であったとされているのは、自己再生と関連して、DNA（＝ネジリンボウ？）による自己複製と考えることができるかもしれない。

他方、量子力学を専攻し、モノと高度な関わり方をした Alice にとって、精神世界は、DNA から生成される脳（＝灰色トーフ？）であるモノによって圧迫され、最終的には消滅する運命にあったモノとして考えられていたと解釈することもできる。

そうしたモノ的世界の信奉者であったAliceの殺害は、それ自体がaliceにとっては象徴的な出来事であった可能性がある。

閉鎖病室の中のC57/blackとaliceの対話は非常に穏やかに行われていたが、三日ほどaliceは不眠を訴えた。C57/blackのミスはそれに対して、自殺企図を恐れて睡眠薬の投与等を行わなかったことであったが、変化は突然現れた。

後にその三日間、aliceは一時間ほどしか眠っていないことが明らかにされている。

C57/blackはその時の様子を次のように語っている。

「aliceはその日、部屋の中を落ちつきなく歩き回っており、始終誰かに向かって呟きかけていた。

明らかに彼女はおびえており、その対象が何かということについて、我々は充分な話し合いを行わなくてはならないと感じていた。

aliceはここ数日、死後の自分が徐々に自分から離れていくのを感じて恐いのだと告げた。

aliceの心のバランスを取っていた死後の彼女が、治療が進むことでその存在の根拠を希薄にしていると容易に想像された。

具体的には、理性的な判断を取り戻していく中で、理解の範疇を超えていく死後の自分を次第に不気味で違和感のある存在として認識し始めていたのだろうと考えられた。

死後の自分の冷たい感触を恐怖しているようだったが、それは彼女が経験したAliceによる四人の大量殺人の感触がやっと違和感を含んだものとして認知されるようになった結果であったかもしれない。

彼女は自分に制御不能になった死を恐怖し、治療の場として私が用い、彼女が完全に制御可能であった「森の中」に逃げ込みたがっていた。

私はその時、移入された別の人格であるSudによって、死後のaliceを吸収させるという心理操作を考えていた。

死後のaliceの独立が、Sudの移入によって副産物的にもたらされたものである以上、両者は交通・融合可能なものであり、人格の整理は治療目標に矛盾しない必要不可欠なものと考えられた。

即座に私はaliceにその計画を告げたが、彼女は私の提案に対して猛烈に反対した。

私が、何でも恐れるaliceのことを臆病な羊のようだと言うと、その言葉すら彼女は恐れた。

しかしながら、何度も繰り返し人格融合の重要性を強調すると、彼女は現在自分が感じている不安定な状態から抜け出せるのならばという条件付きで、次第に理解を示すようになった。

私はaliceを落ちつかせるために、天窓から差し込む光の下に彼女を横たえて、腹のあたりをさすりながら安心感を与えて、浅い催眠のレベルに落とした。

aliceは自ら望んでいた通り、ごく簡単に睡眠に入り、森の中に入った。

aliceは既に死後の自分を見失っていた。

死後の自分がどこへ行ったのかと尋ねると、危険を察知して、もうSudが運び去ったのかも知れないと答えた。

私は森の中には他に誰がいるのかと尋ねたが、少ししてから、彼女は自分の他には誰もいないようだと答えた。

死後の彼女の避難は、彼女が自覚的な存在である以上、不可避なことであったかもしれない。

彼女は森がいつもより広くて迷ってしまいそうだと言った。

彼女は方向のはっきりしない森の中をゆっくりと歩いていたようだった。

音があるのかと尋ねると、彼女は音はないと言った。

光はどうかと尋ねると、淡い光がどこにも同じ濃度で存在し、影は、自分の影すら見あたらないのだと言った。

歩き疲れた彼女が白い木の根本で眠りたいというので、私はそれを許可した。瞼の後ろで激しく動いていた眼の動きが止み、反応がなくなって、彼女は半時ほど熟睡していた。

その間もずっと私は彼女の腹をさすり続けた。

突然彼女は大きく眼を見開いて、焦点の合わない視線を固定したまま、切迫した便意を訴えた。

木の根本で排便してもよいかと尋ねた。

私は驚き、夢の中の便意なのか現実の便意なのか迷ったが、彼女の要求があまりにも性急で、それを許可しないわけにはいかなかった。

彼女は安心したようにまた眼を閉じ、大きくゆったりとした呼吸を始めた。

時々眉間にしわを寄せたりしたが、夢の中での排便は順調に進んでいるようだった。

突然彼女の叫び声が部屋中に響いた。

彼女は狭い部屋の中で走り出し、自分の体を壁にぶつけてその場にうずくまったまま激しく震えた。

閉じた瞼の中で眼振が起こっていた。

どうしたのかと尋ねると、灰色トーフの便にまみれて、その中から死後の自分が出てきたと言った。

そして、右手を前後に動かす動作を何度もくりかえした。

死後の自分を蘇らせようとして、灰色トーフを口から押し込まなくてはならないと言った。

私は彼女を落ちつかせようとしたが、彼女は眼を見開くと、私の首に手を回して、ものすごい力で絞め始めた。

彼女が係官に取り押さえられてから、私は通常の方法で睡眠状態を解除しようとしたが、彼女の反応は今一つはっきりしなかった。

その後、彼女は反乱事件直後のような閉鎖状態に戻ってしまい、私の言葉にほとんど反応を示さなくなった」

C57/black は後に、この事件の責任が、誤った方向に催眠療法を利用した自分にあったことを認めている。

C57/black は、こうした現象を、alice が死後の自分との適正な距離を見失ってしまった

ための錯乱的行為だと考え、
「自分自身の潜在意識が彼女を誤った方向に導いてしまった可能性がある」
と述べている。

委員会の他の医師によって、異常精神反応として極度の不眠と緊張状態に置かれたことが異常行為の直接原因となったという判断が下された。

C57/blackの強い希望と、新たな治療者を設定した場合、治療者—患者関係の確立に相当の時間を要し、必ずしも新しい治療者が同様の誤りをおかさない保証はないという判断から、結果として、C57/blackによる継続的な診察・治療行為が認められることとなった。

C57/blackは再び箱庭療法等を試みたが、そうした努力にもかかわらず、言葉を介した理解は回復せず、むしろごくわずか残っていた発語も失われて全く何のコンタクトも取ることができない状態に進行してしまった。

しかしながら約一ヵ月後、彼女は突然、爆発的な連鎖反応が始まったかのようにしゃべり始めた。C57/blackは、

「aliceの中からaliceという人格が完全に欠失しており、そのかわり突然どこからか現れたSudとの会話が成立した」

という報告書を提出した。

Sudはaliceの夢の中でのみ存在を許されてきたわけであるが、独立した存在としてコンタクトが可能になり直接の会話が可能になったのは、事件を機に、位置関係が逆転したからだと考えられた。

Sudが唐突に現れた時のことをC57/blackは次のように記載している。

「彼女は突然、

『aliceはもう森の中にはいないわ』

と言い出した。私はaliceがいないのならばそれを私に告げている主体が誰なのかという疑問を持ち、

『誰がそれを見ているのですか?』

とたずねた。彼女はそれに対し、

『aliceは自分にSudという名前をつけたの』

と答えた。私はその時初めてSudが独立した存在として私と対話可能になったことを知

った」

また、極度の死の恐怖によって本来の自己であるaliceが消え、移入された他者であるSudという人物が自己の前面に登場したのには、カタストロフにおける防御反応が関与しているると仮定された。

C57/blackは、Sudと、そのもとになったと考えられるAliceやMikaがどのような元型を表しているのかについて、Sud自身に直接質問している。aliceという夾雑物が取り除かれたことによってそれは可能となった。SudはMikaやAliceとの関係を尋ねられた時、即座に、「みんな独立に存在していて、互いに他を自覚できない」と答えている。ここでもMikaとSudの同一性は否定されている。

SudはC57/blackに、自分は夢を見ないと言ったが、そのかわり全ての言葉は暗示的なSudの中の現実世界の出来事として語られた。

なぜ alice は消えてしまったのかという問いに対して、Sud は Alice が提唱し理論構築した素粒子を用いて次のような話を作り上げ、C57/black に自分の中で実際あったこととして話した。

「BU と EN と bu と en が、広い砂地で影踏みをしていた。

影を踏まれたら消滅しなくてはならない決まりになっていた。

その場所は、Sud によると、Molto という聞きなれない土地だった。

BU と EN はなるべく影をつくらないようにしたが、bu と en はより大きな影の中に入ろうとした。

やがて陽が傾くと影が大きくなり、BU と EN は不利な立場に置かれた。

しかし、陽が沈んで夕闇が迫ってくると、全てが影の中に置かれて、完全な平等が訪れた」

BU や EN、bu や en を厳密に人格と対応させて考える事はできないが、それらが影との関連において語られており、消滅や Molto（mortal＝死すべき／molten＝溶けた、からの造語か?）などという死を連想させる言葉が出てくることから、生と死を象徴的に表しているのと考えることができるのではないだろうかという推理がなされた。あるいはそれはSud自身の再生を暗示しているのかもしれないとも考えられた。

Sudはまた、なぜaliceと分離出来ない存在であるのかを問われた時、自分が知覚できる範囲の理由を以下のように語った。

「黄金の羽を持った飛べない寄生虫が駆虫剤のスプレーで追い回され、疎外されている。害虫が設定されていないことで、寄生虫こそが宿主の生存にとって悪だとされてしまった。

寄生虫はいくつかの規制を宿主から受けている。

寄生虫は宿主を殺す力を持ってはいけない。

寄生を繰り返すためには、変形しながら意味を変えていく必要があった。

しかしながら、『思うこと』が『あること』よりもずっと先を走っているために、寄生虫は自分を見つけさせる目を持つ宿主を設定しなくてはならなかった」

C57/blackはこの話を次のように解釈した。

すなわち、寄生虫が神の対側《たいそく》に位置する悪魔的なものを象徴しているのだとすれば、それは宿主の「脳」の中で他覚的に存在しているのだろう。だとすると、「存在」が問われるべきは変質しながら感染していく「神」や「悪魔」ではなく、その前提となる「死」の方だということになる。なぜならば、死によってその死を認識し存在させる脳が失われるという閉鎖回路の矛盾が出現することになるからだ。

Sud の言葉はそうした「死」の「実在と喪失」について述べているのだと C57/black は考えた。

当初、C57/black は Sud という超人格的な存在を自覚することで alice が癒されるのではないかという期待を抱き、

「他者を自覚することで、隠された自己は内部で治癒を受けているのではないか」

という報告を委員会に送っている。また、

「意識されている他者を通じて、傷ついた自己へ治癒的な語りかけが可能である」

とも欄外に付記している。

Sudが他者によって認識されることで存在を許されているのだとすれば、Sudによって隠されていても、どこかにaliceの存在を仮定しなくてはならない。aliceとの関係においては互いの相対化を行うという緊張関係をその前提にしている以上、Sudを通してaliceへの間接的な語りかけが可能だとC57/blackは考えたのである。

実際、以下に示す夢を見た後、彼女は再びaliceを自覚し始めた。

それはSudによって客観的に観察され、

「喃語しか話さない幼いaliceを抱いてオッパイを与えている若いaliceは、縫い物をしている年老いたaliceと話をしている。彼女達は時々互いに他を飲み込み合ったり吐き戻したりしている」

という短い言葉で決定的に語られた。

しかしながら、またも、ある日突然、彼女に異常行為が現れた。

作業療法中、彼女は絵を描いていたボールペンで自分の手の甲を激しく突き始めて、係官が慌ててそれを制止した。動脈を傷つけ多量に出血したが、幸い神経などは損傷を受けておらず、機能障害が残るほどではなかった。

部屋の派手な血痕から担当者達は驚きを覚えたが、Sud としての証言からは、自殺企図として明らかなものは本人によって自覚されていないように思われた。

Sud はこうした激しい行為にもかかわらず、比較的冷静な言葉で対応し、死後の自分を連れている alice がバランスを崩してしまったのだという理論付けを自ら行っている。しかし、あくまでそれは（alice の存在に気づき始めながらも）、Sud を自覚している彼女の言葉として理解された。

さらにそれから三日後の深夜、何かを叩くような物音に驚いた係官は、彼女がトイレのタイルに頭を打ちつけているのを発見した。頭蓋骨の一部が白く露出し削られているほどの怪我で、係官が保護した時には、既に意識を失っていた。

興味深いのは、動機についてたずねられた時彼女は、この行為を alice に命じられ、その通りに行ったと、はっきり断言していることである。

C57/black はこの言葉を、彼女の中に alice が再び戻ってきた確定的な証拠であると考えた。

その怪我がまだ癒えない時、彼女は洗顔中にいきなり頭を水面下に入れ、汚水を気道内に吸い込み始めるという、明らかに自殺企図を伴った行為を起こした。

これもやはり途中で意識を失ったために、大量の不潔な水の肺への吸引は免れた。しかしながら重篤な肺炎を引き起こす可能性が高く、係官の対応が少しでも遅れていれば生命危機にまで発展した可能性が担当の外科医によって指摘された。

さらに、入院中、彼女はベッドの上で暴れ出し、近くにあったハサミなどの処置用器具で医師と看護婦二人に、全治一週間から四週間程度の傷を負わせた。そのうちの看護婦の一人は顔に十センチ大の裂傷を受け、もう一人は大腿四頭筋を切断された。

この時、拘束されて面談が不能であった彼女の人格の主体がどこにあったのか、正確にははっきりとしないが、後にこの行為の主体がaliceであったかもしれないと自分自身で分析して述べている点からして、また、他の自虐的な行為がその時の自覚的な自分と反対側の自分が原因であるとされていることからしても、Sudが自覚され、行為はaliceによっていたという推測が可能であった。

彼女は他者を傷つけた理由について、

「素粒子分子融合によって小さな爆発が起こった」

と必死になってC57/blackに説明しているが、その爆発が起こった正確な状況と、彼女の内面と周囲をどのように破壊したのかについて、詳しい説明はなされていない。

時々、紙を要求して難解な数式を並べ立て、

「理論体系に矛盾が生じた」

と何度も繰り返してC57/blackを分からせようとする行為が見られた。しつこく説明を聞かされるうち、C57/blackも本気でその数式の意味を理解しようとしたが、結局、両者の言葉が数式を介して互いに他の言葉に翻訳されることはなかった。

それは必ずしも物理学を専門としていない彼女がAliceを通じて何度も聞かされていた理論だったと想像されるが、aliceが充分にその原理と現象を理解しないまま、現象論としてそれを「分かったような」気分になっていただけだったことを反映していたのかもしれない。

彼女はそのつど、苛立ったような声で、C57/blackの顔に唾を飛ばすほど興奮して、

「あなたは変換されている」

という意味不明の言葉を吐いたが、C57/blackは一時的に変換されていたのはむしろ彼

女の方であり、数式の説明者は明らかにAliceであったとしている。

こうした一連の状況が自己や他者の生命危機につながると判断したC57/blackと医師団は、その職務上不可避であるという判断から、緊急避難的に、彼女を閉鎖環境に置くことを決定した。

それは物理的、精神的な意味においての隔離であり、彼女は完全に外の世界と遮断されることを余儀なくされたということである。

結果としてC57/blackは彼女の存在を否定することになってしまったのであり、一般的に自殺企図のある患者に対し治療者としては禁忌とされる非受容の態度を取ることになったが、他者にまで傷害を与えたということで、彼女自身も、Sudが自覚されている時にはaliceの隔離のためには仕方がないと同意し、逆にaliceが自覚されている時にはSudの隔離のために仕方がないと同意した。

最終的にこの処置は彼女自身によって完全な同意を受けた事になるが、それは非常に奇妙な二面性をそのままにしたものであった。

C57/black の指示によって彼女はオーバルというつるりとした金属で被われた窓のない箱のような部屋に移され、簡単な拘束衣を着用して、一定の明るさの中で時間の概念を奪われて生活し始めた。

本人の生命確保のために、口をつけると水の垂れてくるパイプと、嚙む必要のない低残渣固形食料の入った金属性の籠以外には何もない空間に置かれた。さらにダストシュート式のトイレが壁につけられていたが、そうしたものが全て対称的に複数個配置されることで、ドーム型の壁からは方向性が奪われ、室内は完全に一定の温度に保たれ、音を含めたあらゆる外的刺激は遮断されていた。

刺激となるようなものは全て取り除かれ、精神の安定の場としての簡素な空間が作られた。

床と壁はひと続きのウレタン素材で被われ、その中で彼女は C57/black も含めたあらゆる人間との接触を断たれたまま覚醒し、眠った。

彼女自身の意思によって、監視カメラの下、自殺企図等の異常行動を彼女が起こした場合、即座に麻酔ガスが壁面から噴射されるようになっていた。

その後も、息こらえをして意識を消失するなど、自虐的な行為が観察されたために、特殊室への収容は彼女自身とその肉親の了解を得て、二ヵ月にも及んだ。

こうした状況の中でも、なぜか前述のようにC57/blackはaliceとSudという二つの人格が共に失われ、新たな単一の人格が形成されるという期待感を抱き続けていた。最後まで言語によるコミュニケーションを保とうとした無理な期待が特殊なマウスピースの装着を怠らせたという批判もなされたが、C57/blackは、少なくとも収容の後半、彼女は非常に落ちついた調和の中におり、精神的に安定していたという証言を行っている。

ある日、C57/blackは描画療法を目的として、彼女にデッサン帳とクレヨンを与えた。彼女はそれに文字を書き始め、ごく短い文章を完成させた。

「私は死んだ自分を二つにするために、かぼちゃの種を植えて、それが育つのをじっと待った。
自分の知らない所でかぼちゃが葉をしげらせ、実をつけるのを期待した。
無自覚に育ったかぼちゃを食べれば、もう灰色トーフを食べる必要などなくなると思った。

でも、石ころだらけの土地にかぼちゃは育たなかった。

私は死んだ自分をつれてこの土地を出て行かなければならなくなった」

彼女はこの予言めいた文章を書いてから二日後に、舌を嚙みきって自殺した。その間、C57/blackはこれを彼女の遺書だと理解・判断できなかったが、そこには彼女があまりにも日常的に死を語っていたという皮肉な現実があった。

死体検案後、彼女が死亡した時の状況として報告・記載されたものは以下の通りであった。

流れ出た血を全て飲み干し、嘔吐もしていなかったため、意識がなくなるまで監視カメラの向こう側で異変に気づいた人間は誰もいなかった。

舌の裂創は小さなものだったが、彼女は血が止まりそうになると嚙み続け、破綻した血管から少量ずつ持続的に血が流れだしたのだろうと推定された。壁にもたれかかりながら座りこみ、目を大きく見開いたままの姿勢で死んでいた彼女は、口の外に一滴の血も漏らさなかった。

心臓が停止した時には、長時間に渡って３０００cc以上の血液が彼女の血管から失われたのだろうという司法解剖の結果が報告された。彼女の内部である血管から出た血液のほとんどがやはり彼女の内部である消化管に移ったが、それは彼女の生命を維持するものではあり得なかった。

彼女が純粋に自分の中から死を抽出し、脳がその機能を停止した正確な時刻は不明である。

雪女

「低体温症」という病気がある。文字通り体温が低い病気で、通常は体温を奪われて出現し凍死にまで至る病態を意味するが、希《まれ》には体質的に安定して低体温が持続している状態をも意味する。こうした「体質性低体温症」は世界でもこれまで散発的に数例が報告されているのみで、いまだ病気の本態が明らかにされているわけではない。身体全体の代謝が低いため基本的には長寿であるとされるものの、他の病気の合併による病死の率も高く、既に寿命に影響しないことが判明している「体質性高体温症」のように平均予後について統計的な数字が出るまでには至っていない。「体質性」と一括しても、この中には、遺伝的な素因、脳の体温中枢の変異やホルモンの異常、そのほか冬眠物質産生など様々な病態が提唱されていて、個別の症例について特定の原因が解明されているものはほとんどなく、いくつかの病態の集合体だとも言われている。また時として、肌の色が白く白髪であるアルビニズムと呼ばれる色素産生異常を合併する例も見られることがあり、その関連について研究が行われている。

小柳―原田病、高安病など日本人が発見した病気は決して多くないが、その中には医学的に重要な疾患がいくつか含まれている。これらのように人名を冠した病名でないために医師達にもあまり知られていないが、世界で最も早く「体質性低体温症」を報告したのは若い日本人医師であった。インターネットのMEDLINEでidiopathic low temperature diseaseの項目を検索すると、Yuki Kという日本人著者名が表示されてくる。このYukiというのは昭和初期、北海道芦別・新城診療所に勤務していた軍医・柚木《ゆうき》弘法《こうほう》のことであり、体温28度の女性の症例報告がドイツの医学雑誌「ARZT」に掲載されたのが世界第一例であるとされる。体温28度とは心臓が不整脈を起こして停止し、また呼吸も完全に停止する温度であり、これは当時の医学常識からしても奇異なことであった。発表直後から青山後《こう》胤《いん》・帝大教授や大槻巌《おおつきいわお》・養育院長など、権威と呼ばれた何人もの医師が病態解明に名乗りを上げたが、柚木はそれらを全《すべ》て断り、小さな診療所を拠点に一人だけで女性の治療を試みている。

しかし、代謝低下による寿命延長、冬眠様物質の存在など、病態について客観的な評価を行った柚木には、あまりにも衝撃的なその内容に対する反発から、「ペテン師」という称号がつけられ、公的医療費さえ認められない中、自費での治療を決心しなくてはならなかった。そして、雑誌発表からわずか一年後の１９２７年２月22日、北海道日報の夕刊には、医師と女性の不可解な死が報じられている。心中とも言われたその真相は現在に至るまでほとんど明らかにはなっていなかったが、奇しくも柚木が死亡してからちょうど７０年後の１９９７年２月22日、旧陸軍図書館（現・光淋博物館）の書庫に、第二次大戦以降封印されていた膨大な量の軍医療関係資料が見つかり、八甲田山行軍の犠牲者の検死報告などとともに、柚木の診療録と日誌も公開された。この日誌は日記のように毎日書き継がれた部分と、後に重要と考えられる部分の補足からなっており、全体のバランスはかなり悪いものになっているが、当時何が行われたのかについては詳細に書き込まれていて、一種散文的な記録ですらある。さらにその中に記された衝撃的な内容が明らかにされたことによって、柚木の命令によって長く沈黙を守ってきた当時の杉田妙看護婦が重い口を開くこととなり、真実を再構成するいくつもの新事実が浮かび上がってきた。父親が軍の仕官であったという杉田は、当時まだ十六歳の少女で、看護婦というより看護婦見習いといった立場にあったが、柚木に最も近い立場でこの事件をつぶさに見ており、貴重な証言を残して今年他界した。以下の文章は、柚木のカルテ・日誌、および杉田の証言から、１９２

6年に北海道芦別村新城で起こった事件を記したものである。

37歳の医師・柚木弘法が旭川の陸軍第七師団に配属になったのは1925年10月1日であった。雪中行軍の訓練が行われていた新城に診療所が開設されたのを機に、その診療所長として勤務を命じられたものだった。発見された当時の任官証の業務内容の欄には、「北方における特殊医学研究」の文字が書き込まれている。新城は芦別近郊の山中の地名であり、かつてここには、軍用木材伐採を兼ねた新兵の訓練場が存在していた。軍医総監・石黒宇宙治《そらじ》の命によって柚木が行おうとしていたのは、まだほとんど何の治療法も確立していないといってよかった難病・凍傷の臨床治療研究であった。凍傷の予防と治療薬の開発は、ロシアなど北方の戦線などに赴く兵士にとって最優先の課題とされながら、温暖な本州ではほとんど目にすることのない疾患であり、また研究者もさほど多くなく、寒冷地での経験が必要と判断されての派遣であったと考えられる。

柚木は、毎日のように診療所に運ばれる凍傷の兵士の診療から、現場でのゆっくりとした解凍やマッサージが禁忌であり、45度の湯浴で急速解凍が望ましいといった研究成果を次々とあげていた。また、白濁水泡を破った後に数種類の漢方の軟膏を試し、その比較検討を行ない、黴《かび》のエキスを用いた独自の混合による「高47号」と命名された特効薬を開発するに至っている。これらは医療事実でありながら同時に軍の機密でもあり、一切の対外的な発表は禁じられていたため、僅《わず》かに石黒への成果報告が行われていたに過ぎない。そのため凍傷研究者としての柚木の名前は知られていないが、その研究は同時期に寒冷地対策として凍傷研究を精力的に進めていたロシアのレベルに半歩先んじるものであり、当時としては画期的であった。

毎日薪《まき》小屋から宿舎の燃料である薪を運ぶ係をしていた権藤光男《ごんどうみつお》という兵士が、薪小屋に入って休んだまま昏睡《こんすい》状態になったらしい女性を発見し、診療所に運び込んだのは、近隣の旭川で日本最低温記録が観測された日（１９２６年２月22日）であった。運び込まれてきた女性は、白髪であり顔も蒼白《そうはく》で、体幹の硬直すら見られていたとカルテには記されている。まず脈を取ろうとして腕を握った杉田看護婦は、そのあまりの冷たさに、一瞬、既に女性が凍死しているものと思ったことを記憶している。しかし、診察によってゆっくりとした脈を触れ、胸が微《かす》かに動いていて呼吸をしているのを確認した柚木は、慌てて蘇生を試みている。柚木が後にドイツ語で発表した論文には、搬送時、女性の体温は二十四度、脈は一分間二十回、呼吸数も三回であったと記されている。女性の状態はそれなりに安定していたが、不思議なことに、積極的加温によって血圧が低下するという所見が見ら

れた。カルテには、

「加温が血圧低下を引き起こしたのは、低温下に収縮していた末梢《まっしょう》血管が加温によって過剰反応的に拡張した結果なのではないか」

という柚木の記載が見られる。ゆったりした心臓の動きに合わせて収縮していた血管が血圧を維持していたのだとすると、加温によって心臓の動きが変わらない場合、血管の拡張による抵抗の減少は確かに血圧低下を意味する。特殊体質によるものだったかどうかは別として、こうした症状のため治療と言ってもほとんどが室温での経過観察にならざるをえず、多少病態は異なるものの、柚木が凍傷で禁忌とした緩徐な解凍に相当する治療が行われた。他覚的には大して状態も変わらないまま女性の意識が戻ったのはそれから二日あまりしてからのことであったが、柚木の本当の驚きはその後にやってくる。はっきりと意識が戻り全身状態が安定した後も、女性の体温は三十度より上がらず、脈も変動しながらも三十回を越えなかったのである。

杉田の記憶によると、ユキの身長は現在の単位にして百五十五センチほどで、貧血を思わせるほど肌が白く、腰の辺りまである髪は白髪で、このため年齢はまだ若いと思われたものの不詳だったということであった。多少意思の疎通に不自由を感じるとされていたが、普通に言葉を話し、読み書きもできた。しかし、自分の姓名や住んでいた場所、なぜこの地に来たのかなど、これまでの自分に関するほとんど全ての記憶が失われており、「高度の記憶喪失状態であった」と記録されている。警察に通報され、即座に届出のあった行方不明者との照合もなされたが、該当する人間は見つからなかった。陽《ひ》に当たることを嫌い、冷たい水を好んで摂取する以外、低体温であることを除くと、他にこれといって際だった身体的異常は存在しなかった。またカルテに記載された血沈などの血液検査を見ても、赤血球数の減少といった貧血を示唆する所見は認められていなかった。残念ながら、それ以上の生化学的な検査については、興味が持たれるものの、当時の医療水準から施行はなされていない。

女性には便宜的に「新城ユキ」という名前が与えられた。新城は女性が見つかった地名、ユキは身元引受人になった柚木の音から取ったものだったが、後に作製された戸籍にはこの名前がそのまま女性の本名として記載されることとなった。ユキの奇妙な病態に興味を覚えた柚木は、凍傷研究のための学術患者として医療費・生活費の一切が国の負担となるよう、上司である石黒宛《あて》に嘆願書を書いている。「体質性低体温症」という柚木の命名が石黒に凍傷研究との関連を強く想起させたのか、嘆願書は審査も受けず簡単に受理された。しかし同時に、「然るべき病院に入院させての学術研究が相当と考える」という意向も伝

えられている。これに対し柚木は、

「積極的な加温が循環動態を悪化させた経験から、温暖な気候が患者の健康状態を著しく損なう恐れがある」

としてその申し出を断わり、新城での研究に拘《こだわ》った。これにはこの不思議な病態を自分一人で解明したいという柚木の意気込みもあったのかもしれない。こうして認められた潤沢な学術費用を使って診療所には新たに病床が作られ、たった一人の入院患者であるユキの診療が始まった。

さすがに軍事的な価値は認められないと判断されたのか、柚木はこの奇異な症例の第一報告を、ドイツの医学雑誌「ARZT」に行うことを石黒から許可されている。今も国立図書館に残っている1926年5月号の「ARZT」に柚木の論文を読むことができる。わずか半ページの簡単な症例報告レポートであったが、低体温と脈拍の減少などを主徴とした「体質性低体温症」という新たな病気の概念を提唱し、内容としては堂々たるものであった。欧米以外の地域からの雑誌掲載は極めて数少ない時代であったことを考慮すると、後進国日本からの記事は珍しいものであり、その業績が高く評価されたであろうことは想像に難くない。実際、この号の「ARZT」に掲載されている欧米以外の研究者は柚木のみである。もっとも、これは一部の研究者の間だけの学会雑誌発表であって、ユキの名前が世間的に知れ渡るのは、この症例報告のことを聞き知った日本新報の学術担当記者が、三面に「北の奇病」として報じてからのことである。全国紙にユキの記事が載る事態に至っても、肉親や知人として名乗り出る人間は現れなかった。

治療計画を立てていた初期のカルテを繙《ひもと》いてみると、当初、柚木は治療の主眼を、ユキの失われた記憶を呼び戻すことに置いていたことが分かる。発見された資料の中には、ドイツから日本医学会に期限派遣になった精神科医グラフと柚木の間で数度にわたってドイツ語で交わされた書簡が残されている。それらによると、当時、記憶研究の第一人者であったグラフの助言を受けて柚木が用いたのは、ドイツの研究者ブライトによって提唱されて間もない「連想法」という新しい方法であったことが分かる。現在でも用いられることのあるそのやりかた自体はごく単純で、患者に自由に絵を描かせ、それらに見られる一貫した傾向を分析することで潜在意識を探り出そうとするものである。そのやり方は現在においても、例えば、我々が人名を忘れた際、「あいうえおかきくけこ……」と順番に唱えることで思い出すよう努力する短期記憶回復術などに応用されている。精神科領域の薬物治療がまだ本格的に始まっていない当時としては、この程度であっても従来諦《あきら》められていた記憶を呼び戻す画期的な方法であると賞賛されていた。グラフは実際に診療所を訪れてユキの診察を申し出ていたが、その妻の病死によって急遽《きゅうきょ》帰国を余儀なくされ、他に記憶に関する専門家のいなかった当時、グラフに委託しようと考えていた実際の分析を、凍傷治療の専門家である柚木自身が行う以外なくなった。

　残念ながらユキの描いた絵の原画は保存されていないが、カルテにはその画題を言葉にして柚木が簡単に記したものが残っている。自然や動植物、あるいは室内の静物を中心に描いた数十枚にも及ぶ絵の画題には、一見、何の共通点も見出せない。しかし、柚木はユキの画題に最も多く登場する「水」の要素に注目したようであり、

「画題には水に関するものが特に多く見受けられ、この分析が記憶を戻すための鍵《かぎ》なのではないだろうか」

　とある。柚木の記載によると、

「木を伝って垂れる滴から広がる巨大な水溜《た》まり」

「風によってできた波」

「夜の水面に浮かぶ星の光」

「黄金色に輝いている水から湧《わ》き出る雲」

「靄《もや》が垂れ込め雲が降りてきたような風景」

など、ユキの絵の中には何らかの形で水が登場することが多く、特に水のある風景を好

んで描いていたとされている。しかし、杉田看護婦は、「水」の印象が柚木の関心を引き付けた最大の理由として、彼自身が杉田に語った、

「ユキの描いた海の風景が、内陸の新城からはるかに隔たっている」

という点が重要だったのではないかとも証言している。海岸としては留萌《るもい》が最も近くに存在していたが、それでも結構な距離があり、内陸で育った人間が海を見たことがないことも珍しくなかった時代、柚木は、

「ユキが何らかの形で海のあった風景の中で暮らしていたことは間違いないように思われる」

という言葉を残している。もっとも、柚木がユキの水の記憶を「海」に限定していたのは、後になって誤りではなかったかとされたが、この時点ではひとつのきっかけとして重要なものとなった。


明治期、偶然にも同じ新城で木材伐採に従事していた作家・葛西善蔵《かさいぜんぞう》が記した小説「雪おんな」に次のような一節がある。

「私は親方に別れを告げて、午後の二時頃から、六里の路《みち》を炭山の町へと越した。そして途中から大吹雪に襲われ、町手前二里ばかしの峠へ来かかった時には、もう十時を過ぎて

いた。積もった雪は股《もも》を埋めた。吹雪は闇《やみ》を怒り、吠え、狂った。そしてまたげらげらと笑った。

どうぞ御《お》願いで御座います。一寸《ちよつと》の間この児《こ》を抱いて遣《や》って下さい。この時のこの世ならぬ美しさの、真白な姿の雪おんなは、細い声して斯う云って自分に取縋《とりすが》った。私は吹雪の中を転げ廻《まわ》った。が、終《つい》に雪おんなの願いを容れてやらなかったのであった」

新城には昔から、小正月か冬の満月の夜、子供を連れて雪女が出歩き、行き違う人に子供を抱いたり背負ったりしてくれと頼み、言うことを聞くとだんだん重くなって雪中に埋められるという言い伝えがある。ユキが雪女に抱かれていた乳呑児《ちのみご》ではなかったのかと囁《ささや》き合う村人の噂《うわさ》に柚木は苦労している。まだそうした伝承が人々の心の中に現実的な力を持っていた時代であった。これには「ユキ」という命名も少なからず影響していたことが想像され、柚木は杉田に、

「何気なくつけた名前であったが、ずいぶんとまずい命名をしてしまった」

と漏らしている。しかし、既に戸籍への登録も済んでおり、変えようがなかったのだという。こうしたことが災いしてか、次第に、兵士の間でも、ユキの奇病が自分達《たち》にも伝染するという噂が囁かれ始めた。上官であり士官でもある軍医の柚木に表だった抗議の声は届かなかったが、診療所の給仕婦がやめ兵士が訪れなくなるといった村八分的な状況に、

杉田がユキの食事を作ることもしなくてはならなくなっている。日誌には、

「ユキが診療所の外に出ているところを見つけられると子供達から投石を受けるなどの嫌がらせを受けた」

とある。白髪などユキの特異な外見がその原因と考えたのか、杉田に命じて髪を黒く染めさせたりもしたが、既に広まっていた噂を塗り消すまでには至らなかった。診療所の窓ガラスが雪玉で割られ、ユキが左手に大きな怪我《けが》をしたという事件が起こった直後、柚木は周囲の言葉をよそに、ユキを自分の住んでいる小屋に移すことを決めている。


柚木の命令で小屋に寝台が運び込まれ、柚木の診療中は杉田がユキの看護に当たり、夕方からは入れ替わりに柚木が戻った。夜は柚木も診療所に戻ったが、激しい吹雪の夜など、どうしても診療所に戻れない場合、小屋に泊まることもしばしばだったという。この点に関し、杉田は、

「柚木先生はいわゆる清廉潔白な人でした」

と述懐しているが、村人達は二人の関係を噂にし、こうしたこともますます二人を周囲から隔離することにつながっていったようである。また杉田自身の中にも疑惑は完全に消し切れていなかったようである。もっとも、柚木は、小屋でユキと泊まった時の様子につ

いて、妙な隠しだてをすることなく、いちいち日誌に記載している。狭い小屋の中での二人の体温差が柚木を悩ませていたらしいことが、

「ユキに快適な温度に合わせようとすると、人熱《ひといき》れで温まるどころか、夜ストーブをつけないと寝つくことすらできない」

という不満の言葉に見て取れる。診療所ではユキの適温に合わせてコートを羽織っていた柚木だったが、さすがにすきま風が容赦無く入り込む小屋の中では耐えられなかったようである。昼間だけの勤務であった杉田ですら、薄着のユキに対して、

「ユキさんの温度に合わせると、オーバーコートを着込まなければ、とてもじっとしていられないほどでした」

と証言している。一日の生活については、カルテに、ユキが「一日のうち十六時間を寝て過ごしている」と記録されている。さらにユキの低い体温表の脇に風邪をこじらせた柚木の熱型の記録された跡などもあり、その困難な状況を推察することができる。やがて柚木は、

「突然変異的に生まれた娘と同居できなくなった親がユキを捨てたのではないか」

という考えを持つようになり、

「親に捨てられるという衝撃がユキの記憶を奪ったのではないか」

という推測を書き込んだりもしている。

「寒い朝、狭い小屋の空気が二人の温度差で湿り、窓ガラスが曇ったため、そこにある文字が浮かび上がったのを見た。今までもずっとそこにあったが、気温の関係で現れたり消えたりして気づかずにいた文字のようだ。あるいは前後の文字は既に消えてしまっていたのかもしれない」

と、柚木はその日の発見を多少興奮気味に記している。柚木が見つけたのは「りゅう」または「りゆう」と読めた文字だった。ユキにも自分がそれを何日か前に書いた記憶があったが、無意識に書いたものが一体何を意味していたのかは分からないということだった。柚木はユキに同じ文字を書かせてもう一度、両者を比較検討している。字体がほぼ同じだったことから、ユキの話は真実だと思われた。そして、

「恐らく無意識のうちにユキが書いたものが痕跡《こんせき》としてそのまま残っていたのだろう」

と推理している。文字通り「理由」の意であるとも考えられたが、これは柚木に、「留《る》萌《もい》海岸」の「留」の文字を想起させることになった。それは次第に確信に近いものとなり、

「グラフ先生の予想通り、連想法によってユキの記憶の一部が引き出されてきたのではないか」

という結論めいたものにまで至っている。

その後も柚木は積極的に「連想法」を行い、ユキの様子を注意深く観察していたが、雪解けの時期を迎えても新たな進展は見られなくなり、柚木はユキを連れ、留萌の黄金海岸を実際に訪れて新たな展開をはかる決心をしている。

留萌までは広い道が通じていて軍の輸送車両を利用できたが、それでも、

「凹凸の多い山道は細く所々崖《がけ》崩れなどもあり、行きだけで二日がかりの行程であった」

と、ユキを連れた困難な道行きを記している。何十キロにもわたって続く上り下りの激しい山道を越えると、眼前に広い日本海が広がっていて、柚木は、

「険しい山行きが、真っ青な日本海を、一層美しく見せた」

と記している。杉田は、初春の荒れた海におびえ、砕け散って延びてくる波際には決して近づこうとしなかったユキの様子をはっきりと記憶している。夕陽に照り返す海は、黄金海岸というその名の通り美しく、柚木は杉田に、

「ユキの描いた絵に酷似している」

と漏らしていたという。さらに波の穏やかな砂浜の増毛《ましけ》まで足をのばして見て回っているが、ユキのおびえは変わらず、最後には柚木も、

「ここに暮らしていたとは思えない」

という感想を記すにまで至っている。

結局ユキの記憶は戻らないまま三人は新城に戻らざるを得なかった。帰りは車両の関係で少し遠回りのコースになったが、新城へ向かう中間地点に差し掛かった時、杉田はユキが、

「いっちゃん」

とぼんやり呟《つぶや》いたのを耳にしている。「一已」という地名の場所に続く道を指し示す道路標識を見ての言葉だった。杉田はこの時、特に何も感じていなかったと振り返っているが、柚木の反応は即座であった。「いっちゃん」という音と「一已」の文字の一致を杉田に確かめている。「一已」はもともと「鮭《さけ》の産卵するところ」という意味のアイヌ語の当て字で、読み方に間違いはなかった。地元で生まれ育った杉田には不思議のない地名でも柚木には奇異で耳慣れない地名だったのだろう。その奇異な地名を正確に読んだユキにも違和感を覚えたことが想像される。杉田は問われるまま、北海道に住んでいても少し離れていれば読めない地名であるかもしれないことを柚木に告げている。柚木はこの発見にかなり興奮した様子で、車を一已に向かわせている。

柚木の行動は迅速であった。海から遠く隔たった何もない農村であったが、ユキがこの周辺に暮らしていたというよほどの確信を持ったのか、村役場に話をつけて、自分と、ユ

キと杉田用、二つの民家を借りての一巳での宿泊と、その一帯の調査を決めている。この日から三日がかりで、杉田に発見時ユキが着ていたごわごわした硬い上着を持たせ、役場の人間の案内で、一巳の住人全てのもとを訪ね歩いている。その一方、役場で最近行方不明になった者や離散した家族はいないかどうかについても詳細な調査を行ない、近隣の多度志《どし》や朱鞠内《しゆまりない》を含めてその辺り一帯の農家をくまなく虱潰しに歩いたことが記録されている。

芽を出し始めた蕎麦《そば》の畑が至るところで見られる以外特に変わった光景は見られない場所だった。柚木の強引な上奏で期間中ずっとジープが使えることになり、ユキを連れて精力的に周辺地域を回っている。

「ジープから顔を出して風を受けているユキの表情もいつもより明るいように思われた」

と、柚木は記している。しかし、住人は少ないが地域としては広く、夏の日差しに照らされた平地の暑さの中、畑の畦道《あぜみち》を歩くユキはすぐに座り込んでしまったようであった。

初日、二日と目立った成果はなかった。もっとも、このあたり一帯では戸籍や住人の出入りについては、かなりいい加減に行われていたという発見をしている。例えば、戸籍上双子の姉妹が住んでいることになっている家族を訪れてみると、姉と妹の年齢がかけ離れているといったことがあり、母親に問いただすと、妹が生まれた時、一緒に役場に姉の届も出したということで、そのいい加減さに呆《あき》れたという話が日誌には記されている。

「母親に特別悪びれた様子は無く、この辺りでごく普通に行われているようで、特に姉は生まれが丙午《ひのえうま》なので嫁の貰《もら》い手がなくなると困るために届け出ないでおいて、そのまま忘れてしまったということであった」

と記されている。内地から来た入植者によって出来上がっていた北海道では、その慣習もどこからの入植者が多いかによって地方地方でずいぶんと異なっていたが、柚木には思いもよらないことに、一人の人間が容易に消去可能な現実が存在していたということになる。柚木は、

「戸籍上の失踪者がなくても、ユキがこの周辺に暮らしていた可能性があるのではないだろうか」

と書き、ユキが一已一帯のどこかで暮らしていた可能性が一層高くなったと判断していたようであった。さらにユキがこの近くに暮らしていた有力な傍証として、

「一已、幌加内《ほろかない》から朱鞠内と続く盆地が北海道の中でも寒さの厳しい所として有名な地であり、低体温のユキが生活していく上で快適な条件を持っていると考えられる」

という点を挙げている。

三日目の朝、柚木達は、一巳の隣町の秩父別《ちっぷべつ》で、去年の冬に、例のごわごわした服を着たユキを見たという男を発見した。斉藤守という四十代の農夫で、薄着の女性が吹雪の中を歩いているのを見て不思議に思ったのだということだった。斉藤はその女性と二言三言言葉を交わしていた。斉藤はユキと思われる女性に、

「ここはどこですか」

と尋ねられ、斉藤は、

「いっちゃんだ」

とだけ短く答えたことを覚えている。女は妹背牛《もせうし》に続く道からやってきて、芦別に向かう道をふらふらと歩いて行ったのだという。斉藤がユキに興味を持ったのは彼女の着ていた赤い服がアイヌの「アッシ」と呼ばれる民族服であったことが原因だった。柚木もその時初めてユキの着ていたごわごわした服が「アッシ」と呼ばれているものだと知る。昔、留萌で船に乗っていたという斉藤自身も、湿り気に強いこの服を着ていたが、もう既にその当時で「アッシ」は珍しいものになっていて赤く染色された物は初めて見たという。さらに斉藤は連れの男がいたこともなんとなく記憶していたが、それが本当に連れだったかどうかについては今一つはっきりしないということであった。ただその男については、アツシを着ていなかったという。

柚木は斉藤から旭川にアッシについて詳しい人物がいると聞き、翌日、小学校教師の松井俊という男の元を訪れている。松井によると、アッシはオヒョウの木の内皮を温泉や沼で熟成させ、柔らかく数枚に分かれ褐色を呈した頃に川で洗って細く裂いて糸にして織り込むことでできるアイヌの伝統的な衣服であり、斉藤の言ったように水に強いことが特徴であるということだった。普段着としても着用されていたというが、柚木は松井の話で、その製造過程に「水」が深く関与していることを感じ取っていた。松井は柚木に自分の集めているアッシをいくつか見せたが、柚木はユキのアッシが通常のものと大きく異なっていることに気づき、その点を問いただしている。松井によると、アイヌのしきたりでは悪霊の侵入を防ぐために、アッシの襟元、袖口《そでぐち》、裾回《すそまわ》りに模様や縁どりを配置する一定の法則のようなものが存在しているが、確かにユキのアッシにはそれが見られず、通常は行わない赤い染色と非対称の染みのような模様から、

「恐らくアイヌのものを真似《まね》た自家製のものだろう」

　という結論を下している。柚木も、

「アイヌの場合、材料であるオヒョウを探すところから行うことを考えると、ユキの場合も沼や川といった水源が近くにあったためにこれを利用した衣服を作ったと考える方が合理的である」

と推論している。また、この時、虫眼鏡を使って子細にアッシを見ていた松井は、服の裏地の繊維に小さな硬い赤い実を見つけて、柚木に手渡している。

「何の実か分からないが、アッシに実を織り込む習慣はないから、その地にあった実がたまたま紛れ込んできたとしか考えられない」

という松井の言葉が残っている。さらに松井はその実の性状から、

「このアッシが織られた時に紛れ込んできたものならば、作られたのは一年以内であったのではないか」

という考えを告げている。


一巳から妹背牛方向で沼や川があり、そう遠くない場所を探すために柚木は地図を広げているが、その時柚木の目に飛び込んできたのは隣接する雨竜という地名だった。山に雨竜沼という沼を持ち、近くには雨竜川という川が流れている。しかも一巳から遠くない。最も決定的だったのは、「うりゅう」というその名前だった。そこにはあの「りゅう」の字が含まれていた。

柚木は一度新城に戻ることをせず、そのまま旅を継続している。次に訪れた雨竜沼は、山の谷間の中腹に位置していて、三人は麓《ふもと》から険しい山道を一日かけて歩かなくてはなら

なかった。杉田はこうした柚木の行動力に感心する反面、

「お医者さんといっても学者さんになると、まわりがみえなくなるものですね」

という正直な感想を漏らしている。ユキと杉田には強行軍であったが、途中で野宿にならないよう、まだ辺りが暗いうちに登り始め、昼過ぎにやっと湿地帯で小沼の集合している雨竜沼の水辺にたどり着いている。杉田は、水際を渡ってくる初夏の風が、柚木と自分には肌寒く、ユキには心地よさそうだったと、当時を振り返っている。

「広い沼地の周りには鮮やかな紫をした背の高い草の花が群生していて、ユキはそこで草を編み腕輪を作った」

と日誌にはある。それは柚木に「アッシを織るユキの姿を想起させる」ものであったのだろう。ユキが何かのきっかけを摑《つか》むことを期待して半日を過ごしたようだったが、ユキに際だった変化は観察されなかった。


その後、柚木は一已同様、雨竜の村を一軒一軒歩いて回っている。一已に比べると涼しく、ユキにとってもしのぎ易《やす》かったが、残念ながら今回はユキを見かけたという人間は見つからず、柚木も、

「自分は単にいくつかの偶然を間違った線でつなげただけなのかもしれない。斉藤という

男の話にもどれほどの信頼性が置けるのか」

という弱気な言葉を書き付けている。

しかし、村長をしていた岡部《おかべ》という男の家を訪れた時、八十になる岡部の母のツルが、ユキを見て、入植したてのころそっくりの女性を見たことがあるのを思い出したという話をしたことで、一気に状況は変化した。最初は何十年も前のことで柚木も興奮気味に話すツルを取り合っていないようだったが、

「自分の知っている女とこの娘は髪の毛の色が違う」

と言い出してから柚木の対応が変わった。ユキの本当の髪の色が白であることを知っているのは自分と杉田だけのはずで、ツルの話の信頼性が高いと判断したためであった。実際には年齢からしてツルの知っていた女性はユキの母親であっただろうと考えた柚木は、杉田にこの時のツルの話を筆記させており、日誌にはこの時の様子が細部に至るまで詳しく書かれている。それを要約すると以下のようになる。


ツルの一家が雨竜沼のほとりに小屋を建てて住み始めた時、近くの小屋に姉弟が住んでおり、ユキはその姉の方にそっくりだということだった。弟も姉によく似ており、まるで女性のような優しい顔立ちだったという。当時、その娘は十七八で、ツルは木の実を摘ん

でいたところをよく見かけた。ツルはその娘を「ちゅうちゃん」と呼んでいた。ちゅうちゃんにはどこかに兄や姉がいるという話を聞いた事があり、なんとなく「中」という意味の「ちゅうちゃん」ということだった。親の姿も見かけず、いつもかまどに火はなく、あまり生活感がなかったという。村の人間とはほとんど交流がなく、役人が訪ねてきた時にも居留守を使っていたのをツルは記憶している。弟は病気がちで、ほとんど小屋の外には出ていなかったが、ちゅうちゃんはその弟をとても大切にしていた。痩せた土地で蕎麦も育たず、二年ほどでツル達は越してしまい、その後の事は分からないという。

　ツルの話はそれなりにしっかりしていたようであるが、杉田は話の途中からツルの話の信頼性は怪しくなったことを記憶している。

「ちゅうちゃんから百年かけて髪をのばしたという話を聞いた」

と呟き、加えて、ユキの左耳の下にある小さな傷跡が、

「わたしがちゅうちゃんにつけた」

と興奮気味に言い出すに至って、

「脇にいた息子も恐縮する有り様だった」

　と、柚木は筆記している。

それでもツルの話にはそれなりの事実が含まれていると判断した柚木はかなりの興味を覚えたのか、

「ユキの本当の年齢はいくつなのか、低体温で身体全体の代謝が下がっている中、なんとなく寿命の延長は予想されていたこともあって、それが知りたい」

と日誌に記している。杉田も、

「ユキさんの仕草には、時々、外見から感じる以上の幼さを感じることがありました」

と証言しており、当時周囲の人間は、実はユキの正確な年齢を把握していなかったらしいことがうかがい知れる。さらに柚木は、

「絶対的な暦年齢は本人の記憶が戻らない以上判然としないが、ある程度の幅を持った生物学的年齢ならば推定は可能である」

としており、そのための方法を色々と挙げている。そして最終的に選択したのは、まさにツルの言葉を科学的に翻訳したやり方であった。つまり、柚木自身の言葉を引用するなら、

「腰の辺りまで伸びているユキの髪は、身体の全ての活性が落ちている状態では当然伸びる早さも遅いはずだから、実際にはかなり長い期間かかって伸びたはずである。ツルの百年という言葉が大げさだとしても、そこから逆算的に考えればユキの最低年齢が算出され

てくるのは間違いない」

　ということになる。しかし、それを杉田に手伝わせようとした柚木は衝撃的な事実を知る。以前柚木は杉田に命じてユキの白髪を黒く染めさせていたが、杉田は、最初に染めたままその後は染め直していないと告げたのだ。

「ほとんど根元に白い髪が出ていなかったから、染める必要がありませんでした」

　と杉田は証言している。一度染め直しての測定が必要だと考えていた柚木だったがその必要もなくなり、すぐにユキの髪の毛数本が引き抜かれ、染料に染まっていない毛の部分の長さが測定された。ユキが保護されてから八ヶ月で、一本平均僅かに0.22ミリという数字が出てきた。ユキの肩から腰までの七十センチを生育速度で割ると、約百七十年という数字が算出されてくることになる。当然、この結果は、杉田にとっても柚木にとっても、驚くべきものだった。杉田はこの時の様子を、

「信じられませんでした。突然伸び方が遅くなったとかということも考えられましたが、ツルさんの言葉通り、確かに計算上は二百年とかそういうことになったんです」

　と振り返る。百七十年からツルとユキの推定年齢差七十を差し引くと、ツルが幼児期百年かかって髪を伸ばしたという話の内容と見事な一致を見せる。この結果はツルの話の中に出てきた「ちゅうちゃん」が「ユキの母親」ではなく「ユキ自身」であることを支持す

る衝撃的なものだった。

「ユキのこの特殊な体質は、家系的なものなのか、あるいは突然変異的なものなのか。言い換えると、姉弟は既に死にユキがただ一人の例外として孤独に存在しているのか、家族全体が外の社会から例外的に存在してユキの一族は名乗り出ることができないまま隠れ住んでいるか、どちらなのか。近親結婚では奇形児のできる確率が高いことから、ユキのような特殊体質が閉鎖集落の近親婚で誕生したと考えることもあながち突拍子もない仮定ではないように思える」

と、柚木は次に行き当たった疑問を、そう述べている。奇形児は間引いてしまうようなことが行われていた当時、おかしな子供を家族の恥と考えて座敷牢《ざしきろう》に隠し置いたといった話は枚挙に遑がなかったし、集落がぽつんぽつんと離れて存在して互いの連絡に乏しかった中ではごく特殊な習慣を持った人々が存在しても不思議はなかっただろう。戸籍の信頼性の低さを考えると、両方の可能性が考えられたのだとも想像される。

この結果を受けて柚木は、雨竜沼周囲のかつてツルの小屋があった場所の探索を行っている。ツルにしても遠い昔のことで正確な場所を覚えておらず、山中で目印になるものもなく、何よりもほとんど歩行できないツルを連れての探索が不可能であることから、人海戦術で探索する以外なかった。幸い行軍訓練名目で十名の兵士を使うことを許された柚木は、杉田やユキの困惑をよそに沼周囲の原生林地帯を二週間近くかけて歩き回っている。その結果、朽ち果てた小屋の跡と考えられる枯れ木の集まりと、その近くに古い無人の小屋が見つかった。

　森の最も奥深い場所であり、その気になれば誰にも知られずに住み着くことも可能であっただろうと考えられた。ツルを背負って運んでの確認が行われているが、その結果、当初ツルが住んでいたと思われていた古い小屋が、実はちゅうちゃん達のものであり、ツルの小屋は既に朽ち果てていたことが判明した。ツルの記憶ではその幼年時代当時自分の小屋が新しくちゅうちゃん達の小屋は廃屋同然だったということから、ちゅうちゃん達の小屋は誰かが定期的に手を入れていたのだと思われ、実際に底板を調べてみると修復した痕《あと》が見られた。しかもその修復には明らかに様々な古さの木材が使われており、何年あるいは数十年にも渡っていたことが想像された。小屋には織り機があり、その掃き櫛《ぐし》に使われていた枝から、ユキのアッシに織り込まれていた実と同じものが見つかっている。ほつれた繊維や埃くずを払いながら梳《す》くための道具として葉や実の付いたままの枝を使っていたのが実の織り込まれてしまった原因と考えられた。新城から同行していた兵士の一人が、その葉を見て、あかひょうだものの枝であることを柚木に告げている。

あかひょうだもは、北海道では雨竜沼と摩周湖周囲と新城付近だけに生息している薄紅色の幹を持つ樹木であり、その皮はかつて染料として用いられていた。以前は蝦夷《えぞ》地の山のどこにも見られたが、あまり繁殖力が強くないところに染料としての需要が増え、気がつくと希にしか見られなくなったのだという。発見するのが難しくなると逆に使用されなくなり、ちょうどその頃出始めた鮮やかな赤を作る他の人工染料に取って代わられた。誰も採取する人間がいなくなったが、もう既に種としての多様性が失われ、雨竜沼と新城の周辺にしか生息できなくなっていたため、元のように繁茂することはなかった。面白い事に、本来白いあかひょうだもの実が希に赤くなると言われていて、雨竜では昨年がちょうどその年に当たっていたという。ユキの赤いアッシはそれほど古くないものであり、その赤い実が織り込まれていたことから、柚木は、アッシが織られたのは昨年であり、その赤い染色はあかひょうだもを使ったものではなかったのかと考えている。

さらに、柚木はユキに木綿の繊維を使って実際にこの織り機で布を作らせているが、はじめてであるにもかかわらず器用に織ったことが記録されており、

「記憶を失っている場合も、かつて身体を動かして覚えたことは忘れないという経験則から、ユキがかつてこの織り機でアッシを織っていたことは間違いないのではないか」

と推測している。

柚木はこの頃、もしも不慮の事故でユキが死亡した場合、ユキの身体を解剖する承諾を本人から得て、立会人として杉田の印入りで陸軍の印章付き用紙に証書を作製している。同時に柚木は凍傷研究から遠ざかり、兵士達の治療もやめて、新城から雨竜沼山中の小屋へ移ることを決めている。本来任地を離れるのは軍医として認められる行為ではなかったが、雪が降るまでの間凍傷研究目的の診療ができないという、強引とも思える理由付けを行い、生活品一式を移させた。ユキの診察に一日の大半の時間を費やすようになっていた柚木がこの研究に賭《か》けていた様子をうかがい知ることができる。

雨竜沼の小屋での生活は全く二人だけのものとなり、唯一の理解者であった杉田の目にも奇異なものとして映った。当然、ユキが何かを思い出すことを期待してのものだったが、森中を迷わずに歩くユキの姿にこの地に対する慣れを感じることができたものの、新たな発見はなかった。ただ、柚木は、

「当地の気候がユキの身体に適しているのか、明らかに健康状態は良くなっている」

と記し、沼の点在する湿地の気候、中でも湿度がユキの健康を取り戻したのだと考えていたようである。

摩周湖畔に住む医師・東野小平から柚木に手紙が来たのはそんな時だった。手紙の内容

は、柚木の論文を読み、自分も同様の症例を体験したので、ぜひ知らせたいというものであった。その手紙に興味を覚えた柚木は、ユキを同伴し杉田を付き添いに東野に会いに行っている。東野は摩周湖から少し離れた山中で診療所を開業していたが、柚木はそのあたりの状況について、

「驚くほど新城によく似ている」

としている。杉田も、

「山路を歩くと新城にいるのかと錯覚するほどでした」

と証言しており、二人の感想はこの点で一致している。

三人を出迎えたのは四十三歳の髭《ひげ》をたくわえた東野医師であった。東野がユキを見て自分の診た患者にそっくりだったことに驚いていた様子を、杉田は印象深く記憶している。

それは柚木に、

「東野の看取った患者がユキの一族の人間ではなかったのか」

と推測させるものであった。さらに日誌によると、東野の話の総括は以下のようなものであった。

「問題の症例を経験したのは、二十一年前で、やはり吹雪で行き倒れている白髪の女性が運び込まれたのだという。非常な低体温であるにもかかわらず意識ははっきりしており、

最初から奇異な症例だと感じていたということだった。当時年齢は十代と思われ、何を尋ねてもまともな答は返ってこなかった。奇妙なことに、入院直後は低かった体温が徐々に上がり始め、半年後には不整脈から突然死した。解剖は行われず、結局発表も行わなかった。残念ながら詳細な記録は残っていない」

柚木と杉田は、この後、唯一の遺品だと言って東野が取り出して見せた死亡患者の衣服が、ユキの着ていたのと全く同じ織りのアッシだったことに驚いている。柚木はそれを調べ上げた後、一巳で自分がされたように、東野の目の前で、そのアッシの繊維の隙間から干涸《ひか》びて小さく萎んだあかひょうだもの赤い実を取り出して見せている。東野もあかひょうだもの木のことは知っていたが、この辺りでは赤い実が成ることはなく、柚木の指摘に驚いていたということだった。

「赤いあかひょうだもの実の線をつなぐと、死亡した患者がユキの一族であった可能性は高いと思われ、ユキのものと同じ方法で織られたアッシを着ていたと考えられる」

と柚木は日誌に記している。

柚木はユキと杉田を伴って診療所の裏手にあった行き倒れの女性の墓に手を合わせているが、東野はこの時、村の人々が、その女性を雪女の末裔《まつえい》ではないのかという噂を立てたのだという話をしている。これもユキの場合と全く同様であった。

「長野県の白馬地方から移住してきた人間の多いその地方にも、新城とは異なる雪女の説話が存在していて、ユキの一族がこうした伝説と関係するのかとも思わせた」

と柚木は書き、東野の語った以下のような雪女の言い伝えを記している。


「雪の夜、猟師の親子が泊まっていた小屋に雪女がやってきて冷気を吹き、父親の方を殺したが、若者は今夜の事を誰にも言わないことを条件に生かされた。里に戻ってきた若者は雪のように白い女に会い、所帯を持ち、子供を授かった。幸せな生活を送っていたが、ある晩、男は自分が雪女に会ったことがあるという話をした。その瞬間、女は雪女に姿を変え、赤子を残して約束を破った男の元から去って行ってしまった」

これは新城の言い伝えと若干異なるが、「赤子を連れた雪女」という不思議な共通点を持つものであった。

雨竜に帰ってからの柚木の日誌には、

「ユキの身体の秘密を知ることで人間の体内の時計の進み方を調節できるのではないか」

という考えが言葉や表現を変え、繰り返し何度も述べられている。それは不老不死の研

究にも通じるものだったと考えられる。柚木は、

「なんとかして、費用ねん出のためにも、これまでの発見を発表したい」

と書き記しているが同時に、

「低体温に伴う代謝の低下と寿命の延長に関しては、髪の成長とツルの証言以外にそれを根拠づける物的な証拠は存在せず、ユキが同胞と行動を共にしていたとして、なぜ一人だけが新城の雪山で保護されたのかが疑問点として残る」

と困難な状況を分析している。

それでも、柚木は、東京の医学会にこれまでの経過をまとめて報告することを決心し、実行に移した。ある程度の批判は覚悟していたようであるが、柚木自身、日誌に、

「発表が何の根拠も持たない売名行為だという酷評を受けた」

と、反応を正直に告白している。恐らく、あまりにも常識的ではない結果を、科学的根拠に乏しい生のデーターのまま提示したための拒絶反応だったのだろう。

学会記録を読み返すと、明らかにいくつかの点については誤解であったが、これは上司である石黒の逆鱗に触れ、凍傷研究に従事している軍医としての柚木の立場は微妙なものになった。一般兵士を対象にした臨床研究に戻るよう直接の指示があり、ユキの治療名目での研究費は一切認めないという通知が正式に下されている。ユキの診療所内の立ち入り

は禁止され、勤務時間内に杉田がユキの小屋を訪れることもできなくなり、ユキの治療に診療所の薬剤を使うことも許されなくなった。柚木は仕方なく私費を投入しての診療を決心し、杉田へも個人的に給料を支払っている。見かけ上兵士の診療を再開し、夜に小屋でユキの診療を行うしかなかった様子が、

「先進的試みが理解されることは希であり、希少な症例の報告は、その報告者が信頼されなければ、基本的に不可能である。また、ユキを他の研究機関に移した場合、実験動物としての扱いを受けることは明白である」

という悲壮な言葉とともに綴られている。


状況が分かってくるにつれ、ユキにも自分がどこからやって来たのかが判然としない不安が付きまとうようになり、しきりにそれを同年代の杉田に訴えたという。相談を受けた杉田は、

「突然泣き出したり、ほとんど食べていなかった食事をまったく取らなくなったりして、柚木先生や私の手にも負えないことがしばしばでした」

と、当時の様子を回顧している。他方、柚木の方にも迷いが生じ始めていた様子が、

「代謝が下がり寿命の長いユキが人間の目ざす方向だとしても、長い睡眠時間と低下した

行動力という単に引き延ばされただけの時間に、いったいどういった意味があるのか」

という言葉に見て取る事が出来る。そして、それとともに、

「この少女を助けたい」

という一文が見える。柚木は「永遠」という言葉に憧れる一方、「永遠」という言葉が作り出す闇から、この少女を救い出したいという思いを抱いたようにも思える。

柚木は時々兵士達の健康検診目的で診療所を訪れたが、ある日、重大な発見をしている。きっかけを作った杉田は、この時の様子を細部に至るまで克明に記憶している。

次から次へとやってくる兵士をさばく忙しさの中で、杉田は誤ってユキのアッシの上に検査試薬を落としてしまった。すぐに拭《ぬぐ》っても落ちず、責任を感じた杉田は、柚木には話さず水洗いしたり洗剤を使ってみたりしたが、駄目だった。正直に柚木に話すと、たった一つの手がかりを汚すのはもったいないということで、二人がかりでしつこく汚れを落とそうとしたが、やがてそれが不可能である事が分かると、柚木は、

「これほど頑固に退色しないのは化学反応を起こしているからではないか」

と言い出したのだという。試薬は便に血が混じっていないかどうかを検査する時に使う特殊な染色液であった。オヒョウの樹皮自体には、動物性の成分は含まれていない。

顕微鏡で汚れを眺めていた柚木は、染色された部分を含む、それまで模様だとばかり思

っていた模様が、実は染色された血液の染みではないのか、という考えを持つに至っている。杉田は、柚木に命じられ、ほつれの一部をむしり取りもう一つ別の試薬で血液反応を試みているが、この結果も陽性であった。

「潜血反応検査の結果、ユキの着ていた服には多量の血液が付着し、あかひょうだもで薄赤く染められた中にあたかも模様のようになっていたため、見誤ったのだろう」

と柚木は結論を下した。これほどの出血があれば当然それに見合った傷があってしかるべきだが、カルテにはユキの身体にはそれらしい傷があるとは記されていないし、発見当初ユキが貧血であったという所見もない。さらに進んで、

「非特異的な血液反応で人間でない他の動物の血の可能性もあるが、ユキが何かの事件に巻き込まれ、記憶を失った可能性が大きい」

と、柚木は推論している。

その後、柚木が雨竜沼の小屋の床の探索を行った様子は、日誌の中、後に書き加えられたらしい部分に詳述されている。杉田もこの時の様子について証言を残しているが、柚木から説明のないまま自分が何をしていたのかについての明確な自覚はなかったという。非常に興味深いのは、事実を隠ぺいしようとしていた柚木の行為の詳細が、日誌の記載と杉

田の証言を合成して初めて明らかにされたことである。

　床は泥や埃で汚れていたが、それをきれいに掃除し、柚木と杉田は木張りの床に存在する無数の模様の一つ一つに丹念に反応液をかけた。アッシの時と同様、陽性と出たところには改めて別の反応液をかけて確かめる操作が行なわれ、それでも陽性に出れば、そのすぐ近くでもやってみて、広がりが観察された。あまりに狭い範囲だけの反応ならば擬陽性の可能性が高いと判断された。杉田は、

「根気のいる仕事でした」

　と振り返る。杉田の記憶によると、ユキはその間、二人の作業には無関心に椅子に座って窓から外を見ていたという。未明から始めて小屋の中が薄暗くなってきた頃、二人の仕事も終わろうとしていた。そして、木の食卓が置いてある位置とその周辺から出口にかけて広い範囲に血の痕跡を示す地図が出来上がった。この時、柚木は杉田に、

「ユキが何か動物を捕ってきたのかもしれない」

　と言っていたという。ところが、同日の日誌には、

「血液痕はその広がりに比べて飛び散ったような痕跡が見られないことから、死後の出血であると思われる」

　と、まるで検死報告の一部のような、この時杉田に語ったのとは少し違ったニュアンス

の言葉が並んでいる。

柚木は、暗くなった小屋の廻りを、杉田にカンテラを持たせて歩いている。柚木が落ちていた太い木の枝で地面を掘り返しているうち、柚木自身今まで太い木の枝だと思っていたものが黒く変色した大腿骨《だいたいこつ》だということに気づいて驚いていた様子を、杉田は記憶している。杉田が見ても、雨風に晒《さら》されて表面は木肌のようになっていたが、確かに汚れた骨のようにも見ることができたという。この時、柚木は杉田に、

「大きさや性状から猪《いのしし》のものだろう」

と語り、杉田も納得している。翌朝、小屋の周囲を虱潰しに探した柚木と杉田は、ほぼ完全に近い形の上腕骨と、あともう一つ、何か分からない平べったい骨のかけらを得た。

しかし、後に記された日誌からはまた別の現実が読み取れる。柚木はそれらの骨を大学の解剖学教室に送り、「人骨であるかどうか」の鑑定を依頼している。柚木は最初からそれらを人骨と考えていたようである。敢《あ》えて法医学教室に送らなかったのは、もしもそれらが人骨だった場合、公に事件にされる可能性があると考えたからだったのだろうと想像される。後に、杉田は柚木から、

「鑑定の結果はやはり猪の骨だった」

とわざわざ告げられているが、日誌に添付する形で保存されていた大学からの報告書に、

「大腿骨、上腕骨ともに人骨であり、その性状から、年齢の若い人間と考えられ、偏平な骨片は男性の特徴を持った骨盤と推定されることから、全体として若い男性の人骨の可能性が高い。ただし、これらが一人の人間のものであるかどうかについては判然としない」

という文が見える。日誌と証言の食い違いから、柚木はこれをはっきりとした事件として認識し、杉田にはそれを隠ぺいしたという事実が浮かび上がってくる。公になればユキは警察に取り調べを受け、殺人犯として逮捕されるかもしれないという配慮が働いたのだろう。さらに柚木は、

「ユキの潜在意識のなかにあったりゅうの文字は、ユキが同伴していた男性の名前ではなかったのか」

という考えを記し、犠牲者の名前をユキが無意識に印したのではないかとも推理している。

一度失った記憶は長くて半年から一年かけて回復するが、それで回復しない記憶はもう元には戻らないという医学上の経験則がある。既にユキが見つかってから、十ヶ月が経とうとしていた。杉田は、雪が降る季節になっても、柚木が来る日も来る日も骨を眺めていたことを記憶している。それに対応するように、この時の日誌には、

「死んだ男性の骨が何かを語ってくれそうな気がしていた」

と書かれているが、もちろん、骨は柚木に何も語りはしなかった。しかしある時、柚木は、「自分は突然、骨についていた筋を、傷痕として認識した」

と書いている。

「これまでは地面に転がっていた時についいた何でもない筋だと思っていたものが、何度も何度も繰り返し見ているうちに、次第にどれも似たような形をしているように思えてきた。その目で見ると、どの傷も一様に削り取られた紡錘型をしていて歯痕だと直感した。しかも、野良犬か何かが嚙んだ痕のように思っていたが、虫眼鏡で眺めると平べったい傷もあり、肉食動物の鋭い牙《きば》ではなさそうだった」

と、柚木はこの時の印象を記している。歯痕がいくつかに分類され、大きさも考慮され、見合うような歯を持った生き物を推定するプロセスが細かく日誌に書き込まれているが、最も重要な点は、柚木が導き出した結論が、

「人間の歯痕と確信した」

ということだった。もしもその推理が真実だとするなら、死が、目的だったか結果だったかは別にして、人間が人間を食べたことになる。柚木は自身、

「そのあまりに背徳的な考えに絶望した」

という言葉を綴っている。それでも柚木は、自分の考えを科学的に実証するため、ユキの歯形を取らなくてはならなかった。杉田は何のためなのか分からないまま歯形を石膏で型どられたことを記憶している。同様の歯形がユキについても作られたのだが、意図としては、杉田の歯形はユキの歯形に対する女性の歯形の対照用として作られたようだった。すなわち、日誌によると、骨についた傷に歯形を合わせていく操作を行うと、杉田の歯形は合わなかったが、ユキの歯形は「そのいくつかが見事に一致した」ということだった。

「ユキの歯は通常人のそれよりはるかに硬く、特に錐《きり》のように尖《とが》った前歯、犬歯と小臼歯《きゅうし》は、実験的に与えた鳥の骨を容易に砕くほどだった」

という柚木の言葉が、

「ユキが遺骨に歯を突き立てた男性は誰だったのか。本当にユキが人間の肉を食べたのか」

という衝撃的な疑問と共に日誌の中には、以下のような興奮気味の言葉が並んでいる。

「東野の看取ったユキの一族と思われる女性もやはり記憶を失っていた。多くの一致点の中で、東野から聞いた時には不思議にも思わなかったが、他の点はユキの一族の体質として説明が可能でも、記憶の喪失という偶発的なものまで類似しているのはいかにも不自然な感じがする。記憶喪失も体質の一つと考えるのが良いのではないか。我々とは異なった体質を持つ人間の記憶が、我々同様に生まれてから死ぬまで一貫して連続している必然性はなく、低体温状態が記憶を消し去ることがあってもいいのかもしれない。あるいは長い寿命を維持するためには、実は定期的な記憶の除去が必要なのかもしれず、ユキの仮死状態がそのためのものであったと逆算的に考えてもよいのかもしれない。極度の低体温による仮死状態は彼女達にとっての冬眠状態のようなもので、睡眠が前日の記憶を薄らげるように、冬眠が記憶を消去するのではないか」

しかし、それを実証するためには、柚木自身、日誌の中で述べているように、「もう一度ユキを低温状態に置かなくては、真実は分からない」ということになった。

「りゅう」という人間は一体誰だったのか、ユキの時に使った行方不明者のリストの洗い出しをもう一度してみても、姓または名の中にりゅうのつく人間は見あたらなかった。この時、かつて自分の書いた日誌を読み返していた柚木は、ある事実に気づいている。

「ツルの言ったちゅうという名前とりゅうという名前が（ゅう）という文字を共有していることに気づいた。「中」の意味でちゅうちゃんと呼んだのだと、勝手にツルが考えていただけで、実は、順序とは全く関係なかったのではないか。二人の姉弟は、単にちゅうちゃん、りゅうちゃんといった呼び名で呼ばれていただけなのではないか」

という一見突飛な推理がそれだが、現在のようにDNA鑑定による血縁判断など出来ない時代であり、柚木の仮定を直接証明する方法はなかった。それでも柚木は、ユキの身体的特徴との比較を行うべく、小屋の周りの徹底的な再探索を行っている。主たる目的は人間の特徴を最もよく反映している頭蓋骨《ずがいこつ》を見つけることであったが、完全な形のものは見あたらず、既に分解してしまっていたとも考えられた。杉田は自分も参加した、掘った土をいちいちザルで濾《こ》す作業が困難を極めたことを記憶している。

強い雨が山肌を削って自然と土が掘り返された日、しかし、柚木は鍵となる小さな骨片を見つけている。見逃してしまいそうなものであったが、柚木がカルテにスケッチを残しているその骨片は、鋭く尖った歯であった。それは犬歯としての特徴を備えた小臼歯であり、ユキの歯の特徴をよく表したものであった。柚木は、以前に作ったユキの歯形と一緒にその骨片を解剖学教室に送っているが、送られてきた解答は、

「変形した人間の歯であり顕微鏡的に曲線を分析するとその変形の程度が極めてよく類似していることから、患者の近親者のものと考えても矛盾しない」

というものだった。さらにこの時もう一度送付した大腿骨について、

「この歯でつけられたと考えられる傷が多発している」

という結論が出された。柚木のアイデアの一部が証明された形になったが、これは近親者の殺害というショッキングな内容を意味していたことになる。

この頃、柚木は、

「ユキの身体の体温を下げ代謝を落としている原因が、何かの物質に起因しているのではないか」

という考えを持っていた。現在のように生理現象が全て物質的に説明できるという概念さえ確立されていなかった時代であったことを考えると、冬眠が何かの物質によって誘起されるという柚木の考えは、それ自体が革新的なものであり、一体どこから柚木がこうした考えを持ち出してきたのか不思議に思われる。しかし、この考えを実証するためには、ユキの血を輸血することで低体温が他人にも伝わることを証明しなくてはならないと考えていた。

「幸いユキの血液型はO型であり、自分に輸血可能である」

と柚木は実験への意欲を表し、

「低体温の原因が明らかになればその治療も可能である」

という認識をも記している。

毎夜、柚木は、ユキの腕の血管から太い注射器一本分の血液を抜き、自分にそれを注射している。夕方には戻る杉田はその様子を見ておらず、二人の間でこうした実験が行われたことには全く気づいていなかった。この間、柚木は自身のカルテを作製し、自分の身体に起こった変化を詳細に記録している。最初、柚木の身体には何の変化も起こらなかったようである。思ったような結果が出てこないことに対して、

「輸血の量が少なすぎるのかもしれない」

とも記している。しかし、輸血が一週間になり、二週間を越えると、柚木の身体に変化が見られるようになった。体温が、ごく僅かではあったが、下降し始めたのだった。

「輸血の後、眠気が襲ってきて、何もしたくないだるさが身体全体を覆った」

と書かれている。三週間目に入ると、柚木の平均体温は一度も下がり、

「なんとなく意識が薄らぐ感じがして食欲も低下し、ユキと同じく一日一食の軽い摂食も苦痛になり、記憶力が極端に低下した」

とある。柚木は「低体温が記憶力障害を生む」という以前立てた仮説も含めて、冬眠様物質の移入という自分の考えが正しかったことに自信を深めたようだったが、奇妙なことに、「毎日注射されるユキの血に「食欲」のようなものを感じ始めた」

とも記している。当初、柚木は実験を、自分の低体温化が証明された時点で中止しよう

と考えていた。しかし、四週間が過ぎてもなお輸血が続けられたのはこの「食欲」によるものだったのかもしれない。

こうした中、柚木は、ユキの身体にも変化が起こっているのを観察していた。やはりごくわずかではあったが、ユキの体温が上昇していたのだ。毎日つけている温度板の数字が、柚木の場合とは逆に、この一ヶ月で0.5度上昇していた。ユキの一族と考えられる女性が体温上昇を起こして死んだという東野の話を思い出した柚木は、

「体温上昇は危険の徴候であるのかもしれない」

と記している。当初、それが僅かな量の脱血によるものであるとは考えられず、食べ物や住空間など環境の変化によるものなのか、病気などユキの内部に起因する変化なのかははっきりしなかった。ユキの様子にも格別の変化は見られなかったが、軽度の体重増加が見られ、その精査を進めていた柚木は意外な事実を知ることになる。その発見は、やはり不注意な看護婦杉田の勘違いに端を発していた。

十二月に入り、降った雪がいつ根雪になってもおかしくなかった頃、杉田は、ユキの尿に潜血反応の試薬をかけようとして、誤って隣にあった別の試薬をかけてしまったということをしでかしている。以前のアッシの時にもそうであったが、杉田はそそっかしいとこ

ろのある看護婦のようであって、本人の言によると、かぶれの兵士に風邪の薬を出したりといった投薬の間違いなども日常的におかしていた、ということだった。しかし、即座に自分の間違いに気づいた杉田は尿を破棄しているが、容器の底にごく僅か変色した反応液が残ったままであった。

午後、洗浄場に転がっていた見慣れない色の容器を見つけた柚木は、午前中に自分がそうした色を呈する検査を命じていなかったことから、杉田に問いただした。杉田の話から柚木は何が起こったのか不思議に思い、使用した試薬の特定を行なっている。試薬はすぐに分かったが、なんとそれは外国からホルモン研究用に輸入していた妊娠判定用の試薬であった。平均体温が男性より高い女性に凍傷患者が少ないのではないかと考えていた柚木は、より平均体温の高い妊婦は凍傷にかかりにくいのではないかと考え、開発されたばかりの試薬を手に入れていたのだった。ユキの尿は妊娠反応陽性を示していたことになる。すぐに再検査がなされたが、結果は同じで尿の反応は陽性を示した。柚木が産婦人科的な診察を行うと、まだ妊娠の初期だと思われた。杉田は柚木によってユキの妊娠の事実に関して他言を禁じられており、その約束は今日まで続いていたことになる。杉田は今日までずっとユキの子供の父親を柚木であったと考えていたようである。その根拠として、妊娠の初期でありながらユキの周囲にいた男性は柚木のみであったことを挙げているが、後に述べるようにそれはユキの病態を考えると誤りであった。

この日の柚木の日誌には、

「通常の女性でも妊娠するとホルモンの関係で若干の体温上昇を観察するが、同様の変化がユキにも起こったと考えると体温上昇の説明がつく」

という冷静な分析が書き込まれている一方で、

「近親相姦による種の維持が死体食という儀式を伴っていたのではないか」

という当然引き出されてくるはずの、しかし、絶望的な推理も記されており、子供の父親をユキの弟と考えていたことが分かる。杉田にこのことを言わなかったのは、当時近親相姦は現在以上の罪であり、杉田を通じてこのことが他人に漏れることで、それでなくても排他的な扱いを受けていたユキがさらに苦しい立場に追い込まれるのを懸念してのことだったと考えられる。もっとも、これは杉田が考えていたように明かな矛盾であった。なぜならユキが保護されてからすでに十ヶ月以上の日数が経っており、妊娠の初期という診察結果と矛盾するからである。柚木はこの点について何も日誌あるいはカルテに触れていないが、髪の毛の伸びさえ極度に遅い低体温という状況下において、妊娠という生理現象も酷くゆっくりとしか進行しない可能性があったことは容易に想像される。

低体温というごく特殊な体質を維持するためにはどうしても同じ体質を持った者同士の

生殖が必要であったのだろうが、個体数が多くない以上必然的に近親者での生殖になってしまったのであろうし、それは世代が進むにつれ濃くなっていったのだろう。偶発的な出来事でなく、ユキの一族の儀式として確立されたものだったのだとしたら、同胞の子をはらみ、同胞の肉体を食して冬眠状態に入り、記憶を失って新たな生命を産むという、想像を絶する世界の出来事が展開していたことになる。しかも最も血の濃い姉弟の近親相姦によって誕生する生命は限りなく自己に近いものであったに違いないことを考えると、これは同時に自己再生の儀式でもあったのかもしれない。柚木が感じていたことを現代医学の言葉に翻訳すると、「ユキはクローン化された個体の一つであった」と表現されるはずであり、今から七十年近く前、すでに一人の軍医がこの問題に行き当たっていたことになる。

「肉体的には自己でありながら、自己としての記憶が失われているという皮肉な現象はそれをどう理解すればよいのか」

という柚木の残した言葉には、クローンという概念すらなかった時代の彼の戸惑いが感じられる。彼らと同じ習慣を持つ一族が他にもいたのか、あるいは彼らが残った最後の種族だったのか、それについて柚木は何らの推論も記していない。ただ、なぜユキの生殖があかひょうだもの赤い実の時期に行われたのかについて、柚木は古い地元紙を調べ上げ、「あかひょうだもの実は数十年から百年に一度しか赤くならないとされている。その年には本来熱帯地方の産物である米がよく取れるとあり、年間の平均気温が高いことがうかがわれ、実際昨年も雨竜沼周辺は暖冬であった」

と書いている。さらに、

「気温の上昇が生殖に結びつくのは他の動物では一般的なことでありながら、人間の場合はそうした季節性は認められていない。しかしながら、ユキのように低体温で季節の変化に敏感な場合には、また別の生態が存在しても不思議ではない。気温の上昇によって雨竜沼の小屋から離れ、遠く離れた摩周湖や新城など、似た気候を持った地域に赴かなくてはならなかったのではないか。近親相姦でできる均一な体質を持った人間はその全てが環境変化に対応できなかった可能性がある」

と叙述している。

カルテの記録を時間の流れに従って辿ると、危険の徴候を察知して輸血実験を中止しても柚木の体温低下は止まらず、これについて、柚木は、

「冬眠様物質というのは我々には低濃度でも作用し、かなり安定していて身体の中で容易に分解されず、蓄積作用があるのではないか。あるいは物質としては消失していても不可逆的な体質変化を起こしたのではないか」

と考察している。妊娠によると思われるユキの体温上昇も止まらなかった。そして、

「ある時点から、ユキは目に見えて衰弱してきた」

とある。しかし、その看護をすべき柚木も、

「これまで経験したことのない全身倦怠感」

を覚えていた。二人とも水以外、何も口にしないこともしばしばであった。それでも比較的元気だった柚木は、妊娠に加えて脱血が悪影響を及ぼしたと感じたのか、

「型違いで輸血できない自分の血を、傷を作った腕から直接ユキに飲ませたりもした」

と記述している。ユキは好んで柚木の血を飲み、時には催促もしたようである。例えば寄生虫に罹患《りかん》している患者は通常とは異なる食物を好み、異食症という名前で呼ばれる。血を好むのもこの異食症の一種なのではなかったのかという推測も成り立つ。さらに柚木は、「ユキの記憶の中の水の印象は、実は水ではなく血の記憶だったのかもしれない」

という言葉も残している。ユキは本当に出産できるのだろうか、生まれてくる子供はどんな子供なのかという繰り返し綴られている懸念の中、

「東野医師の看取った女性もやはり妊娠していた可能性がある。詳細に探せば、どこかに一族の男性の骨が出てくるのではないだろうか。しかし、出産という行為自体に危険がある中、彼らはどのようにして自己を再生してきたのか」

という疑問を柚木は提示している。それに対する柚木の結論はどこにも書かれていない。わずかに、

「もしも冬眠状態にあったユキをそのまま起こさずにいたら」

という結論のない文章は、ユキやその一族の女性を発見した時、無理に目覚めさせなければ、彼らなりの正常な出産が行われていたかもしれないという柚木の考えを示しているようにも思える。

「わたしがこの少女を救おうと考えたのは、まちがいだったのかもしれない」

日誌の最後には乱れた文字でそんな言葉が残っている。ここには彼らの眠りを醒ましてしまった事に対する悔恨の情が込められていたのだろうか。そこから先、しかし、この悔恨については記されず、ただ空白の頁が続いているのみである。


柚木とユキ、二人の遺体を最初に発見したのは、出勤してきた杉田であった。飲料用の井戸水を瓶に汲《く》んで小屋に着いたのは八時を少し回ったところだったという。北海道日報には、杉田看護婦によって遺体が発見されたのは雪解けの頃であり、この日の山は雲が低く下りてきたような深い靄に包まれていたのだと記されている。前日からの新雪が積もった山は、全体が音一つない静けさに包まれていた。

柚木はユキの病床で寄り添うように横たわっていた。杉田は、まず柚木を起こそうとしてその身体が冷たくなっていたことに気づき、ユキの呼吸が完全になくなっていることにも驚いて、村役場に駆け込み助けを求めている。地元の警察がやってきて、そこから新城の練兵場に連絡が行き、二時間ほどで車に乗った兵士達がやってきた。二人が同衾していたことが問題となり、また、変死の様相が強かったため、連隊長は、軍の機密に関わることとして地元警察を遠ざけた。その後、旭川第七師団から軍医・足利元康《あしかがもとやす》が呼ばれ、軍関係者だけによる秘密の検死が行われている。発見された陸軍医務局関連の書類の中には、柚木とユキの遺体の詳細を記したものも含まれており、

「新城ユキの遺体は病床の上にあり、柚木軍医の遺体はそれに寄り添うようにあった」

とある。髪の毛から始まって足の指にまで及ぶ詳細な所見が記録されているが、ユキの口元には、少量の血液が付着し、わずかに微笑んでいたようであったという。日誌の記載と照らし合わせ、柚木が飲ませた血液ではなかったかと想像されるが、事情を知らなかった足利は、

「死亡の際に口腔粘膜に傷が付いたものと考えられる」

と記載している。共に体表に外傷はなく、「自然死」であろうという検案がなされている。最終的には、

「小屋に火の気がなく、二人の遺体はともについさっき亡くなったように瑞々《みずみず》しく、雪に閉ざされた環境で死体が冷凍保存されたような形になったため明確な死亡時間を推定することは不可能である。死因としては凍死として矛盾しない」

という総括がなされており、

「柚木医師がつけていた二人の温度板によると、徐々に下降してきた柚木医師の体温と上昇していた患者・新城ユキの体温の曲線は、前日の夜に交わっている」

という一文が、事実のみを記す形で置かれている。

平成３年５月２日，
後天性免疫不全症候群にて急逝された
明寺伸彦博士，並びに，

【0】

平成3年5月2日，後天性免疫不全症候群にて急逝された明寺伸彦博士，並びに，平成4年12月25日，筋萎縮性側索硬化症（Amyotrophic lateral sclerosis）にて急逝された榊原景一博士の御冥福を心からお祈りいたします．両氏御遺族の御厚意により，実験日誌と日記の借用を快諾され，活字にする御許可をいただいたことを何よりもまず初めに記させていただきます．

昨年12月に急逝された榊原景一博士から，〈ハネネズミの絶滅の知られていない側面に関して〉詳述したい旨のお手紙をいただいたのが，氏の臨終のわずか1週間前でした．榊原氏とは明寺氏とハネネズミ研究でお世話になった間柄でしたが，ハネネズミの件以来年賀のやりとりしかなく，体調を崩されていたとお聞きしていた程度でしたので，あまりに突然のことでもあり驚きました．それ以前にも一度明寺氏が亡くなられた時にお会いしてはいましたが，一瞬のことでした．私自身，医業の傍ら文章なども書き，そのような事情から，ハネネズミ絶滅に関する記録という内容の記事を1年前より雑誌社から依頼されておりました．榊原氏にも御協力をお願いしたのですが，暗に断られた経緯から，今回のことに関しては二重の意味で驚いております．

筋萎縮性側索硬化症という難病に侵されていた氏の病

室を見舞った時，枕元の椅子の上に載り切らないほどの資料が用意されていました．氏は目の動きを使った程度の，ごく簡単な動作以外はできず，意思の疎通は全て眼球運動を増幅した特殊なワープロを介して，やっとという状況でした．氏の御希望はハネネズミの絶滅に関して，いくつかの〈故意的に隠した〉事実を書き残したいというものでした．

本来面会謝絶状態にありながら，氏自身の強い希望により，神経内科・村端美恵子教授にお許しを乞い，1日4時間もの面会を続けさせていただきました．

〈人工呼吸器の使用を拒否し，いつ呼吸が停止してもおかしくない状態〉（村端教授）

の中での異常な取材となりました．

膨大な量の資料に関する質疑応答を繰り返しながら作業を進めていきましたが，連日4時間ではとても話が尽きなく，時間超過して婦長さんからお叱りを受けることもしばしばといった状況でした．事実を細部に至るまで残されたいという意志とは裏腹に，御自分のことについてはほとんど言及されなく，どういう事情でそう思い立たれたのかについては現在もなお不明のままです．

後述いたしますように，故人の意志とはいえ不幸な結果を招くこととなってしまったのが残念でなりませんが，それによって世に出る真実があるのだとすれば，私としては，ただ合掌して御冥福をお祈りするより他ないと考えております．

ここに掲げる小文はこれらの資料とその周辺の方々の

証言からなるものです．本来ならば榊原氏の文章をそのまま載せて御高読いただくのが筋ではありますが，経時性においても内容の連続性においても，生の形での掲載はかえって誤解を招く恐れがあり，無理があると判断いたしました．そこで形式上４節に分け，第４節に榊原氏から提供のあった資料の大半を掲載させていただくことといたしました．そのような経緯により，大筋においての間違いはないと存じますが，これは科学論文を目指したものではないため，細かな内容につきましては，科学的な考察の不備から，必ずしも榊原氏の遺志に沿うものにならなかったかもしれないことを予めお許し下さい．

【1】

この１～２年環境問題や動植物の種保存問題がトピックになっているが，ハネネズミという種がこの地球上から消滅したのは1989年９月11日のことだった．関連する地方新聞である北空知新聞や地方テレビ局には取り上げられたが[7]，一般の人間にまでは知られていないのが実情であろう．ハネネズミは北海道神居古潭のみに生息していた小動物であり，背中に小さな２枚の羽を持つことからこの名を付けられている．日本に博物学が芽生え始めた大正期には神居古潭（カムイコタン）の生体系を乱すほどに繁殖していたが（大正５年の政府調査では約２千匹），その頃においてすらも人工飼育，繁殖が困難であり，現在の常識からすると不思議なことではあるが，

稀少種でありながら飼育の困難さから生物学的研究の対象としては敬遠されてきた．ハネネズミ研究の第一人者であった旭川理科大学生物学科の竹内清教授によると，
〈その生息数の実態が把握されないまま，ある時期急激な個体数の減少が起こったと考えられ，研究の時期を逸した稀なケース〉[1)]
ということになる．

神居古潭は，札幌から発する国道12号線の旭川に入る少し手前の渓谷（Fig 1）[2)]であり，アイヌ名称（神の集落の意）の漢字当てである．札幌を含めて北海道の地名はほとんどがアイヌ音を残しているが神居古潭はうまい当て字である．

国道12号線は実に国道としても全国で12番目という早い順番に造られ，札幌と旭川を結ぶ北海道の大動脈でありながら，8年前にトンネルが完成するまでは，片側が深い谷になっている山沿いの道しかなく，毎年のように崖崩れで死者が出ていた．

北海道は日本の中で独自の生態系を有するが，原生林に囲まれた秘境ともいうべき神居古潭はまたその中でも

Fig 1

特異な生態系を作っている．ここにしか生息しない蝶や山椒魚などの存在が確認されていたが，比較的最近までその厳しい自然のため詳細な研究はなされていなかった．

竹内教授は神居古潭の蝶に関する論文をいくつか欧米誌に掲載しているが，〈癌研究や分子生物学が主体になってしまった現在の生物学では，人材の不足や国からの資金不足のため博物学的な研究は困難で，神居古潭の全ての生態系にまではとても手が回らないのが現状〉（竹内教授）

ということになる．

そのような状況のもとで，ハネネズミの絶対数の減少，絶滅への懸念が改めて生物学会の話題に上ったのはわずかに10年前の総会のことでしかない．ネズミは最も原始的な哺乳類であり，かつ実験に使用される最も一般的な動物である．そのため実に多くの新種が実験室レベルで作られている．近親相姦を究極にまで推し進めて遺伝子の純化を図った結果，生まれてくる子孫が全て自分のコピーであるという純系マウス，毛がなく細胞性免疫を欠損しているヌードマウスなどの他，発生段階で外来の遺伝子を組み込んだトランスジェニックマウス，人工授精以外では子孫を作らないドットマウス，後述するメクラネズミ[8)]なども含めると，その数は膨大なものになる．その一方で絶滅していく種も多いはずなのだが，雑種ネズミの実態調査などというものは，研究者の興味を引かないため，ほとんどなされていない．他の種と違い，発生と絶滅が日常のこととして行われているところにネズ

ミの種としての特徴がある．研究者の意識の中にも絶滅に関しては鈍感になっている部分があり，ハネネズミについても，そのような全体としての傾向の中に埋もれてしまった感がある．

しかし秋の京都で行われた1982年の稀少生物学会で状況は一変する[3]．その発表を行ったのは神居古潭周辺の深川市で開業していた一内科医だった．当時60歳の石川悟氏は趣味の山歩きの中で，その前年新鮮なハネネズミの死骸を目にした．石川は博物学などに興味はなく，ハネネズミに関しても，それが現在は稀少種であるという程度の知識しかなかった．しかし石川はその軀を持ち帰り，剥製にすべく簡単な解剖を試みる．さらに，写真撮影と組織標本作製を行っている．石川は典型的な町医者であったが，30年前には学位を取得すべくラットを使った化学発ガンの実験の経験を持っていた．

皮を切開し，腹膜を切り開く石川の頭の片隅に，大学の地下実験室の記憶が蘇ったかどうかは定かではないが，石川は30年ぶりに論文を書くことになる．石川の発見したNeues（新知識）とは，ハネネズミの内臓の位置関係がラットやマウス，もっと広く他の哺乳類一般とはまるで異なっているという程度のことだった．しかしその発表を聞いた大学関係者の方が石川自身よりもはるかに驚くことになる．ハネネズミの消化系システムに会場の質問が集中した．人間も含めて哺乳動物の腹の中は栄養を貪欲に取り込むための臓器で満ちている．しかしハネネズミの場合，胃も大腸も区別のつかない消化管は短い

1本の管にすぎず，肝臓さえラットの1／10程度のものでしかないという報告が，博物学的発表としては異例なほどトピックになる．従来のAnalogy（相似性）では分析できない機能不明の臓器がいくつもその組織像とともに発表された．石川が見せた組織標本からは額面通り以上のことを読み取るのは不可能だったが，ここで実証して見せた，〈ハネネズミが変わり種の哺乳類である〉という事実がハネネズミ研究の一大ブームを引き起こす．

英文論文発表[4]（これがハネネズミに関する唯一の英文論文となる）から1か月後，石川は突然蒸発するが（山歩きの中で遭難したとも言われているが詳細は不明である），ハネネズミ研究は大規模に始まる．ハネネズミに関しては何を発表しても世界的な論文になるという目算が，当然研究者達にはあったはずである．旭川や深川といった神居古潭の隣町のホテルや旅館は一時どこも開業以来の満室という状況になり，ハネネズミ捕獲に躍起になっている人間で溢れかえった．当時の異常な状況は新聞に掲載された，

〈ロビーのソファーを貸すことまで商売になった〉（プラザホテル板倉）

〈ツインに8人泊まって4倍の収入になった〉（深川ホテル）

という関係者の言葉からも窺い知ることができる[6]．

しかし少しすると，彼らは一様に，もう時が遅すぎたことに気づく．神居古潭の原生林のどこを探してもハネネズミは見つからず，早々に撤退をする者も現れ始める．

そのあたりの細かな経緯は北空知新聞という地方紙に掲載されるのだが[6)]，囲み枠の記事を読んだ当時の深川市長，田村清太郎という人間が，その使途に苦慮していた故郷創生1億円を，ハネネズミを含めた神居古潭の種保存に使うことを思い立つ．田村氏としては過疎化に歯止めがかからない状況の市の活性化のために，観光の目玉としてセンターを建設・公開することを考えていたようだった．もっとも，とても1億円程度の資金では充分な施設を作ることなど不可能で，深川出身の藤田守也衆議院議員，水谷勤道議会議員の強力な働きかけで実現したと言われている．

この取材を通じて，地方文化に対する無関心と無理解が結果的にハネネズミの絶滅を招いたのではないのかという感を強くしている．異論はあるかもしれないが，藤田氏らの存在と努力がなければ，ハネネズミの存在さえ知られていなかったかもしれない．現在の政治制度が充分機能していないものである以上，何かの方策が講じられなくてはならないのは当然のことだろう．そういう意味で藤田，水谷両氏が地域利益のみを考えていたという論理は成立しないと考えている．

脇道にそれたが，それと前後して，タイミングよく，数年ぶりに深川小学校の大島静江教諭が生徒を引率しての遠足中，沢の水苔を食べていたハネネズミの捕獲に成功する．大島教諭は，子供の頃にも（2匹のハネネズミの）捕獲に成功しており，記録上2度以上のハネネズミ捕獲をした唯一の人物である．北空知新聞にのった大島

教諭の言葉の中に,
〈前回2匹捕まえた時は夜だったのに，むしろ簡単だったような気がする〉
という一文があり，この点が明寺氏によって問題とされるのだが，それはまた後のこととなる.
小学校の跡地に半年がかりで建てられた種保存センターに移されたオスのハネネズミはポンタというコミカルな名を与えられ（同地に存在するポン川より命名，ポンはアイヌ語），学術よりもまず繁殖を目的として狭い檻の中で飼育されることになった.
同時に田村清太郎はその所長職を全国の国立大学に公募する．当然多数の応募があり，議会ではその業績から，MEC工大の渡辺肇教授，テレビ出演などの知名度から自然保護団体の菊地津弥女史らを推す声が強かった．しかし，地元の研究者ということで所長には旭川医大生物学教室教授を定年退官したばかりの榊原景一が田村清太郎氏の強引とも思える推薦で決まる（Fig 2).
後に菊地女史は,
〈内部ではかなりもめていたようでした．突然断りのお電話があって，私としては意欲を持っていただけに残念でした〉と

開所式時の記念撮影.
前列中央が田村市長，右端が榊原氏.
Fig 2

いう感想をもらしている．

　榊原氏はハネネズミの生態を詳細に記載した論文を発表するが，田村氏の要請により初めて一般向けとして〈生態学〉という雑誌に写真付きの（Fig 3）総説を寄せている．

チューブから水苔を与えられているハネネズミ
Fig 3

〈……主食は蛇紋石などに付着した水苔であり，ほとんどの時間じっとしたままおがくずの中に潜り込んでいる．一般のラットに比していくぶん毛は薄く，赤みがかっている．背中から生えた短い毛のないハネは，3年間ほとんど動かしたのを見た事がない……〉[9)]

　たった1匹しかいないハネネズミの解剖は不可能で，その研究はあくまでもマクロ的なものにとどまっているが，逆にそれゆえ子細な観察がなされている点に注目したい．この時期，榊原氏の興味はもっぱら外見上の一番の特色である動かされることのないハネに向けられていた．前出の文章の中で，榊原氏はこのハネの進化における重要性を指摘し，その役割についていくつかの考察を試みている．

〈……短いハネの持つ役割については，重量バランス上，コウモリのように飛ぶことを目標として発達したとは考えにくいが，毛が薄く動きがスローであることから，ハ

ネを動かすことで北海道の寒冷な環境に耐えているのではないのかと考察する．逆に温熱化状況における放熱板としての役割をしているのかもしれないが，いずれにしても何らかの温度調整に働いているのではないかとは充分想像される．種保存のためセンター内は定温に保たれておりリスクのある寒冷や温暖の状況下での長期観察は今のところ不可能であるが，近い将来明らかにしたいと考えている……〉[9]

結局，榊原氏はこの３年で彼自身の言によれば，充分な成果を上げることはできなかった．

しかし，その３年目の年，また新たな変化があった．新しいハネネズミ，しかも今度はメスが神居古潭神社の境内で遊んでいた子供達によって発見され，宮司によって保護された．当時の市公報には，その時の状況が，〈境内のすぐ下の沢地の岩に張り付いて，死んだように動かなかった〉（宮司　浦真也氏）とある．

この出来事を機に，二つのプロジェクトが同時進行することになる．アイと名付けられたそのメスとポンタの間での子孫繁殖計画がそれであり，他の一つは（折からブームのようにもなっていた自然環境保護にのって環境庁がやっと重い腰をあげたことが主因だが）細部にわたり組織された大がかりなハネネズミ捕獲作戦だった．ハネネズミは動きのとても少ない動物であり穴を掘って隠れるような性質もないことから，目にさえすれば子供に

でも簡単に捕獲できる．

北大と旭川理科大のメンバーが中心になって，徹底的に神居古潭周辺が再探索され，その範囲は大雪山方面にまで広げられた．その間チームは副産物として神居古潭の珍しい生態系の研究なども行うのだが，3匹目のハネネズミはついに姿を現さなかった．解散時にチームが出した報告書の結論は，〈ハネネズミは間違いなく絶滅に瀕しており，捕獲された2匹が最後でないことを期待する〉（北大小川洋示教授）という思い切ったものだった．

一方ハネネズミの増殖計画の進行は遅れていた．マウスやラットならば近親相姦を繰り返しても種は増殖していくことができることから，榊原氏は当初非常に期待していたようだったが，春の時期に同じケージで飼育してもペアリングの兆候は見られなかった．通常ネズミのような種は増殖が旺盛であり年間を通して発情期が存在するが，全く求愛行動さえ観察されなかったため，既に生殖年齢を過ぎたとの考えが主流を占めた．生態学の分野ではビッグネームである東大生物細胞研の坂巻平蔵所長，京大生化研の鈴木栄文教授，東工大の池田貢助教授，上野動物園の佐久間初枝主任などが次々に呼ばれ，自然に近い環境の変化なども図られたりもしたが，成果が上げられないまま2年が過ぎた．

〈もちろん人工授精なども検討しましたが，それにはあまりにも生態が不明すぎるのがネックになりました〉（佐久間主任）

対応の遅れた厚生省の意向により急遽作られた種保存

委員会も〈ハネネズミのペアリングは非常に難しいと言わざるを得ない〉という結論に達する．そして２匹は〈互いに傷つけ合う可能性〉を考慮されて別々のケージに移された．その後も世論を考慮してか，委員会の指名で阪大細科研の大澤一雄教授，権威中の権威である免疫研の黒田健一名誉教授らが生態分析とペアリングを試みるが，それらは全て失敗に終わり，種保存委員会自体も実質解散状態になる．実は後の経緯からは，ペアリングの時期についての充分な考察がなされるべきであったが，この時にはいくつかのランダムトライアルがなされたのみであった．

そしてさらに１年が経過したところで一貫してハネネズミ問題を追いかけてきた環境庁の杉木博雄担当官は敗退宣言とも言える，

〈捕獲された２匹が最後の生存個体である可能性もある〉

というコメントを発表する．

以上が明寺氏登場までのハネネズミに関する捕獲・研究の経過である．その中で出た成果は多くはないが，前出・榊原氏の報告書によると，ハネネズミの分類学上の位置の他に，少なくともいくつかの解かれるべき問題点が明らかになった．それらをここに整理すると，

１　ハネネズミの個体数が減少し始めた正確な時期については不明だが，一応の聞き取り調査では，住民の目にする機会が減少し始めた30～40年内と想像される．

特にその間熱心に捕獲されたわけでもなく，環境の変化があったとも想像されにくいが，絶滅に瀕しているとすればその原因が不明である．

2　ハネネズミには昔からこの地方に伝承があり，ハネを震わせる時，体全体が発光して涙を流すという言い伝えがあるが，捕獲・観察されたものについて，経過中そのようなことは一度も観察されていない．ハネネズミに関しては，あまりにもその生態が未解析のままである．

3　極端に動きの少ない，水苔が主食の動物であるが，増殖能力がそれほど高いわけではない．近年絶滅に瀕してはいるが，外見上これといった武器のないまま，今までどのように天敵から身を守り繁殖してきたのかが生物学上の興味として残る．

そしてこれが当初から一番の謎となるわけだが，

4　ハネはどのような役割を果たしているのか

という4点だった．

これらの謎を解いたのは結果的に明寺伸彦氏ということになるのだが，氏の最初の登場は必ずしも華々しい成果を期待されてということではなかった．むしろ，後の氏の言を借りるなら〈敗戦投手のような〉役回りということになる．

【2】

明寺氏は東大医学部を1977年に卒業している．学生

時代はアメリカンフットボールの選手をしていたスポーツマンであったが，2年の第1外科（武藤教授当時）での研修の後，癌転移における接着因子の関与というテーマで博士号を取得している．臨床には興味がなくなったのか，その後すぐにアメリカのNIHに渡り，AIDSの種特異性に関する仕事を始めた．結果的にそれが認められ，東大応用生物研究所の部長のポストに33歳という異例の若さで抜てきされ，日本に呼び戻される．その間，医師としての活動はほとんどしていない．

文面上の華々しい経歴にもかかわらず，明寺氏の学内での評判は必ずしも芳しいものではなかった．これには氏が研究所内では異端である臨床出身であったことも関与していると思われるが，人の好き嫌いが激しいとか，個人主義にすぎるとかいった評価がされていたことも事実である．そのためか，研究部内の人間もその部屋の規模に比して多くはなく，研究費に関しても常識的な基準からすると冷遇されているという状況だった．しかしながら，もっとも当時をよく知っている前田昭子実験助手によると，〈金銭的な面は別にして，人間関係についてはさほど意に介してはいらっしゃらなかった〉ようではある．

明寺氏に来た環境庁からの依頼の内容は，生殖を諦めた後，なんとかハネネズミの皮膚の一部を採取して細胞，遺伝子レベルでの種保存をはかれないかというものだった．明寺氏がどうしてそのような学術的であるとは言いがたいプロジェクトを引き受ける気になったのか，氏自

身の記録としては残っていないが，当時の研究テーマであったエイズがそれに何らかの形で関与していると考える事はできる．実際，この論文発表の対象とならない仕事の後，かなりの額の科研費が氏のエイズ研究に対して下りることが暗黙の了解として存在していたようだった．

とにかく明寺氏は，小型クリーンベンチとインキュベーター，バーナーなどの培養器具をあらかじめ送った後，森の香りに包まれた8月の旭川空港で榊原氏に迎えられることになる．青々とした水田に挟まれた道を通って深川市に向かう途中，車で神居古潭を抜けたが，現在は長いトンネルになっていて，明寺氏は希望していたように川沿いの道を通ることはできなかった．

深川市は，車で5分程度で通り抜けできるほどの小さな市だが，種保存センターは高速インター出口の滝川市との境界に位置する．外周を林に囲まれ，沼地に接して建てられている白塗りのセンターは3階建ての塔を持ち，一見倉庫か時計台のようにも見えるが，凹凸の多い特異な形態でそれと認知される．

北海道の建造物らしく二重になった自動ドアを通り抜けると，すぐ前にガラス張りになった檻があり，高い天井にまで届く木が根を広げている周囲を，幻の蝶である真っ青な蝦夷プリカが飛び交っている光景を目にすることになる．その奥には大きな蛇紋岩をくり抜いた水槽が置いてあり，中にはやはり極端に数が減っている神居山椒魚が沈んでいる．最近話題になっている石狩シマフク

ロウや空知尾長リス，やっと数が増えてきたえぞコウモリや特殊な発光毛を持ったぎん猫といった動物達が仕切りのないフロアーでそれぞれ自然環境に近い広い檻を与えられている．どの檻も車のサンルーフのように天井があけられるようになっていて日光も取り入れられる構造になっている．数としてはかなりなものだが，鳴き声をあげる動物が少なく，フロアーには気配と静けさが同居している．当時は，その一番奥にハネネズミのブースがあり，組織培養室や病理室，コンピュータールームといった看板だけでまだ中身のない部屋が檻を取り巻いていた．

（以下は榊原氏の記憶によるものである，）

案内されて入った明寺氏は，ガラス張りのハネネズミのブースの前で立ち止まった．毛の少ない皮膚とその一部が伸びだしたような貧弱な背中のハネ，スローな動作，比較的大きな耳，短い尻尾，といった特徴を持つハネネズミを明寺氏は長時間にわたって観察した．

後に明寺氏はある雑誌のインタビューに答え[11)]，ハネネズミの印象を次のように語っている．

〈それはネズミの一種だとはとても思えなかった．まるで進化に逆行したように，役に立たない羽を持ち，動作は極端に鈍く，北海道という寒冷地にいながら毛は多くない．耳は大きいが物音に敏感に反応して向きを変えるわけでもなく，単に外敵から格好の目印にされそうなだけだった．この小さくて弱い動物が絶滅の危機に瀕していたとしても，それはある意味，当然のことにしか映ら

なかった〉

さらに死の前日まで書き続けられた日誌の中，その日付けの部分で，彼はこんなことも記載している．

〈マウスのような動物では，個体の識別がなされていないというのが通説になっている．純系マウスでは遺伝的にも同一であり客観的にも個体の区別はつかない．マウスのケージの中，背中につけた印が消えてしまえば，あるいは手でシャッフルしてしまえば，彼らはもう他者によって規定された自分を回復することができない．（中略）彼らにも，我々にも，彼らの自己同一性は失われている．死の後も肉体は不変だとすれば，失われるのは自己という質量を持たない存在である．彼らに自己がないのなら，恐ろしい速さで増殖を続ける彼らには死も存在しないという論理が成り立つ〉

明寺氏は初日から調査を始める予定としていたが，そうした精力的な活動は環境庁との間に摩擦を生じることになる．榊原氏の認識では，明寺氏の役割は単に細胞ないし遺伝子を残す事であって，今まで何回も試みられた生態調査や生殖の繰り返しではなかった．1週間というのはそれに与えられた充分な長さの期間のはずで，延長のための費用は用意されていなかった．

ところが実際に明寺氏がその日の午後から活動要請をしたのは，今更ながらと思える神居古潭の詳細な探索だった．榊原氏には明寺氏が依頼研究者を次々と変えていることに憤っているという間違った印象が残ることにな

る.

1日目午後の調査に関する研究記録

榊原氏より入手した，現在までハネネズミが発見された場所のリストを，明寺氏が目にしたままの状態で掲げる[5)]（この他にも捕獲例が存在するが，正確な捕獲日時，場所が判明していない.）（Table 1, 2）

《Table 1》 1930年以前の記録はない（除，ポンタ，アイ）

日時	場所	捕獲匹数
1 1931年9月5日夜	国道12号線沿いの切り通し上	2匹
2 1935年5月8日早朝	正確な場所は不明で現在のトンネル近くの河畔	1匹
3 1938年10月17日昼頃	大沼周囲の草むらの中	2匹
4 1945年4月15日時間不明	観魚橋下の河畔	1匹
5 1955年6月25日午後	大箱石近くの河畔（水苔を食べているところを捕獲）	1匹
6 1971年11月15日午後9時頃	監視所近くの岩肌	2匹
7 1977年4月5日昼頃	監視所近くの岩肌	1匹
8 1980年5月7日午後	神社下の蛇紋岩上	1匹
9 1981年10月25日深夜	通称インディアン峠	2匹

《Table 2》 死亡についての記録（1945年以後に保獲されたもののみ部分的に残存．1940年時点ではそれ以前の捕獲例は死亡している）

日時	匹数
1　1956年秋	2匹が死亡
2　1971年12月27日	同時に2匹が死亡
3　1980年 9月25日	衰弱死
9月30日	原因不明死
4　1981年11月 7日	衰弱死
11月13日	衰弱死

この資料を見ながらホテルのロビーで行われた不思議な会話が録音テープに残っている．その一部を掲載する．
（M…明寺氏　S…榊原氏）

M：私がこの時期に呼ばれたことの経過をまだ聞いていない

S：事情についてはよく分からないですが

M：春に招かれていたのは黒田健一先生のはずでしたね

S：黒田先生から何かお聞きになりましたか？

M：いや，黒田さんからは何も聞いていません．生殖をさせようとしたら急に弱った．それで慌てて黒田さんを解任して私を呼んで、遺伝子の保存を思いついたということですか？

S：そんなことを先生に言われたのですか？

M：黒田さんが何かミスをしたということですか？

S：いいえ，そんなことはありません．

この会話の後，明寺氏はある事実を指摘する．ハネネズミの死亡がいずれも9月から12月にかけての時期に集中していることと，捕獲の時期にかかわらず，死亡が連続して起こっていることの2点である．例えば1945年に捕獲されたハネネズミは1956年までの実に11年という歳月生きたことになっており，逆に1955年に捕獲されたものは1年しか生きなかったことになる．しかし，2匹での飼育が始まってから相次いで死亡したという見方をすると，1971年に捕獲された2匹がほぼ同時期に死亡したこととつじつまが合う．以後の1980，1981両年についても同様のことが成り立つ．

この時点では，明寺氏の頭の中にある種の感染症が浮かんでいたようである．ただ，観察記録が残っているものからすると感染症特有の急性の経過を取っていないことから，なにか非常に特殊なもの，例えば人間でいうところの性病のようなものを考えていたようだった．

しかし明寺氏はその紙片からまた新たな発見をする．捕獲の時期と匹数にはっきりとした相関関係があるということである．2匹が捕獲されたのは9，10，11月であるのに対し，1匹が捕獲されたのは4，5，6月である．この数字は何を意味しているか？　ネズミの場合生殖は年中行われ，その他の生物は春に発情期を迎えることから，常識的には考えられないことではあるが，ハネネズミの生殖は春ではなく秋に行われていたのではないのかと明寺氏は推論する．研究者達を招くにあたって，いつ

もペアリングに条件のいい春が選ばれてきたが, 生殖の試みが全て失敗したのもこれが原因ではないのかと踏み込んで考察する. 過去の記録は残っていないが, 最近に関しては, 互いに傷つけ合う可能性を考慮して, 針金でできたケージは隣り合わせながらも別々にされていたという事実によって, 明寺氏の仮説はにわかに現実味を帯び始めた. (これは後に重要になることだが, ケージは別でもハネネズミは互いが確認できる位置に置かれて飼育されていたという点に注目しておいていただきたい.)

この時, 榊原氏は明寺氏の明快な指摘に驚いている. 実際榊原氏にとって期待の薄かった明寺氏が, 初めてと言ってもいいほどクリアーカットな仮説を提示したのは嬉しい誤算だったに違いない. あるいは氏にとって, 明寺氏の仮説はハネネズミ絶滅の謎を一気に明かしてくれるようなものとして映ったのだろう.

しかし実は最初の性病説と秋の生殖説は, 明らかに矛盾する仮説であって, 実験日誌からすると, 明寺氏自身もそれに悩んでいたと思われる.

明寺氏は, 当地に住む写真家の五十嵐勝美氏の案内により, 神居古潭の崖沿いの道を車により調査している. 地図を参考に, 榊原氏によって記されたハネネズミ発見の場所を一つ一つ確認する作業が行われた.

〈例の騒動以来, 山椒魚が少なくなったりして, 神居古潭の生態系は変わったわけですけれど, 明寺先生はそういうことにかなり興味を持っていられたようです. 初め

てとは思えないほど地理をよく御存知でした〉（五十嵐氏）

実際に夏から秋にかけての神居古潭を散策してみると，石狩川の上流であるため巨大な岩が散在し，激しい流れが蛇の背中を思わせる白い模様を作り出す渓谷は，いまだに人の手が入っていない状態の姿を見せている．切り立った崖の上にはうっそうとした草木が茂り，少し小高くなった場所には小さな沼をかかえた草地が広がっている．そこからまたさらに急な斜面へと続き，樹木に被われた山がそびえている．明寺氏はそうした原生林を，榊原氏から貰った紙片と地図を何度も見比べ，五十嵐氏に写真を依頼しながら精力的に歩き回っている．

〈あの日だけで20キロ近く歩かれたんじゃないでしょうか．徒歩のみでの往復にほぼ一致する距離だと思います〉（五十嵐氏）

そうした調査の後，服を泥だらけにして明寺氏は戻る．氏はある意図を持って，先に提示したリストの順番を変えて日誌に書き込んでいる．（Table 3）

《Table 3》

時間	場所	匹数
4　時間不明	観魚橋下の河畔	1匹
2　早朝	正確な場所は不明で現在のトンネル近くの河畔	1匹
3　昼頃	大沼周囲の草むらの中	2匹
7　昼頃	監視所近くの岩肌（Fig 3）	1匹
5　午後	大箱石近くの河畔（水苔を食べているところを捕獲）	1匹
8　午後	川の蛇紋岩上	1匹
6　午後9時頃	監視所近くの岩肌	2匹
1　夜	国道12号線沿いの切り通し上	2匹
9　深夜	通称インディアン峠	2匹

これは明寺氏が捕獲時刻に従ってTable 1をもう一度並べ変えたものだが，3を除いて早い時間には1匹が捕獲されていることが圧倒的に多いことに明寺氏は気づく．問題の3については，実際に見てみると草むらの背丈が高く，かなり発見は難しかったのではないかと明寺氏は考えた．その目で逆に検証すると，1匹で見つかっているのは場所的にも時間的にも恵まれた条件であることが分かる．上から見ていくと，河畔・岩肌・蛇紋岩上などほとんど視界を遮るもののない所で見つかっている．それに対して2匹の場合は草むらの中・切り通し上・峠など小動物を探すには向かず，岩肌であっても夜であったりと，かなり条件が悪い．これは前出の大島，浦両氏の

証言とも一致する.

そうした一連の事実が意味するところは何なのか？明寺氏は田村氏の子供の頃のハネネズミに関する個人的な記憶（ホテルに明寺氏を訪ねた時の雑談）に注目する.

田村氏が子供の時代，もう既にハネネズミは伝説の入り口にいた動物だった．それでも友達の中には夜，河原でぼんやりと炎のように光っているハネネズミを見たというものがまだ何人かはいたし，そのうちの一人は涙を流すハネネズミを目撃していた．ハネネズミの光る姿と涙は，両方ともこの地方では不吉な徴候とされていたが，それを目撃した人間自身には好運が舞い込むという矛盾した言い伝えがあった.

明寺氏がここから拾い上げたのは〈河原でぼんやりと炎のように光っている〉という部分だった．夜の草むらのような場所で見つけるとしたら，光っているものだったかもしれないという推論に明寺氏は行き着く.

2日目の予定の一部をキャンセルして，改めて榊原氏が呼ばれた．目的は（ポンタ，アイの場合と異なり），2匹同時に捕獲した人間の証言を得ることだった．記録に残っている中では既に他界，転地した人間が多く，やっと一人の証言者を得ることになる.

呼び出されたのは，当地で建設会社を営んでいる大山文夫氏（当時深川署巡査）だった.

インディアン峠は神居古潭の山の中腹にあり，渓谷全体を見渡せる場所にある．この警官は当時そこからスピ

ード違反の取り締りをしていた．まだトンネルが完成しておらず，川沿いの道しかない時代だった．周りに比べて異常に速く移動しているライトを見つけて無線で連絡すると，道沿いで待機していたパトカーが取り締りに向かうという仕組みになっていた．元々峠には名前などついていなかった．インディアンというと，千歳市にある有名なインディアン水車を連想される方がいらっしゃるかもしれないが，全く関連はない．見張りからの合図でインディアンが駅馬車を狙う西部劇からつけられたものである．

明寺氏の彼に対する質問はホテルのロビーで行われた．以下は彼の証言の抄録である．

彼は午後10時頃から，阿部清隆巡査長と一緒にインディアン峠で見張りをした．当時の巡査長の記録によると〈薄い霧がかかっており，視界不良〉となっている．霧のためパトカーの中からの視察では不充分であったため，彼は老巡査長の手前，自分から進んで外での観察を行っている．峠の上から少し山肌を下ると，木に遮られず見渡せる場所がある．彼は30分毎にトランシーバーを持ってパトカーを出て，その場所から監視を行った．雨の日や霧の日など条件の悪い日は取り締りをしないのが常套であるが，たまたま前日に死亡事故が連続したこともあり，見張りは深夜にまで及んだ．

彼は22時から30分，23時から30分の外での見張りを行っているが，問題の3回目の見張りは0時から30分行われた．大きな冷たい岩に腰掛けてぼんやりとヘッ

ドライトの流れを追ううち，速い車を見つけてトランシーバーを取ろうとした時に，彼は岩の端に２匹の尻尾のないネズミのような見慣れない小動物を発見した．

当初全く動きのないその姿に死んでいると思ったらしいが，捕まえた手に伝わってくる温もりとわずかな動きが，この若い警官にハネネズミの伝説を思い出させた．彼はそのままパトカーにその奇妙な２匹の動物を持ち帰り，ハネネズミは阿部巡査長の個人的な判断で翌日種保存センターに持ち込まれた．

以上が大山氏の証言の全てである．警官を退職してからかなりの年月が経っており，記憶にも曖昧な点が散見される．しかし，誘導尋問になることを恐れてか，明寺氏は光ったかどうかという質問をすぐには出していない．

いくつかの些細な部分の確認後，明寺氏はその小動物の様子についてもっと詳しく述べるよう要求した．しかし当時興奮状態にあった若い警官の記憶はひどく不確かなものだった．彼の興味の主体は捕獲に集中していたようで，その周辺の状況についてはかなり怪しくなる．少なくとも記憶に残るほどの発光ではなかったようだ．

明寺氏はまず，インディアン峠には街灯など人工の光の類は一切なかったことを大山氏に確認した．その上で当時大山氏がハネネズミを見つけることができる明かりは星明かりかパトカーのヘッドライト，川沿いの道から上がってくるわずかな光，携帯していたであろう懐中電灯のいずれかしかないことを確かめた．そこから改めて一つ一つの可能性について検討した．

霧が出ていた状況で星明かりがそれほど頼りになるはずはない．ヘッドライトもつけっぱなしというのは考えにくい．道から上がってくる光については，霧という状況を除いても，その距離からして可能性は低い．だとすると，直接懐中電灯で照らした以外には考えられない．しかし捕獲しようとしていた人間が強い光を当てるだろうか…….

ある時点で，大山氏はハネネズミの周辺が明るかったことを認める．しかしそれはハネネズミ自体が光っていたような感じではなかったと，矛盾する言い方もする．〈たまたまどこからか漏れてきた光がその2匹に当たっているような感じ〉で，〈今から冷静に考えるとそんな光源は存在しなかった〉が，〈確かにハネネズミの周りは全体的にうっすらと明るかった〉のだという大山氏の証言が最後にボロボロの記憶の奥底から引き出されることになる．

引き続き午後から，深川市の民間自然保護団体である〈むつみ会〉（武川聡子事務局長）の協力を得て，古い文献の確認と関係者への電話での聞き取り調査が大規模に行われた．会員を総動員しての2日間の調査だったが，1989年以前の捕獲や発光についての新たな進展は見られなかった．

ここでむつみ会の活動について少し触れておきたい．明寺氏によってハネネズミの過去の調査を依頼されていたわけであるが，それはハネネズミの絶滅が確定的とな

って明寺氏が帰京した後も継続され，最終結果が出たのは 1 年後であった．

調査は 1975 年以前の Table 1 に記載のないものに対して詳細に行われている．その過程で武川女史らは，ハネネズミ捕獲の情報収集をこれほど困難にした原因について，非常に興味深い事実に遭遇している．それが何かを明かす前に，明寺氏に送られた最終報告書にも添付されていた数点の写真〈Fig 4〉を見ていただきたい．

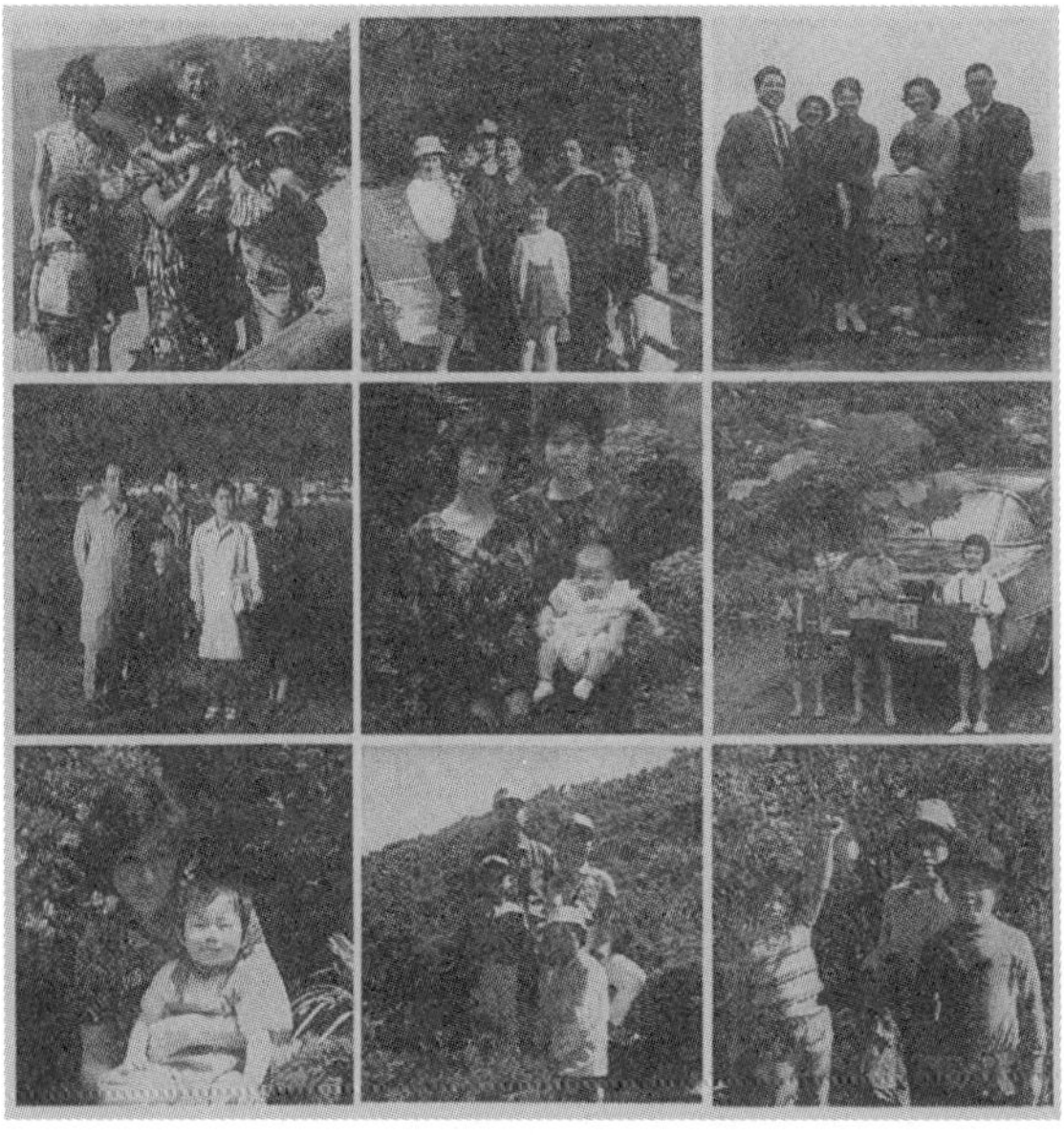

Fig 4

これらは全て，捕獲当時の捕獲者についての情報が欲しいという明寺氏の要請によって集められたものの中の一つである．捕獲時ないしはそれに一番近い時期の捕獲者の写真である．時期は様々であるが，一見して分かるように，家族で神居古潭周辺に出かけた際の（つまり捕獲時の）記念撮影が多い．このようなものしか手がかりらしきものがなかったというのが正確なところであったが，ここから意外な展開を見せる．

武川女史から資料を受けた明寺氏が即座に気がついたのは，その中に必ず子供が含まれている点であった．明寺氏の推論には根拠がある．再読していただければお分かりのように，田村氏のハネネズミに関する記憶は幼少時のものであり，仲間の子供達が目撃したという話が出てくる．大島教諭がポンタを発見した時には遠足の生徒を引率中であったし，浦氏がアイを捕獲した時，最初に発見したのは境内で遊んでいた子供達であった．

明寺氏の指示によって行われた再調査の結果，明寺氏の予測通り，実際の捕獲は，その大部分が子供によるものであるという事実が明らかになる．逆に幼少時の記憶の不正確さ及び成長に伴う彼らの転出こそ，捕獲が記録に残らなかった原因となっていたとも想像される．大山巡査のように大人の捕獲例も存在しているが，圧倒的に少数であり，そうした事実は，明寺氏が事情聴取の対象を選ぶ際に苦労したことと矛盾しない．

むつみ会は現在でもハネネズミ探しを組織的に行っている唯一の団体であるが，明寺氏が生前暗示したユニー

クな作業仮説に基づく方法を取っている．すなわち，子供を同伴した小規模，頻回の探索である．明寺氏の推論にどれほどの妥当性があるかは別にして，興味深いアプローチであることは事実である．結果が出ればそれなりの妥当性が証明されるのであろう．

なお，明寺氏はこれらの写真にはまた別の共通点があると記しているが，その内容は不明である．

話を元に戻す．武川女史からの連絡を受け，現在の2匹を用いての実験も検討されたが，種保存以外の目的での実験に対して議会と委員会の承認を得るのが不可能に近かったため断念された．

その直後，種保存センターでのセットアップが大がかりに始まった．榊原氏の手配で小型クリーンベンチ，恒温槽，5台のインキュベーター，電子秤，オートクレーブ，ボンベ，立体位相差顕微鏡，ディスポのプラスチック製品などが病理室に持ち込まれた．さらにむつみ会の協力で公民館など公共の施設から借用してきた冷蔵庫5台を隣の部屋に置き，午後に届いていた試薬や血清一式を中に納めた．

実は細胞培養の試みは今回が初めてではなく，最初の研究者である石川氏が，（インディアン峠で捕獲され死亡したものを用いて）既にトライしていた．石川氏は研究から離れて久しく，北大の三浦光雄技官に依頼して皮膚の繊維芽細胞のPrimary culture（初代培養）を行っているが，結局継代に失敗しそのままになった[12]．当

右端より石川氏，澄子夫人，三浦氏
（1982 年 11 月）
Fig 5

時培養設備がなく，無菌箱と簡易フラン器をバンの後ろに積み，三浦氏が振動に注意しながら，つた子夫人の運転で札幌の研究室から深川までの搬送を行っている．（Fig 5 は石川氏が学会に出発する前日，夫人・三浦技官とともに自らの医院の一部を改造した実験室で撮られたものである）

そうした当初の苦労にも拘らず，学会の石川報告ではそのことに全く言及していない．

今回，明寺氏は出発前に三浦氏に電話での聞き取り調査を行ったが，培養失敗の原因については不明のままだった．詳細な検討を加えても，死後から培養までの時間，操作手順等の基本点に問題を見出すことはできなかった．

最後に明寺氏が出した結論は，その時の仔牛血清が合っていなかったか，ベースになる培地の条件に問題があったか，その両方の組み合わせが悪かったかのいずれかであろうということだった．抗生剤の効かない菌などが混入してくると細胞が死滅することがあり，これまでの経過からそういった可能性についても充分検討しなくてはならなかったが，とりあえずの対策は既に決まっていた．

50種類もの血清を56℃で非働化し，グルタミンを溶かすことから仕事は始められた．クリーンベンチ内では血清と30種類の培地，13種類の抗生剤と抗真菌薬，グルタミン，成長因子，トランスフェリン，インスリンなどが，ありとあらゆる組み合わせで混ぜ合わされ，小分けにされた．深夜までかかり実に300種類近くの培地が冷蔵庫に収まった．

いつの世でも，大きな発見には偶然と好運が必要なのかもしれない．逆に運のあるところにしか大発見はないのかもしれない．いずれにせよ，不思議な運命に導かれるように，明寺氏の上にもそうした好運が訪れることになる．

どういうわけかその日の夜になってからやっと，電話での聞き取り調査の担当者から石川夫人の情報が榊原氏を通してもたらされた．

〈あの日，センターの方から何年かぶりでお電話がありまして，ちょうどボンベの交換があったせいもあって……光るものというお問い合わせでしたので，ボンベの中までは存じ上げないと申し上げました．何か大切なものだということは分かっておりましたが，石川は私には仕事の話は一切いたしませんでしたし，榊原先生も御存じだと思っておりましたので，逆にこちらが驚いております．（中略）石川が失踪いたしましてからも月に一度旭川からガスの交換には来ていただいておりましたし，大した経費ではなかったので……〉（澄子夫人）

澄子夫人は電話質問についてごく単純な勘違いをしていただけなのだが，そのおかげで石川氏が保管していたハネネズミの組織が世に出る.

三浦氏に委託した培養の残りを石川氏は液体窒素の中に保存していた．なぜ石川氏は管理をセンターに託さず，個人宅で保管していたのかという疑問が残るが，榊原氏は後のインタビューで.

〈当時はセンターの管理について市と道と国が毎日のように議論していた状態で，石川さんとしてはセンターが市の直轄ではなくなって他から研究者が乗り込んでくるのを嫌がっていたのでは〉

と推理する．石川氏には，センターが国の機関に格上げになっても，研究の主導権を握っていたいという考えがあったようだということである.

早速榊原氏と田村氏が石川家に向かい，澄子夫人の説得に当たった．研究の継続のためならということで澄子夫人からは即座に了承が得られる．その結果，タンクがセンターに持ち込まれ，培養が試みられることになった．石川氏はかなり几帳面な性格の人物であったらしく，ハネネズミの臓器ごとに細切された組織が30本以上の保存用試験管の中に納められ，リストと共に整理されていた.

しかし，すぐには仕事は開始されなかった．通常凍結された組織は常温に戻された段階でそのかなりの部分が

死滅している．正確には凍結する際に細胞内の水分が結晶化することで破壊が起こる．これほどの材料ならば，培養と凍結，再生技術が進んでいるであろう未来に託して石川氏の遺志通り液体窒素のなかに眠らせておいた方がいいのではないかといったことが，長時間真剣に話し合われた．

明寺氏は全ての組織を培養し，よい条件の下で保存しなおすことを主張し，榊原氏は組織が無駄に失われる可能性を強調した．田村，三浦両氏も保存を主張，対立した．結局臓器別のチューブで，皮膚についてはいくつものチューブに分かれていることが判明し，そのうちの1本について解凍を行うことで両者は合意した．明寺氏は生態の解明を，榊原氏は保存という立場を貫いたことになる．

皮膚はあらゆる組織の中で最も培養が簡単であり，成功率も高い．37℃のインキュベーターで急速解凍された組織はシャーレの中で細切され，一部を核酸抽出用にされた他は非働化された血清中に浸けられた．さらに24時間後，用意された培地に置き換えられ培養が続けられた．記録によると，その操作の全てが明寺氏一人によって細心の注意を払われながら行われたことになっている．

培養開始10時間後には組織片の周辺にしみだした細胞が明らかとなり，24時間後には，どの培地中でもほぼ同様の生育状態となった（Fig 6）．その時点でシャーレから組織片を回収し，再び凍結操作が行われた．

一方1gの組織片が液体窒素下に破壊され，黒田教授

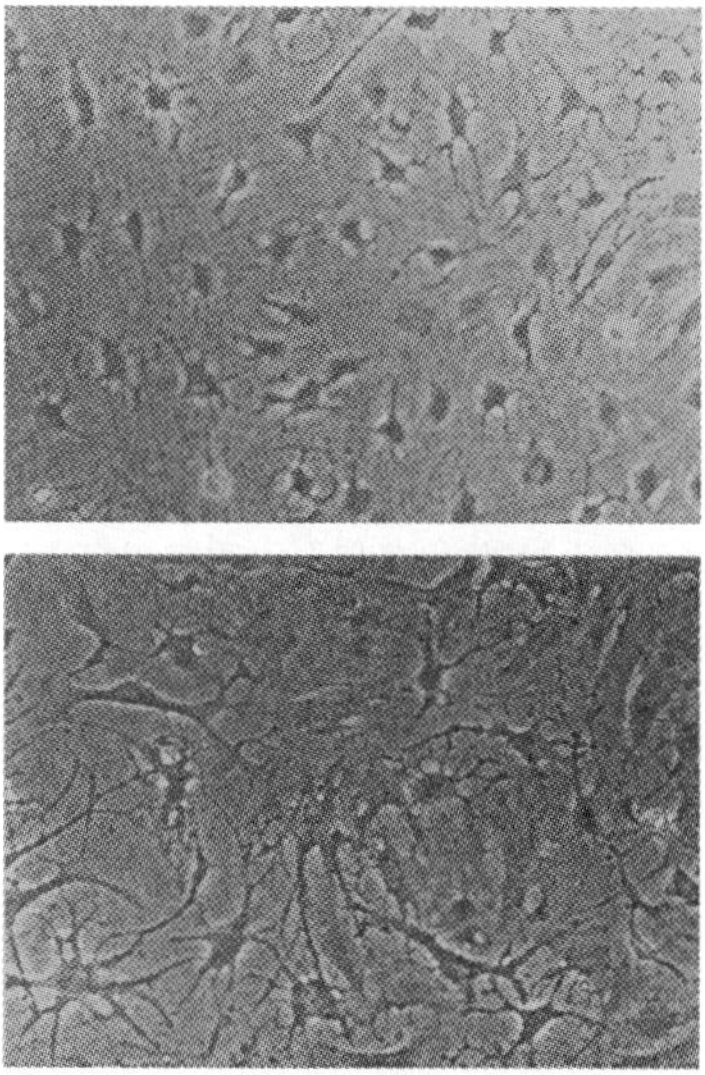

Fig 6

によって発表され（Genomic）DNAに対する損傷が最も少ないとされていたMAD法[13]によって核酸が抽出され，エタノール沈澱の状態で－70℃保存された.

培養開始後72時間で過成長となった細胞は，EDTA単独によって注意深くシャーレからはがされ植え継がれた（Retrospective〈逆行的〉には培養の失敗はこのステップに問題があったと想像されている）．さらにはがされたものの一部はDMSO添加の血清中に液体窒素保存された.

実験は順調に進み，明寺氏の当初の目的であった細胞レベル，遺伝子レベルでの保存は達成されたように思われた．しかし培養96時間目から急激に変化が起こる.

〈まだConfluent（フロアー一杯に隙間なく発育した状態）になっていないのに，4日目の朝，30枚近くあったシャーレの細胞がいっせいに浮き上がっていました．慌てて明寺先生に報告に行き，それから大騒ぎになりまし

た〉

と，当時実験助手をつとめていた三浦氏は振り返る．

〈あの時は，非常に注意深く培養をしていて，シャーレによっていろいろな密度で培養したりしていましたから，全部が一斉に死滅したというのがいかにも不自然だったわけです．まず真っ先に疑ったのがインキュベーターの故障とかボンベの不備でしたが，結局，問題ありませんでした〉

さらに凍結された細胞もあわてて起こされて培養されたが，全ての細胞は浮き上がって再生しなかった．

〈通常，マウスなどの場合，非常に増殖が盛んで植え継ぐことで不死化するのがほとんどです．チキンなどの場合には，継代を重ねることで細胞が死滅しますがそれも50代，半年程度培養を重ねた後のことです〉（三浦氏）

三浦氏と榊原氏，明寺氏が最終的に出した結論は，

〈肝細胞のように高度に分化して継代できないか，または非常に特殊な培養条件を要求する〝気むずかしい〟細胞〉

ということになる．また，明寺氏は個人的に〈短い時間で死に至る細胞〉という仮説も日誌に書き記している．

さらにその翌日には，遺伝子の単離が試みられたが，泳動によって確認できないという事実も判明する．DNAse（DNA 分解酵素）による破壊がその原因と考えられたが，通常この酵素が働かない条件での活性化に疑問が残った（MAD 法が何らかの意味でトリッキーだっ

た可能性はある). 急遽呼ばれた北大の小川洋示教授も参加しての協議が行われたが,

〈自己の遺伝子を破壊する強力な酵素を持つ生体の側の必然性が考えられない〉(小川教授)

という言葉からも分かるように, 謎は深まるばかりで行き詰まったまま振り出しに戻った. しかし, 液体窒素の状態から1代については培養できることが示されたわけで, 液体窒素内のサンプルをもって保存の仕事を終わりとすることもできた. つまり未来の研究家に材料と今回のデーターを残し, 自らは身を引くという考え方も可能性としてはあったということである.

しかし明寺氏の頭の中には撤退などという言葉はなかった. それは次のような日誌の中の文章に表れている.

〈個体の営みが種の保存を目的としているならば, 種の滅亡の瞬間, 個体の死は意味を失うことになる. それを自然淘汰と呼ぶなら, 進化のエネルギーは何を押し潰し何を存続させようとしているのか. 自然淘汰という原理が全ての生き物を淘汰しつくし自己完結するということはありえないだろうか? (中略) 真理のたどり着く先は予定調和なのか混沌なのか. 2匹のハネネズミは別々のケージの中で絶滅を待っている. それに対して自分は今何ができるかを考えなくてはならない〉

細胞, 遺伝子と続く失敗の中, 明寺氏は,

〈ハネネズミ自体に, 個体を存続させないはっきりとした意志のようなものがあるのかもしれない〉

という言葉を残している．真意は不明だが，周囲の人間もそうした言葉を記憶している．

〈当時，明寺先生は，ハネネズミが遺伝子レベルでも，細胞レベルでも，個体レベルでも，全て消失の方向に向かっていることに異常なまでの興味を示していました．あるいは，もうその頃には，仮説として，死というベクトルを持つ生物の輪郭が出来上がっていたのかもしれません〉（三浦氏）

明寺氏は液体窒素中の他の組織片の培養と分析を要求したが，喧嘩のような議論の末，榊原氏と田村氏に却下される形になった．明寺氏としては発光のメカニズム解明のための組織免疫染色を希望していたようだったが，周囲は培養の失敗でかなり臆病になっていた．凍結融解を繰り返すことで，細胞が決定的なダメージを受けることは明白であった．この後，明寺氏と榊原氏の関係は多少ぎくしゃくしたものになる．

明寺氏は滞在をさらに延長して研究をと考えていたが，榊原氏はこれ以上の解析が難しいと判断し，たとえ現在の個体が死んだとしても，石川氏同様，個体まるごとの半永久的冷凍保存という安全策に逃げることを中心に考えていた．


明寺氏の研究の動機は，死に対する恐怖であったのだと考える根拠がいくつかある．

〈生者が死者に対して感じる優越と劣等とは一体何なの

か．絶滅という言葉と死という言葉は生者の側の勝手な論理でしかない．死者にあるのは単純な死のみのはずで，たとえ遺伝子が残ったとしても，細胞が残ったとしても，自分と似た生きている子孫を残すことには及ばない．個人的な記憶は消去され，子孫の中に潜在的に存在する自己を求める作業は，唯物的な虚無とよくマッチする．宗教を持たない自分に残されているのは，多分そうした唯物論だけだ〉

明寺氏の日誌にはこうした死生観が至るところに見られる．しかし，実験・観察に関するこういった感想文的な記載は時間が経つにつれて減少する．同じく研究所に保存されている日誌にも，事実観察記録があるのみで極端に考察記事が少なくなっている．

【3】

ハネネズミが絶滅の瞬間を迎えた時，ハネネズミ研究に携わってきた人間のうち榊原氏と明寺氏だけがその場に居合わせた．それほど2匹の死は突然で，田村氏以下の所員や三浦氏が駆けつけた時には，既に解剖が始まっていたという異常な状況だった．

〈特に気候が変化したといったことがなかったので，餌や水が悪かったのか，ハネネズミは急激に弱ってきました．わずか2週間の間で，2匹はほとんど動かなくなりました．不思議なのは，2匹は隔離され，餌も水も別々に用意されていたにも拘らず，全く同様に衰弱してきた

ということです〉

と田村氏は述懐する．また，臨終の時の様子については三浦氏が詳細に記憶している．

〈朝の8時に榊原先生から電話がありました．行ってみると，もう檻の中にはハネネズミがいませんでした．明寺先生と榊原先生の2人が病理室にいました．解剖台の上で，ハネネズミはすでに死んでいて，ばらばらになっていました．特にアイの方は脳を含めて内臓が全て取られて，皮以外は残っていないという信じられない状況でした．臓器は細胞を取るために刻まれ，プラスチックのシャーレの中で生理食塩水に浸かっていて，原形をとどめていませんでした〉

この場の最終的な責任者である田村氏の関心は，この重大事件をどういう手順で発表するのがいいのかという点に集中した．

〈最悪の事になったと思いました．2匹同時に逝くとは考えてもいませんでしたから．正直なところ，とりあえず隠そうと思ったこともありました．例えば，間に1週間おいて2匹が違うタイミングで死んだことになれば，まだ世間的には納得がいくでしょう．初秋の北海道ですから空調関係のミスとかそういった嫌疑をかけられる可能性もあったわけです〉（田村氏）

実際稀少動物の死亡報告は混乱を理由に多少遅れて行われる場合もある．病理解剖後に死因が判明してからの会見も業界内の常識としては許される範囲である．

しかし結局のところ，明寺氏の作業が終わるのを待って，その日の午後には地元の新聞社や地方テレビ局の関係者を集めて記者会見が行われた.
〈不幸中の幸いというか．第三者である明寺先生に滞在していただいていたというのが鍵になりました．もしも，明寺先生が戻られた後だったりしたら，発表は多少遅れていたかもしれません〉（田村氏）

田村氏はまた，翌日の混乱ぶりを次のように語っている.
〈死亡の原因については自然死ということで一致していたんですが，細かい部分について，私は分かりませんから，三浦さん，榊原所長，明寺先生の３人で相談していただきました．激しく言い合いをされていて，私などは口を挟むことができない状況でした．榊原所長の方から統一した見解が出るまでは会見を引き延ばしてもらいたいということで，今度はマスコミの関係者からも詰め寄られる始末でした〉

〈本日午前４時22分ハネネズミのポンタが，同23分アイが，死亡いたしましたので，残念ながらその御報告させていただきます．死因については現在のところ不明であり，病理の結果を待つということになります．特に状態が変化していたという報告は受けておりませんでした〉
というのが翌日の新聞に掲載されたこの日の公式会見

の採録である.[7] この会見には榊原所長も同席していた. 記者からの専門的な質問には榊原氏が答えていたが, 当然なぜ2匹同時なのかというのが問題になった. 榊原氏は次のように答弁している.

〈あるいは環境的なことが関係しているかもしれませんが, 人為的なものに関しては考えにくく, 当センターに収容している他の動物に変化がないことからも否定的であろうと現在のところでは考えています〉

この時, ハネネズミに早くから興味を持ち, 一貫して取材してきた北空知新聞の永峰正幸記者から,

〈なぜハネネズミは, 今回同様, 過去においても2匹同時期の死亡が多いのか〉

という実に鋭い質問が出された.

それに関して, 榊原氏は, 偶然の要素を強調した歯切れの悪い答弁を行い, これからの問題だとのみ回答している.

しかしなぜかこの時点から1年が経過しても, 学会はもとより病理解剖に関しても発表はなく, 明寺, 榊原両氏の死後現在に至るまで一篇の論文報告もない. わずかに数篇の記事と総説があるのみである.

明寺氏の死後, 研究成果をまとめたのは榊原氏であるが, それを世に出してはいない. 私の手元には現在, その全てがあり, 明らかにNature, Science 等英文雑誌規定を想定した論文の草稿が残っている.

私が原稿に目を通したのは, さらに榊原氏の死後であり, 氏がなぜそれらを世に問わなかったのかについては

明らかではない．

本来こうした内容はしかるべき英文誌に投稿されるべきものであり，この場で公表すべきものではないが，明寺氏がハネネズミの何に関して学術的な興味を持っていたのかを知る上では不可欠なものであるため，ご遺族の許可を得て，後の発表に対し差し障りのない範囲内でAbstract（梗概）のみここに紹介させていただく．

それはハネネズミの寿命に関する論文であり，どちらかというと明寺氏の専門である分子生物学ではなく博物学的研究論文となっている．原文は英語になっているが，その要旨はハネネズミが常識外に長い寿命を持っているという結論になっている．

この推論は，実は石川吾氏と榊原氏の論文の簡単な応用にすぎない．かつて石川氏はハネネズミのハネの裏側に細かい年輪のような模様があることを見つけ，それを形態上の特徴として写真入りの報告を行っている．他方，榊原氏は毎年ハネネズミの詳細な写真記録を残しているが[10)]，明寺氏の発見はセンター内に展示してあった写真にその根拠がある．子細な解析の結果，その同心円状の模様が1年で半周ずつ延びていると氏は結論している．さらにかつて時期を違えて写真に収められたあらゆる模様についてもこの法則があてはまるとしている．

ケプラー法則発見に見られるように，豊富な事実があっても，ある仮説を持ってその目で見なければ見えども見えずといった発見がしばしばある．観察と解析は全く別物であり，観察を行った人間が必ずしもそこから真実

を抽出できるわけではない．まさにハネの模様もその例であったわけだが，Retrospective（逆行的）に見ると，氏の日誌にそうした寿命に関する考察が登場するのは，ハネネズミ死亡のわずか数日前にすぎない．

さらに興味深いのは，ポンタとアイのハネの模様を比較すると，なんと計算上は200年の隔たりがあるという考察である．もちろんこれをもって直ちにハネネズミの寿命が200年以上であると断定することはできない．ポンタに至っては，仮に渦の最初が生の出発点だとすると，384年も生きていることになるという．ただしこの仮定については，かつて大戦中ごく短い模様を持った小さなハネネズミが捕獲されたという伝承以外の根拠を持たない．結果的にそのハネネズミも2年程度で死亡したということから，甚だ曖昧な根拠ということになってしまう．

実験日誌には全く記載がなく，三浦氏も知らなかった事実がこの論文中には記されている．ハネネズミの皮膚の継代培養ができないというのは以前記載した通りだが，細胞をバラバラにせず組織片のまま，その後も培地交換をすると，這い出してきて分裂する細胞は死ぬが，組織片の中にとどまる細胞は分裂せずに生存し続けるという事実が，ハネネズミ長寿説の細胞側の傍証として挙げられている．

さらにlimiting dilution法を用いて1細胞ずつWellに隔離して観察すると，分裂を起こして2細胞になり一定の時間が経過すると細胞死が起こると記されている．さらに面白いことに，分裂して間もない時間に細胞をはが

して別々のWellに分離する操作をつづけると，細胞は生きつづけるのだという点である．

組織片（細胞は互いに接して存在し分裂を休止している）での培養が可能なことから，明寺氏は，情報伝達系において，細胞間に生存に必須のシグナルが存在するのではないかと考える．しかし一度それが途切れると，今度は同じものが死のシグナルとして認識されるためにシングルセルでの培養を続けなくてはならなくなってしまうのではないかとdiscussion（考察）している．

〈常識では考えられませんので，まさかそういう状態で明寺先生が培養を続けられていたとは想像していませんでした．今から考えてみると，植え換えに失敗した後も，先生は培養を続けていられましたし，東京にお帰りになる時も，培地を一杯に満したT型フラスコをクールボックスに入れておられました．なぜそういう事実を周囲にお隠しになっていたのかは，分かりません〉（三浦氏）

飼い始めから1か月，半年，1年，2年と全く形態変化せずに生存している組織片中の細胞とシングルセルの写真が添えられた原稿が，しかし，明寺氏のフィクションだとは思えない．もちろん既存の細胞に，そのような性質を持つものはない．

結果的に細胞の存続に失敗したのは，〈細胞の増殖と生存という従来からの図式を踏襲した結果〉という反省が明寺氏の論文を読んだ三浦氏によってなされた．

論文の中の記載をさらに読み進めると，明寺氏はハネ

ネズミが文字通り永遠に近い寿命をさえ持っていたと結論していたのではないのかと推論することができる．あまりにも途方もない仮説を明寺氏自身が確信できなかったのか，いずれにせよこの論文は発表されることなく終わっている．残念なことではあるが，培養に関しては，〈現在までのところ再度試行する予定はない〉（保存センター現所長・井上義男氏）ことから，確認の目処はたっていない．奇妙なことに，この問い合わせの直後，三浦氏による明寺氏の実験室の徹底的な調査が行われたが，培養フラスコは見つかっていない．

【4】

ハネネズミに関する全ての謎は，死を目前にした榊原氏によって明らかにされる．全身の神経が侵される原因不明の病気にかかって，唾液を飲み込む力すら失っていた榊原氏は，常によだれを垂らしながら，声にならない唸りと共に，眼球運動を使ったワープロでのコミュニケーションを図った．

榊原氏がそれを犯罪と認識し，死の直前まで悔いていたことは，明寺氏の提案を受け入れ，秘密裏に実験を行ったことだった．明寺氏の主張は一貫して明白なものだった．アイとポンタを同じ檻の中に入れてのペアリング実験がそれである．明寺氏の勝算は様々な傍証に支えられた今まで試みられたことのない時期のペアリングという点だった．最初のうちは感染症などの危険を排除しな

がら発情させるために，細菌やウイルスを通さないが臭い等は通す特殊なプラスチックの仕切りを置き，基本的に2匹が互いの存在を確認できるようにする方法が考えられた．いかに現場の責任者の榊原氏といえども，黒田氏以下の委員会や市議会に，権威といわれる人間達が失敗し既に終了したペアリング計画の再開を了承させることは困難だっただろうと思われる．もしも感染症以外の原因で同期死が起こるのなら，この実験で確認されるはずだという明寺氏の論理に榊原氏が動いた．しかし，たった2匹しかいない動物で生死の実験を行うというのは明らかに不適当であり，榊原氏は，

〈それに反対すべきだった〉と病床で書き記した．

榊原氏と明寺氏はこの時，〈感染する死〉という仮説をめぐって激しく対立している．

榊原氏は，〈仮説から出発して推理でたどり着いた仮説〉を信用することができないと主張した．榊原氏は仮説に物証がないことを批判し，明寺氏は逆に物証を得るべき実験が許されないことを非難した．

〈結果的には全く相反することが，過程の段階ではどちらも正しいということはよくある〉のだという暗示的な文章を，榊原氏はその周辺の日付けの日誌に書き記している．

実験については，初めに記したように榊原氏が詳細に綴っているものを改変して利用させていただく．

1989年9月1日午後11時30分から，〈今まで私が

してきた中で最も単純かつ驚くべき実験〉（榊原氏）は誰にも知らされずに始まった．守衛が最後の見回りを終え，戸締まりをして帰るのが午後11時．それから30分後に明寺氏と榊原氏は，ハネネズミをブースから取り出すということを行っている．ポンタとアイを移動用の透明なケージに移し，隣り合うように置くというごく簡単な操作だったが，たとえ所長といえども無許可でブースから出すわけにはいかない．誰にも知られないように，ブースからの出し入れは懐中電灯の明かりのみの暗い中で行われた．さらに実際の実験は，光が外に漏れないよう天窓しかない所長室で，なおかつスタンドライトの光の下でされた．守衛がやってくる午前6時までの間，2匹はプラスチックの壁越しに向かい合わされ，様子が観察される．単純で，忍耐を要求される実験である．周囲の不信を買わないよう，午前中なにがしかの仕事をした後眠り，徹夜という日々が続いた．


〈最初，2匹は互いに無関心なようだった．もっともハネネズミ自体が動きの少ない動物で，その感情表現についても不明なことが多いので，無関心であるというのも多分にこちらの側の主観的表現にすぎないのかもしれない〉

〈全体的に暗いせいもあるのだろうが，2匹とも眠っているように見えた〉

〈最初の3日目までは何の変化も観察されなかった〉

（以上榊原氏）

ところが4日目に大きな発見がある．榊原氏がトイレに立とうとした時，過ってスタンドのコンセントを引っかけてしまった．一瞬，全くの闇が訪れた．次の瞬間，明寺氏は2匹のハネから微かな光が発せられていることに気づく．

〈どんなに弱々しいにせよ，それまでは光の中での観察であったが，それに気づくには全くの闇が必要だった〉（榊原氏）

早速コントロール実験が行われる．2匹を完全に引き離した状態での発光が観察されたが，1匹ずつでは光らないことが明らかにされた．

今までの疑問の一つ，つまり光るハネネズミの謎がここで解けたことになる．過去の観察をあらためて調べ直してみると，発光に関する実験は全て単独に行われていた．光るハネネズミの言い伝えが単なる伝説ではなかったという充分な証拠になった．暗闇，2匹という条件を満たした時，初めて発光という現象が観察されたことになる．

〈大山氏の証言から示唆されていたことではあったが，その発見で我々はかなり興奮していた〉（榊原氏）

榊原氏は発表のために発光しているハネネズミの高感度のフィルムでの一般写真や赤外線写真を多数撮っているが，発光強度が弱かったためか，あるいは光線が特殊なものであったからか，後の現像では全て映っていない

ことが判明する．それらが実験の正当性を主張すべき証拠となりえなかったことが，後に論文発表とならなかった最大の原因となった．

この時点で，ハネネズミ自体が特に衰弱しているという観察はなされていない．摂取する水苔の量や1日の運動量にも変化はなかった．実はそこがコントロールのないこの実験の落とし穴であった．

7日目，変化は突然やって来た．それに初めて気づいたのは明寺氏だった．ハネネズミの下のホワイトフレークが異常に濡れていた．しかし臭いはなく，やがてその原因がハネネズミの目から垂れている透明な液体だということに気づく．成分分析の結果，それは通常の哺乳類の血液と全く同じ成分だと判明する．謎の二つ目であるハネネズミの涙が，こうして短期間の間に連続して解き明かされた．

〈ハネネズミの体重測定をすべきだった〉という当日の榊原氏の後悔は，すぐに現実のものとなる．ホワイトフレークが濡れるほどの涙という出血は，わずかの期間にハネネズミの全体液量を上回る．

すぐに2匹は引き離され，夜の時間はその治療に使われた．注射筒に長い金属筒をつけて口から差し込み，生理食塩水を強制的に飲ませたり，背中の皮膚から皮下注射が図られたりもした．しかし点滴でもしない限り追いつかないほど（実際点滴も試みられた），涙の流出は続

いた．初めは指摘されて注意して見ても分からないほどだったが，9日目にははっきりと目から垂れるほどになった．体重200gほどしかないハネネズミにとって，1日の涙は体液量のほぼ1／4に相当し，皮下注射を10回行うと，血液の総入れ替えをしたことになった．
〈なみだを見ていると，こっちが泣きたいほどだった〉と榊原氏は当時を振り返る．

治療には明寺氏が当たったが，榊原氏はなぜか2匹を仕切りなしのチャンバーに置くことを提案している．
〈どうせそのままの状態では2匹とも死亡するのは目に見えていた〉（榊原氏）という事実の他にも理由があったが，それは単に，〈会えないことを嘆いている涙だという，まるで人間的な，科学的ではない〉（榊原氏）
思いつきだった．当初から2匹を同じ場所にしたいとしていた明寺氏は，もちろんその提案を受け入れる．しかし，〈ストーリーの結末をある程度予感していた彼の真意がどこにあったのかは分からなかった〉（榊原氏）

2匹一緒にされたハネネズミは互いに一定の距離を置いて離れ，それから徐々に近づいていった．やがてハネを細かく震わせるようになり，それとともに発光が強まってぼんやりした明かりでも分かるほどになった．震わせているハネからの発光は当初発熱を伴わないホタルの光のようなものであろうと思われていた．しかしスペクトル分析や赤外線解析の結果，一部人間の可視領域にか

かった赤外線であり，しかも細かく周波数が変化しており，ハネはイルカの言語のようなものを担う器官であることが推定された．後に，明寺氏と榊原氏は，ハネネズミに関して唯一残ったデーターである波形分析を，東大大型コンピューターセンターの石田美保助手と言語センターの上坂なるみ助手に依頼している．石田助手は Fortran で数種類のシミュレーションと Typing（分類分け）を行った．それを受けて上坂なるみ助手は，〈波形のピークをデジタル化すると，音階に似ている〉という作業仮説の下で，膨大なデーターを処理している．その結果，〈幼児言語のようないくつかの典型的なパターン（Fig 7）は見つけ出せたが，従来からの言語の Homology（相同性）と比較すると問題にならないほど低いもの〉（上坂助手）という報告を非公式に出している．

結局言語という Criteria（範疇）に当てはまる物ではないと結論づけざるをえなかった．

2 匹を同じゲージにすると発光が強まり，涙の量が劇的に改善して 2 人を驚かせた．しかし，それは放射熱による蒸発のためで，その補正を行うと，全く流量が変わっていないという結果になった．〈明寺さんと，現状を

発光パターンを音階表示したもの．ここでは２つのタイプを示す．

Fig 7

発表をするかどうかで連日激しい口論になった〉（榊原氏）

しかし，結論の出ないまま，結果的には取り返しのつかない48時間が過ぎた．最後には，

〈ある一定の時期（実験の結果は秋であることが確実となる）に2匹を近づけておくと，Irreversible（不可逆的）な死の過程にはいりこんでしまう〉

という明寺氏の仮説を最終的結論として受け入れないわけにいかなかった．結局，発表によって何らかの改善策が検討されるわけではないという明寺氏の意見が通り，〈犯罪的〉（榊原氏）な行為は，本物の〈犯罪〉（厳密には稀少動物保護法違反，市条例違反）になってしまう．たとえ治療目的であっても，保護動物に対し観血的な処置を行う決定権は榊原氏になく，所轄の長である田村氏ないし管理権を持っている市議会の許可を要する．

この時，ハネネズミ同士の口を近づけあう生殖行動と思われるものが何回か観察されていたが，種の保存にやっきになっていた両氏には生殖の解析までの興味はなかった．

〈新しい生命ができても，2を失って1を得るのは結局マイナスにしかならない〉（榊原氏）という考えと〈出産よりも死の方が先に来る〉（榊原氏）という判断で，口腔内容等，生殖に関する研究はなされなかった．それよりも問題は体液量の喪失だった．要するに，〈出血死させるわけにはいかなかった〉（榊原氏）ということになる．

明寺氏は連日，応用生物研究所の同僚である獣医学科の坂本千鶴講師に治療についてのコンサルトをしている．

〈詳しくは覚えていませんが，マウスに対する治療ということで，かなり特殊なことを話していたのは覚えています．通常マウスにはやりませんから〉（坂本講師）

さらに，日誌の当該の日付けには，また新たな仮説を見ることができる．

彼は今回の実験によって得られた結果に順番をつけてストーリーを組み立てている．

〈1　ハネネズミには死のスイッチがある
2　他の個体と向かい合うことでそのスイッチがオンになる
3　一度 ON になったスイッチは個体を引き離しても OFF にはならない
4　生殖には 2 匹の同棲が不可欠である〉

（いずれも明寺氏の実験日誌より）

といった事実から引き出せるのは，〈生殖が死と直結する〉（明寺氏）ような生体構造ということになる．これはしかし，ハネネズミ特有のものではなく，昆虫であるセミやウスバカゲロウなどにも見られる．哺乳類の場合，生殖はその生命の一番盛んな時期に行われるのが通常であるが，昆虫ではそれが生命の最後に一致することも珍しいことではない．また人間という種にも，AIDS

のように生殖と死を直結させる場合があることは周知の事実である．
〈ハネネズミの発する赤外線波の信号が不可逆過程のスイッチになっているのかもしれない〉（明寺氏）
　しかしハネネズミの場合，
〈寿命は何によって規定されているのか〉（明寺氏）が問題になる．他方これまでの観察から，
〈ハネネズミの寿命にはかなりばらつきがあり，予想以上に長い寿命を持つ〉という結果も得ている．明寺氏は断言しているわけではないが，前述のように，細胞培養からは，〈実際上，永遠に近い寿命を持つ可能性〉を示唆するような文章も書いている．これについては現在全ての謎が明らかにされても，それに同意する研究者はいないように思われる．それは明寺氏の夢であったのかもしれないし，同時に恐れの正体であったのかもしれない．ただしハネネズミに関して明寺氏が次々とたててきた途方もない仮説の一部については，はっきりと証明されてきたこともまた事実である．

　本来自然界には法則も，一貫した仮説に基づくストーリーもありえない．自然界に存在する様々な現象に意味付けをしたり，納得のいくストーリーでそれらを一括するのは，人間の側の都合に過ぎない．法則とはそれがどんなに数式化されていようとも，人間の作った秩序に対する適合にすぎない．そうした視点に立つと，今回の実験に関しても仮説から新たな事実は何一つ生まれてはいないことに気づく．仮説が新たな現実を作り出す力とな

ってはいない．しかし明寺氏が自分の組み立てたストーリーのさらに向こう側に，物語の続きを創作したとしても，このように極めて特殊なケースでは，不思議ではないだろう．

〈永遠に近い生命を持つハネネズミが生殖によって絶命する〉（明寺氏）

という仮説は，確かにハネネズミの生態の一部をうまく説明できる．

〈ハネネズミという極めて弱い生殖能と防衛能しか持っていない個体が生存できた理由として，どうしても個体自体の寿命が長いと考えないとつじつまが合わない〉し，〈個体数，個体密度が増加することによって，接触の機会が増し，そこをピークに急速に絶滅へ向かったことは充分想像できる〉（明寺氏）

これは榊原氏の記憶に残っていたことであるが，両氏はこの時，非常に興味ある議論を行っている．その元になった榊原氏の疑問とは，〈生殖と関連した死が，外的な原因によるのではなく，内的なプログラムによるものだとしたら，個体数は増えないのでないのか〉というものだった．しかし明寺氏は即座に答を出す．

〈多産であること，出産までの期間が短いことの２条件を満たせば生殖と死が連結していても個体増加に全く問題はない〉

この逼迫した時期に明寺氏は，少なくとも２匹を救うことに関しては，大きな努力，貢献をしていないように

も見える．その明寺氏の楽天的とも取れる態度の裏には死の前の多産という仮説があったようである．

医学研究，臨床には二つのアプローチがある．それは直感的に結果を把握してから証拠を一つ一つ探していく場合と，周辺の証拠から結果に迫る場合である．明寺氏の場合，最初は後者のアプローチだったが，徐々に前者に変わったと考えることが出来る．しかし明寺氏には自信があったようである．いずれにせよ，状況が悪化していく中，明寺氏が正しい道筋の一部を捉えていたことは事実だった．

いよいよ運命の日，9月11日を迎える．それまでの涙の総量はすでにおびただしいものになっていた．明寺氏は前日から低分子デキストランという膠質浸透圧液の尾静脈よりの注入を試みている．前出坂本講師の指示によるものだが，これは失敗すると同じ静脈が数日は使えなくなるため，細心の注意をもって行われる必要があった．同様にたとえ成功しても数日は経静脈的治療は行えない．低分子デキストランは循環血流量の増加に特効的であるが，投与が多くなると人間の場合では，腎不全など重篤な副作用の可能性があることも知られている[14]．

2時から作業は始まり，静脈を探し温めて怒張させ，アイについては数ccの注入に成功している．ポンタはもともと尾静脈が細く，背側の左右2本から，なんと2時間もかけて注入が試みられたが，静脈への注入は失敗し，比較的吸収の早い腹腔内への投与に終わっている．

全ての作業が終了したのが4時だったが，まず初めにポンタの様子が急変した．
〈身体を支える力がなくなり腹を擦るように足が折れ，ハネの緊張がなくなって垂れた〉という症状が現れる．目を閉じてからすぐに以前から用意していた小さな電極がつけられて，小動物用の心電図がモニターされた．波形（この波形の特殊性については後に詳述する）の高さが徐々に低くなるごとに画面のチャンネルを10倍ずつ上げていったが，心臓の動きは確実に弱くなっていった．

腹腔内投与の際，内臓を損傷したことが疑われたが，ポンタの心臓波形が平坦になった5時にはアイにも同様の変化が訪れる．ポンタの身体は死後10分ほど発光してから光を失った．明寺氏の記載によると簡単な心臓マッサージなども行われたようだが，死亡時刻は公式発表とは違い，午前5時12分となっている．アイの死亡時間はそれより36分遅れであった．

6時に守衛がやってきた時，両氏は善後策の検討も忘れて，光の消えていくアイの軀を凝視していた．翌日の新聞記事には非常に感傷的な文章で[7)]，
〈何千年何万年の種のエネルギーが消滅した瞬間を感じた〉（榊原氏）
〈この世では毎日何百種類もの動植物の種が消えているということを考えていた〉（明寺氏）
とある．

7時になってからやっと，解剖と臓器の保存をしなくてはいけないことが明寺氏の脳裏に浮かぶ．まず最初に死亡したポンタが解剖されるはずだったが，榊原氏が強固に個体ごとの液体窒素保存を申し出たため，明寺氏もやむなくそれを受け入れている．

〈もはや議論する元気もなかった〉（榊原氏）という状態だった．結果的に，偶然だがアイの解剖が行われることになる．

実はこの時までハネネズミの性別については伝承以外の根拠はなかった．それがペアリングの失敗の原因であるという説も，分細研の上坂浩二氏，徴研の加藤鞆一氏らを中心に提唱されていた．ハネが小さい方がメスであると言われていたが，解剖によっても性器が明らかではなく，ペアリングのために形態の異なるオスとメスを対にすることはできても，その判別はできなかった．しかし伝承が正しかったことが今回の解剖によってはっきりする．

腹を裂いた瞬間，ハネの真下に相当する部位から透明な袋に包まれた胎児らしきものが露出してきた．明寺氏が注意深くハサミで切り開くと，まず黄色い液体が流出し，次に臍帯のはっきりしない透明な胎児が出てきた．胎児は滅菌シャーレの上に置かれた．明寺氏が蘇生を試みると，次の瞬間，胎児がけいれんを起こした．実際はけいれんではなく立ち上がる動作だったのかもしれないが，その時の榊原氏の目にはそれがけいれんとして映る．胎児は身体が乾くにつれ動きが明らかになる．最後の1

匹であり，明寺氏の多産説は崩れるが，短期間での出産説については部分的に証明された形となった．その後，アイは臓器採取される．

8時になってから榊原氏は田村氏に連絡を取り，3人で短い検討の後，地元のマスコミが集められたというのは前述の通りである．

以上が全経過である．生まれたハネネズミはどうなったのかという問題が残るが，それは私との対話の中での榊原氏自身の言葉として示したい．ベッドサイドでのやりとりの半分のみをつなげてここに示す．行間を取り去ったため，文章としては少々不自然な感じにはなるが，修正を入れない氏自身の言葉の方が当時の現場の状況がリアルに伝わると思う．

榊原氏は当時，熱発しており状態としては必ずしもよくなかったが，意識の方は全く清明であったことを付記しておきたい．

〈胎児に傷をつけないよう，薄い羊膜を明寺さんは彎曲のついたはさみで丁寧に切り開いた．

膜から半分だけ出ていた胎児は仮死状態だった．いや，私がそう思ったわけじゃなく，明寺さんがそう言った．

私はもう死んでいると思って諦めていた．

早くしなければ本当に死んでしまうと言って，彼はそこから先，ものすごい速さと正確さではさみを進めた．

臍帯は途中で引きちぎられたのか，分からなかった．

羊水につかった胎児は呼吸さえしていなかったように思う．

明寺さんは何も言わずに滅菌のプラスチック手袋をはめて，乱暴に胎児を尻尾から逆さまに持ち上げたり，シャーレの端にぶつけたりし始めた．

明寺さんは頭がおかしくなったのかと思って，大切な標本が崩れるのではないかと思いやめさせようとした．

明寺さんが手のひらで何回か叩いた時，驚いたことに仔ネズミがけいれんした．

その後で微かに動いた時の驚きと喜びは言葉にできない．

あんなに小さくても，徐々に呼吸し始めたのが胸の動きで分かった．

私は一人ではしゃいでいたが，明寺さんは相変わらず恐い顔をしていた．

それは本当に恐い顔だった．

時間が経つに従い，仔ネズミの動きが大きくなるのが分かった．

立ち上がる動作をした時には信じられなかった．

シャーレの中で動き始めた仔ネズミはまだ粘液で濡れて歩く方向も分からない感じだったが，確かに強烈に生を主張し始めていた．

しかし，明寺さんはいとも簡単にその上から重いハサミを落とした．

次の瞬間にはもう仔ネズミは透明な粘液の中で潰されていた．

透き通った臓器がヒフを突き破って出てきた時には，何が起こったのかと思った．

最初は過ってハサミを落としたのかと思ったが，明寺さんは表情を変えなかった．

言葉も出なかった．

自分の目が信じられなかった．

何を言っても，明寺さんは一言も口をきかなかった〉

当然榊原氏はその説明のない突然の行為に激怒する．しかし明寺氏は，
〈何も言い訳をしなかったし説明もしなかった〉（榊原氏）

その後も明寺氏はこの時のことに関して，全くの沈黙を押し通した．明寺氏と榊原氏の関係も決裂するが，この後，共犯者である榊原氏は，当然公共の場で明寺氏の告発をすることはできなかった．しかしそれは単に成り行きの上のことであって，榊原氏にはっきりとした覚悟があったわけではない．

不思議なことに，それ以外の部分では非常に詳細な記載がなされている明寺氏の当日の日誌には，仔ネズミに関する記述がわずか1行しかない．
〈生まれたばかりのハネネズミのハネには文様がなかった〉という，従来の寿命説を裏付ける一文がそれである．これ以外のいかなる記載も見あたらない．

結局この事件については推測の域を出ない．病室で聞いた，〈もしその1匹だけが残ったとして，そこから後，

どうなったというのだろう〉という榊原氏の言葉の中に全てがあると考える他はないのではないかとも思われる.

この取材後，榊原氏は呼吸不全から肺炎を併発され，意識のないまま，わずか3日後にお亡くなりになられた.病床での作業がかなりの負担になっていたと後悔したが,もはや及ばなかった．直前までワープロに向かっていたということだったが,

〈こどもの〉

という前後のつながりのない4文字が，フロッピーに残された最後の言葉になっていた．さらに謎を解くヒントを残されようとしたのかもしれないが今のところは分からない.

取材を通し，榊原氏の御意向で，ハネネズミに関する謎のいくつかをここに解いたと感じているが，まだいくつかの謎はどうしても解けない謎のまま残った．すでにお気づきのことと思うが，明寺氏登場以前，秋に死亡したハネネズミはなぜ出産しなかったのかという疑問が当然湧く．近年の記録ではケージが分離されていたため,死のシグナルのみが伝わり生殖に必要な直接の接触ができなかったようであるが，それ以前のことについてははっきりしない．明寺氏が立てた多産説に代わる説明もここではっきりとなされているわけではない．それらについては私なりに推測するしかないが，現に明寺氏の実験でも胎児が仮死状態にあったことから，ある時期から何

らかの原因による死亡と出産の微妙なタイミングのずれ（死亡が出産に先行する）が起き始めていたか，ないし，繁殖能力自体が衰えていたようにも思える．

蛇足ではあるが，最後の場面について，医師として私自身が気づいた点があるので述べておきたい．ある程度の物理的な証拠を伴う仮説ではあると考えている．それは明寺氏の日誌の中にも記されていた事項であるが，最後の瞬間に取られたデーターであるハネネズミの心電図に関連するものである．ハネネズミの手足誘導によってとられた心電図は，通常の脊椎動物が示すようなシャープな波形ではなく，緩やかなサインカーブを示していた．人間の場合はP，QRS，Tという，それぞれ心房，心室の興奮，回復に対応した分離した波形が見られるわけであるが，カエルのようなものでも基本的な波形は変わらない．そうした事実は，かつて石川氏が報告した，心房心室を持たない心臓構造という報告[3]を思い出させるものである．学会発表のスライドでは，心筋の収縮による拍動のかわりにローラーポンプ状の構造が示されており，拍動波ではなく一定の定状流を流す構造のようにも見える．かつて私は自著の中で，回転系の人工心臓の電気パルスがサインカーブであることを示した[15]．そこで注目したいのが脈拍の数である．ハネネズミにはいわゆる拍動は存在しないが，サインカーブの１周期を１拍と考えると，１分間にほぼ１回の拍動しかないことになる．これはまだ体動が見られた時からこの程度の数値であり，死の直前までほぼ同じことから，衰弱によるものとは考

えにくい．ネズミなどの小動物は一般に脈拍が多く100〜200／min程度であることからすると，非常に特殊であると言わざるを得ない．

拍動を持つものは通常その1拍をもって主観的時間の単位としていると考えることができる．我々の安静時の1拍はほぼ1秒に相当している．前述のように，一般に小動物ほどその時間は短く，ネズミは象の一生分の回数を1年で打つ．つまりそれは，ネズミから見ると象は非常にゆっくり動く動物なのであり，ネズミの一生も象の一生も，自覚的には変わらないということを表しているに他ならない．我々よりも寿命が長いと言われる亀の動作がひどく鈍いものに見えるのと同様である[11)]．ハネネズミはさらにゆっくりとした拍動をする動物であり，それは時間（＝拍動）という概念に乏しい動物であることと矛盾しない．かつて石川氏が提示したように，ハネネズミはこの他様々な特異臓器を持っているが，実は独特の血流システムによる組織の適合変化だったのかもしれない．我々人間の場合も，例えば心臓手術の際，ローラーポンプ式の拍動のない人工心肺を装着することがあるが，充分量の血流があったとしても，長時間の使用では拍動流に適合してきた臓器には障害が起こると言われている．また，そうした血流が体温に及ぼす影響と，細胞代謝の調節への関与なども，寿命ということに関連して，興味深い問題ではある．恒常的に冬眠のような状態にあれば，細胞の時計の針もゆっくり進み，当然寿命は長くなる．しかしそれを実証することは，個体が失われ

た今では，もはや不可能である.

以上述べてきたが，読者によっては，科学的な意味では何も解決してはいないと思われるかもしれない. 確かにほとんどの出来事については上述の事項も含めて物証がなく，大部分が主観的な解釈にとどまっている. 逆に読者が本書の内容という素材を使って，自分なりの仮説をたて，全く別のストーリーを組み立てることも可能であると思われる.

膨大な量の日誌を整理した後で気づいたことは，それがいわゆるサイエンスではないということだった. 被告が2名とも死亡した今となってはその行為が告発を受けることはないだろう. 榊原氏が自らの死に際して伝えなければならないと感じたことが伝わっているかどうかは，ここまで実際に読んでいただいた読者の方々の判断を待つしかない.

今年1月14日号のNature[8)]の表紙に，眼のないネズミの顔のアップ写真が載せられていた. メクラネズミに関する論文からの掲載であった.

その論文の中で，著者らは，〈メクラネズミの眼球は長い間退化していると思われていたが，子細な観察と病理学的考察によって，眼は隠れた部分に存在するのであり，かつ眼からの信号を脳に伝達する経路が発達していることから，むしろ進化の結果と考えられる〉というユ

ニークな結論を導いている．

現在の生物学の主流は，ごく一般的な細胞や遺伝子を用い，普遍的な真理に最大限の価値を置いて進められている分子細胞学的研究である．大腸菌からヒトにいたるまで共通する遺伝子制御機構，細胞内シグナル伝達などがそれであり，Nature や Cell など一流誌の発表もそういった内容で溢れている．素材に対する興味は従来の博物学に比べて明らかに薄れ，メクラネズミのような研究は極めて稀になっている．

ハネネズミ研究がメクラネズミ以上に衝撃的なものであったことを考えると，惜念に耐えないが，現在，三浦光雄氏，小川洋示氏らを含めたかつてのメンバーが，明寺氏や榊原氏の記録を元に残されたデーターを整理し，投稿を検討中であると聞いている．今年の夏，日米で話題になったJurassic Park という小説がある．樹脂の中にとじこめられた古代の吸血昆虫から，恐竜の血球のDNA を抽出して現代に蘇らせるという話である．同名の映画の公開直前，6 月 10 日号の Nature[16] に 1 億 2000 万年以前（恐竜が地球上を歩きまわっていた時代）のレバノン産琥珀中のゾウリムシから抽出されたDNA 配列を報告した論文が掲載された．フィクションが先か事実が先かは定かではないが（個人的にはフィクションが先である方が面白いと思うが），この話のようにハネネズミもその DNA からよみがえる日が来るのかもしれない．いや，そうなることを祈りたい．

榊原氏の遺体は故人の遺志に従って死亡当日病理解剖された．担当された杉田敏幸教授によると，通常の病態とは異なった萎縮や肥大を伴った種々の臓器変化が見られたそうである．しかし，病因との関連については不明である．これも近い将来症例報告という形で発表されるはずである．

写真や数値など具体的なデーターの多くは，明寺氏のRoyality（著作権利）の関係で割愛せざるを得なかった．お許しいただきたい．なお掲載した写真は〈神居古潭の四季〉〈ハネネズミ研究〉〈北空知新聞〉から拝借させて頂いた．

（石黒達昌）

参考文献

1）神居古潭の生物　竹内清著　カムイメディカル社
2）神居古潭の四季　五十嵐勝美撮影　石黒工芸社
3）日本稀少生物学会抄録　第51回　演題番号1192　石川悟ら
4）S. Ishikawa（1982）Biomolecular Medicine vol. 82, 96-101
5）深川市の歴史　田村清太郎著　深川市議会発行
6）北空知新聞1983年10月5日〈ハネネズミをめぐる混乱〉永峰正幸主幹
7）同上1989年9月11日夕刊〈ハネネズミの絶滅〉同上
8）H. M. Cooper, M. Herbin（1993）Nature vol. 361, 156-159
9）生態学 1985年11月号 ハネネズミの生態　榊原景一著　横山書店
10）ハネネズミ研究　榊原景一著　横山書店
11）科学通信 1990年7月号　ハネネズミという生物　大槻書房
12）細胞培養1990年1月号, 31-35　三浦光雄　BEN企画
13）新版遺伝子操作マニュアル　黒田健一著　佐藤書店
14）コンパス医学総論　石黒達昌著　メック出版
15）ランダム外科学　石黒達昌著　金原出版
16）RJ Cano et al（1993）Nature vol. 363, 536-538

「この本を読まれた方へ」

「遺伝子の唯一の誤算は人間という生物を作ってしまったことだ」
分子生物学の研究者である友人がそう言ったことがある.

「なぜ人間は生きているのか？」
というのは非常に重いテーマだが，分子生物学をやっていると，研究者の間ではなんとなく共通の認識のようなものは出来上がっているように思われる.
名著 *The Selfish Gene* の中でも示されているように，我々は遺伝子を保存し未来に運ぶための容れ物に過ぎないのだという仮説がそれだ．細胞の核に存在する遺伝子は人間を作り上げる設計図で，それによってコードされるアミノ酸が蛋白という細胞の骨格を作る．細胞が集まることで複雑な器官が形成され，一個の人間という生物が出来上がる．遺伝子はそのかなりの部分を保存しながら，同種の他の遺伝子との混合を受けて進化し，次の世代に伝わる．だから，私が研究で扱っているあるタンパク質については，その遺伝子配列は人間とネズミで90パーセント以上の相同性を示しているし，大腸菌とも70パーセント以上一致している．我々の身体の中にも恐竜とほぼ同じ遺伝子配列が存在し，恐竜の絶滅後も我々はそれを過去から未来に伝えようとしているのだ.

遺伝子は我々の存在の多くを規定している．言葉を喋るといった高度な精神作用も実は，遺伝子によって規定されている．脳の中の言語中枢を形成している神経細胞は当然遺伝子によって成り立っているわけで，子供が一歳前後で言葉を発するようになるのも，遺伝子の中に既にプログラムされていると言える．言葉によって世代を越えて受け継がれるものが生まれると，文化が形成される．文化は遺伝子の発現そのものに他ならない．だからもし仮に現存の文化が失われて，記憶を消去されて原始の状態に戻されたとしても，しかるべき時間の後，遺伝子の発現によって文化は進歩し，今と全く同じ物ではないにせよ，ほぼ同じ文化が形成されるはずである．

当然，我々個人の行為規範も遺伝子によって規定されている．我々の行為原則とは，すなわち「自己の遺伝子の保存と繁栄」である．危険を回避し，生殖行為に励み，といったことを本能と言い換えてもいいのだが，自我の拡大である戦争を起こすということも，自己の遺伝子を繁殖させようとする無意識の行為なのであり，反対に和解さえも，別の状況下においてはやはり自己繁栄のための手段なのである．群れをなすとか，社会を作るとかいったことも我々の基本的な本能であり，我々が争いと和解の葛藤の中にいる根本的な原因を辿ると，それはアデニン・グアニン・シトシン・チミンという遺伝子の配列そのものに至る．だから政党や派閥の抗争も，受験戦争も，オリンピックの金メダル争いも，そもそものストーリーは既に遺伝子の中に刷り込まれているわけで，少し

努力した程度でそれらが解消されないのは，いかに我々の本能が強固なものであるかを示しているにすぎない．自殺をしてしまう人間はその例外のように思われるかもしれない．しかし，ネズミでも一つのケージに過剰な数のネズミを入れると共食いを始めることから，人間の場合も，過密社会の中での人間という種の保存のための調節機構の一つと考えると，自殺という例外さえも，遺伝子が担っていると考えることができる．最新の研究では，一見繁殖に逆行する同性愛さえも，遺伝子的に規定されている部分があるのだという．

最初の言葉に戻ろう．そういうふうに完璧に思える遺伝子の唯一の誤算とは一体何なのか？　彼は研究の中で毎日のように遺伝子を細胞から抽出して，DNA を酵素で切ったりつなげたりしている．遺伝子は，まさか自分が作り上げた人間によって自身が切り刻まれるとは想像さえしていなかっただろう．彼はそういう意味で「誤算」と言ったのだ．しかし，この言葉はそれ以上に重い意味を持っているように思える．もしも核戦争が起こったり自然破壊が進めば，遺伝子はそれ自体が確実に失われるのである．この世の中には，人間にとって不要な遺伝子など一つもない．どんな稀少動物の遺伝子も，それは太古の昔から今に至るまで奇跡的に受け継がれてきたのであり，遺伝子の持つ共通性と同様，その多様性こそが生物の進化にとって必要な力なのである．生態系は実に微妙なバランスの上に存在しているのであり，進化と

絶滅は毎日のように起こっているのだが, 恣意的なバランスの崩壊は, 容易に生物全体のカタストロフを招く.

恣意的という言葉を使ったが, 遺伝子の持つ真理には人間のつまらない都合までは計算に入っていない. 例えば, 非常に繁殖していた鳥が, 江戸時代にはどこの地域の空にも見られたのが, 現在は絶滅に瀕している事実をあげることができる. 繁殖力は強いが生殖年齢が比較的高齢の種の場合, 人間が勝手な捕獲を繰り返すことで, 多産の鳥は指数関数的にその数を減らす. そして一度数が減って臨界点を超えてしまうと, その種の間での遺伝的多様性が失われて, 生物としての繁殖力自体が急速に弱ってくる. そうなるともはや恣意的な人間の力の及ぶところではない. 人間の生存にとって, 犬と猫と牛と豚と鶏, それさえいればいいと思っているならばそれは大きな間違いだ. そうした生物も他の生物との相互作用の間に存在しているのだ. 我々が崩してしまった生態系のピラミッドの中には, 我々自身もきっちりと組み込まれているのである. DNAは長い時間をかけて非常な多様性を獲得したのだが, 自らが作り出した人間という種によってその多様性は急速に失われつつある. そうしたことも含めて人間という不良品を作り出してしまったことが「誤算だった」ということになるのであろうか.

しかし, もしかしたらDNAはさらに一枚上手で, こうした生態系を乱す人間を葬ってしまおうとしているのかもしれない. ここ数年の研究では, 細胞は増殖のプログラムの他に, 死のプログラムを備えていることが分か

ってきた．アポトーシスという言葉で呼ばれる細胞死は，組織の中で不要になった細胞が自ら死んでいく過程である．死のための受容体が細胞の表面に発現していて，外からの刺激に応じて細胞系全体のために自ら死を選ぶのである．例えば胎児の段階で母親の胎内にいる時には，我々の手には水掻きがついていたのが，週数が進むとその水掻きが消えて次第に指が分離してくる．水掻きを作っていた細胞は自らすすんで死に，進化の方向性を示すことで，胎児は爬虫類から哺乳類へという進化を体験する．出産時にはちゃんとした五本の指が出来上がっている．成熟した我々の体内でも毎日，老化した白血球や腸粘膜細胞は人知れずアポトーシスによって死んでいく．それは先ほどの自殺のメカニズムに近似している．死は既にDNAの中にプログラムされており，我々自身も生と死のバランスの上に存在しているのだ．遺伝子が自らの保存のために，人間という種を絶滅させようとしているのかもしれないと思える証拠はいくらもある．むしろ我々が生き残っていく方が奇跡に近いのではないかとさえ思える．DNAはより高度の自己防御システムを持ち，不良品である我々人間を消滅させ，もっと進化したコンセプトに基づく合格品を作りだそうとしているのかもしれない．しかも，そのために必要な数万年という気の遠くなるような時間は，DNAにとってはごく一瞬のことなのだ．

しかし，もっとエスカレートさせて，DNAは自己崩壊システム自体を内包してしまっているのかもしれない

と仮定することもできる．DNAは自らの消去さえもその中にプログラムしてしまっているとする考えである．それに従ってただ一本道を進んでいるだけの人間は，加害者ではなく，実は壮大な実験に参加させられているだけの被害者なのかもしれない．人間は愛し，憎しみ合う．愛が過度になると，争いも破滅的なものになる．縦の時間軸から見ても，横の空間軸から見ても，自己の生は，既に他者の死を前提としている．直交する軸を無限にとる時，我々の意志とは無関係に，DNAの意志がゆっくりと，しかし確実に実現されてしまうのかもしれない．人間は矛盾するプログラムの中で苦闘しているが，もしもその仮説が正しいのならば，結果は既に見えているのだ．

「生態系＝DNAの維持」という大命題の中で，不要になった人間という種の死がDNA情報の中に既にインプットされているのではないことを，心から願いたい．

「平成3年5月2日……」（「海燕」1993年8月号初出）の背景について少し述べておきたい．北海道深川市は人口三万弱の小さな街で，札幌と旭川を結ぶライン上にあり，神居古潭を挟んで旭川に接している．人口に比して市街地は広く，山からの夜景は点在する光の密度が濃すぎも薄すぎもせず，空の星と連続しているように見える．まわりを取り囲む緑の田園地帯を抜けて，車で三十分ほどのところにある神居古潭は石狩川の上流に位置し，険し

い峡谷を形作っている．現在のトンネルができるまでは切り立った崖沿いの道しかなく，毎年のように落石で人命が失われた．子供の頃，知り合いの大学生に連れられて珍しい蝶の採集に行った．うっそうとした人の手が加わっていない山には，山椒魚や蝦夷リスやキタキツネなど様々な生物が生息していた．春には桜，秋には紅葉が美しく，昔は観光客も多く訪れていたが，トンネルが完成して以来，街道沿いにわずかに存在していた宿や集落もほとんどが姿を消した．その自然は，昔よりも磨かれているような気がする．ここでは静かに時間が流れ，時々，ゆるやかに逆行する．

実家の病院と東京との行き来の中で，数え切れないほど多く夕暮れの神居古潭を通った．まだわずかに残る人家の明かりがぽつんぽつんと見える．真っ暗な道を通って田んぼの真ん中の旭川空港に着くと，わずか一時間半後には，光のシャワーのような東京に戻る．遠くに一つだけ見える明かりにも，シャワーの粒子一つ一つにも，それぞれの生活があり，人はそこで生まれ生き，死んで行くのだと思った．それは神居古潭でも深川でも東京でも変わるところはない．そうした（感情の）行き来の中からこの文章は生まれ，独り歩きを始めた．

脱稿したのは，二年前の冬，深川市においてだったが，そのフロッピーを東京に持ち帰ってみると，ファイルがきれいになくなっていたという事件があった．慌てて，コピーした数枚のフロッピーを開いてみたが，全てファ

イルごと文章が消えていた．東京にあったものも，北海道に保存していたものも，全てが同時に，である．飛行場での検査の際に破損を受けたとかいう物理的なトラブルも考えられたが，北海道に保存していたものについては磁気の影響でもないかぎり考えられないことで，いかにも不自然だった．通常私は書きすすめる中でいくつもバックアップのためのフロッピーを作るのだが，その全てが見事に消滅していた．通常では考えられないことである．しかもシステム自体には何の損傷もなかったことがさらに奇妙だった．まるで，この文章そのものが自律的な死を望んでいるのかのような印象を得て，深夜，最後の一枚までファイルが消滅しているのを確認した時には，努力が無駄になった絶望よりも，むしろそら恐ろしさを覚えた．それは本当に恐怖だった．出来の悪い小説のような話であるが，「事実」である．結局，私は「文章の」意志に反して再び「記憶」を辿り，消去されないように一週間電源を切らずに打ち込み続け，フロッピーに落とさずそのままプリントアウトした．そのようにして（二つ目の）この文章が出来上がった．書いたのは私であるが，そうしたことも含めて，この文章は既に，自己完結を求めて，どこかに向かって歩き出しているように思えてならない．およそ賞には無関係であるはずのこの文章が芥川賞の候補になり，落選したことも含めて，この作品自体の意志であるような気がしている．

「平成3年5月2日……」と「今年の夏は雨の日が多く

て」（「海燕」1993年11月号初出）の二作は基本的に題名を持たないことを付記しておきたい．いずれも個体識別のために記したのは，文章の最初の文字のみであり，そこに特別な意味はない．

また「鬼ごっこ」（「海燕」1992年11月号初出）は数年前に書いて押入れの中で眠っていたものを偶然，永峰氏の御厚意によって新聞掲載していただき，思わぬ好評に勇気づけられて編集部に持ち込んだものである．

「平成3年5月2日……」を書くにあたっては様々な方に御世話になった．動機としては北空知新聞にエッセイを連載されていた田村清太郎氏の助言によるところが大きい．氏は私が海燕新人賞を受けて以来の知り合いであるが，ぜひ深川を舞台にしたものを書いて欲しいと，受賞祝賀会の席上言葉を賜った．その田村氏が先年癌で逝かれ，言葉だけが残った．私はその言葉に導かれるようにこの文章の作成に取りかかった．田村氏をはじめ，竹内清氏や杉木博雄氏など，この文章に書かせていただいた方々が何人も，完成までの間に逝かれた．御冥福をお祈りしたい．

その他，開院三十周年になる実家の病院の職員の方々に資料集めのためのご協力をいただいた．特に五十嵐勝美氏には貴重な写真の御提供をいただいた．この場を借りて感謝したい．

この変わった文章に作者以上の評価をいただいた海燕編集部の根本昌夫氏の御判断と御助言がなければ，この

作品はまた違った形のものになっていたと思う．それには新しい文学の可能性を追求した海燕という雑誌のリニューアルも無縁ではなかった．形式上，いくつものわがままを快く許していただいた．一冊の本として出版するにあたっては福武書店の谷口正彦，寺田博両氏や出版部の武藤誠氏にも御世話になった．これらの方々がいなければこの特異な文章が日の目を見ることはなかった．あらためてお礼を述べたい．また，大江健三郎氏や筒井康隆氏，沼野充義氏らをはじめとして多数の方々に好意的な御批評をいただき，読者の方々からも個人的に励ましのおたよりをいただいた．あわせて感謝したい．

最後に，私自身がこの文章を通していくつものことを学んだ．私自身が，ある意味自律的なこの文章に感謝したい気持ちである．

平成6年4月11日

まだ雪の残る神居古潭にて

石黒達昌

著者あとがき

私はあまり「あとがき」を書かないので、簡単な謝辞にとどめようかなどとも思ったのですが、多くの掲載作品を書いた三〇年前の視点から現在を眺めて、思うことを少しだけ書くことにしました。多くの読者がまだ生まれていなかった時からの空白の年月についてはコメントしておかなくてはならないと思ったからです。でも、記憶を新たにするため当時のものを探すと、特に科学技術を反映したものはテレビもビデオカメラもコンピューターも携帯も、中古で買った一九八七年製の真っ赤なイタ車を除いて、何ひとつ残っていませんでした。発売当初の超高性能車は下手をすると軽自動車にも負けるほどの遅さで、三〇年は新しい工業製品をほぼ駆逐し、新車をネオクラシックカー（市場ではそう呼ばれています）という名のボロ車にしてしまう年月なのだと……自分の歳を棚に上げて、思い知った次第です。なので、本書に収められたのはネオクラシック作家の書いたネオクラシック小説です。

その一つであるハネネズミ（本作品にはタイトルがないので業界の方からそう呼ばれることが多いです）が芥川賞の候補になった頃、毎日新聞からエッセイの依頼が来て、「科学は本当に進歩しているのか？」というテーマで書いたことがあります。科学の進歩が新たな敵をおびき出すのならプラスマイナスして科学の進歩は既にピークアウトして後退局面にあるのではないか、だとするとどこか途中で歩みを止めて利益確定した方が得策ではないかという、大した根拠もなく思い浮かんだ抽象論をそのまま文章にしたようなものでしたが、直後に「クローズアップ現代」（今でもまだやっています！）のプロデューサーからこの線で何か番組が作れないかと話を持ち込まれ、そこまでの覚悟があったわけでもなかったのですっかり困ってしまいました。結局、考えあぐねた末にやっと挙げたのが感染症との闘いだったのですが、半ば克服したと思っている細菌戦やウイルス戦の形勢がいつ逆転してもおかしくないはずと煽る私の拙い言葉は、全く彼の心には響かなかったようで、その後に連絡を頂戴することはありませんでした。あの時ぼんやり「未来に起こりうる」と仮定したことが、しかし、二十数年後の今、地球規模のコロナ禍という壮大なフィクションの中で激しく現実化しています。良い「未来」はなかなかやって来ないのに、悪い「未来」はすぐにやって来るものだと感じる今日この頃です。

もっとも、物心ついてから今まで、記憶する限りいつも人類は「危機的状況」でした。ただそれが、『もしもの世界』といった少年少女向け読み物から中東戦争のオイルショックで現実化し、また入試問題の核戦争危機へと戻ったりしていただけの話です。近年では、アメリカの9．11でSFの光景を見てしまい、身近に起こった過酷な現実である3．11を経て、今まさにゼロ距離で面しているコロナへと、我々が長い時間かけて築いたものは、北極や南極の氷同様、あくまでフィクションの体のまま、急速に崩れ始めています。それらの原因となった宗教も原発も、まぎれもなく我々が作り上げたものですし、コロナに関して巷で論じられている、森から追われたコウモリが原因か研究所の遺伝子操作が原因かは、あまり本質的な議論ではなく、どちらであっても罪深い人間が作り出した自業自得に変わりありません。愚かな人類にはもう、科学のネガを科学の進歩で消すしか道が残っていないとすると、その先には一体何があるのか……学問の接尾語（-ology）で武装されているエコロジーが正論として語られる世界の到来に違和感を感じながら、結末の見えない物語を書き始められないまま、ずいぶんと長い時間が経過してしまいました。

そもそも、排ガス規制前のネオクラシックカーと最新のエコロジーが両立することなどありえない話です。しかし足元を見れば、街にエコなハイブリッドカーや電気自動車が溢れる一方、同じメカニズムに身を包んだ五百馬力だ千馬力だといったスーパーカーも飛ぶように売られています。確かに、そのどちらも科学の進歩とは矛盾しないのでしょう。科学がそれ自身を目的化している現状が変わらない限り、エコだろうと浪費だろうと、その行き着く先はどうせ似たり寄ったりなものです。再生可能エネルギーで動くエコな社会も、エマージェントウイルスのないクリーンな社会も、人間が作り出す不自然な世界でしかありえません。

今この瞬間、激しく窓を叩くゲリラ豪雨が実は熱帯特有のスコールであることに気づけば、日常も既にフィクションの領域でした。いや、ノンフィクションと言うべきか。コロナのおかげで、ノンフィクションのみで構成される日常以上に恐ろしいことがないことを、私達は嫌というほど思い知りました。ＳＦにおける「科学の危うさ」が、純文学における「神の死」同様に、叙述上のファッションだった平和な時代は、遠く過ぎ去ってしまったのです、恐らく、永遠に。

ＳＦ作家のあとがきとしては似つかわしくないかもしれませんが、どこで切れるか判然としないクラッチを踏み込んで、入りの渋いシフトレバーをコキコキやり、やたらと重いステアリングをよっこらしょっと切って、ブツブツ言いながら、合理的でも科学的でもない何かを楽しむのも、理屈抜きに乙なものです。だからこそ、人は非科学的で非合理な詐欺に騙され続けるのかもしれません。間違いなく、私もその一人です。正確に言うと、現代におけるＳＦの読者も。

　ネオクラシックで科学的でなくなりつつある小説群を、今読んでいただくことに意義を見出そうとしてああでもないこうでもないと書いてみたのですが、まあそんなことには関係なく、単純に楽しんでいただけたら幸甚です。最後になりましたが、こんなに昔の小説群に改めて、しかもとびきりのスポットライトを当てていただいた伴名練さんには感謝の言葉しかありません。また、いつも遅筆でご迷惑をかけている早川書房の塩澤さんや溝口さんにも「ありがとうございます」です。ちゃんとありがとうを言わないまま二年前に他界した父親にも。

　でもなんといっても一番は、この本を手に取っていただいたあなたに感謝、感謝です（あとがきからお読みの方はぜひレジカウンターへお持ちください）。

二〇二一年七月一六日
ほぼ無観客のオリンピックを一週間後に控えた小石川の自宅にて
石黒達昌

最も冷徹で、最も切実な生命の物語
——石黒達昌の描く終景

SF作家
伴名　練

『日本SFの臨界点』短篇集三部作の掉尾を飾る、石黒達昌『冬至草／雪女』をお届けする。本書は、《ハヤカワSFシリーズ Jコレクション》から刊行された『冬至草』の収録作六篇中三篇を残して、短篇集『平成3年5月2日，後天性免疫不全症候群にて急逝された明寺伸彦博士，並びに，』『94627』『人喰い病』から一篇ずつ、さらに書籍未収録作品二篇をボーナストラックとして収録した一冊である。

本書が短篇集三部作のラスト一冊となったのは理由があり、重厚かつ非常に重い読後感をもたらす作品を多数含んでおり、一気に消化しきるよりも腰を据えてゆっくり読むのがふさわしい本だろうと判断したためである。

ノンフィクションめいた文体や構成で、実在の資料と架空の資料を織り交ぜて引用しながら、この世界に存在しない生命を創造する。語るべき対象から冷徹なまでの距離をおき、その死と生について科学的な手法で分析し、解体していく。SF界においても類例のないようなストイックな物語の語り方は、一部の読者を強く引き付け、深淵の思索へと誘う。個人的にファンブログを運営しているほどに、私の偏愛する書き手でもあり、その作品集を世に送ることができる喜びとともに緊張を感じている。

デビュー以来三二年、発表した小説は、長篇がゼロ、中短篇で三〇作のみ。〈文學界〉〈すばる〉〈群像〉などを渡り歩き、〈新潮〉〈早稲田文学〉〈中央公論〉にエッセイが掲載され、芥川賞候補に三度ノミネート、大江健三郎や日野啓三や筒井康隆にも賞賛された才能。そんな作家の短篇集が、なぜ文芸誌をもつ出版社のレーベルからではなくハヤカワ文庫JAから出ることになったのか。短篇集がなぜ『冬至草』以来一五年間出ていなかったのか。それらの理由を解き明かすには、石黒がどのような媒体でいかに活躍してきた作家なのかご説明するのが有用だろう。左記に、それを記していきたい。収録作品紹介を先にご覧になりたい方は、四三七ページに進んでください。

【1】〈海燕〉デビューの頃　（八九年〜九二年）

一九六一年北海道深川市生まれ。父親は小さな病院を経営し、医師としても勤務していた。小学校の頃の読書体験について、石黒は、筒井康隆『家族場面』の解説中で、次のように語っている。

「私自身、実は、小学生の頃、初めて読んだ単行本（要するに生まれて初めて読んだ小説ということになる）が、当時SF界若手の旗手と呼ばれていた筒井氏の『時をかける少女』という作品だった。いつも夢中で見ていたのだが、『タイムトラベラー』というタイトルでNHKのドラマになっていて（知り合いの編集者から聞いたのだが残念ながらこの頃のドラマはビデオに保存されていないのだそうだ）、どうしてもその原作が読みたくなり、番組の最後のクレジットに一瞬だけ出てくる原作名を懸命になって見たのを覚えている。そして、田舎の書店でやっと手に入れたしゃれた装丁のその本を、むさぼるように読んだ。おかげで私は、『SFマガジン』を定期購読するという実に変わった小学生時代を送ることになった」

同誌で一番好きだったものは手塚治虫が連載していたマンガ、他にキャプテン・フューチャーものやJ・G・バラードや福島正実を好んで読んでいたという。

手塚治虫の医療知識を生かした物語、バラードのニューウェーブ的手法、福島正実のペシミズムや虚無性などは、確かに、石黒作品にも同じ息吹を感じられるものが多い。

親元を離れて札幌の中学校に通い、東京学芸大学附属高等学校に進学。駿台予備校を経て東京大学医学部を卒業。

小説を書き始めたのは、医学部卒業を間近に控えた八七年のことで、医師国家試験の準備の傍ら応募した第一作が、文學界新人賞を一次通過。

「医者になって3ヶ月目、日常業務に追われていた時、二作目の方が最終選考に残ったという知らせを受けました。結局当選はしませんでしたが、選者の一人から好意的な評価を受け、とにかく出来るところまでやってみようという決心ができました。その次の1年はつかれたように書きまくり、次々と投稿を繰り返しました」

ここで言及されている最終選考に残った作品は、昭和六二年度の文藝賞最終候補作「もうステージはいらない」（石黒昧名義）であり、役者志望だった癌患者の女性と、演劇の志を捨てた医師の物語で、選者の野間宏に推されていた。

以降、国家試験に合格し、外科研修、麻酔科研修と順調に医師としてのキャリアを積み上げながら、投稿を続けた。

その後、半年の内科研修中に、「研修医に与えられた貴重な夏休みの前半三日を執筆に使うことに決め、四百字詰め原稿用紙百枚を買い込み、雨戸を締め切った部屋に籠もって書き上げた」のが、デビュー作となる「最終上映」、石黒の実体験――友人が患者として入院してきた時の小さな失敗――を着想元として書かれた作品であった。

「最終上映」は、海燕新人文学賞に投じられた。二〇二一年現在、芥川賞候補作は主に五大文芸誌、すなわち文藝春秋〈文學界〉、講談社〈群像〉、新潮社〈新潮〉、河出書房新社〈文藝〉、集英社〈すばる〉に掲載された作品を中心に選出されているが、八〇年代から九〇年代にかけて、これらの雑誌と同様の地位を確保し、芥川賞候補作を送り出していた文芸誌が、福武書店〈海燕〉である。

〈海燕〉は地方文学も重点的に紹介するなど隠れた才能を探すことを標榜していた。持ち込み作品で、八三年に「優しいサヨクのための嬉遊曲」を掲載し島田雅彦をデビューさせ、海燕新人文学賞を通じて、八七年、「キッチン」で吉本ばななを、八八年、「揚羽蝶が壊れる時」で小川洋子を世に送り出すなど、当時の〈海燕〉には才能ある若き書き手が集っていた（ある年齢以降の読者であれば、九〇年の海燕新人文学賞受賞作で、僕一人称の少女が語り合う、松村栄子「僕はかぐや姫」をセンター試験現代文の問題として読んだことがおありかもしれない）。

「最終上映」は、八九年の第八回海燕新人文学賞受賞を果たす。選考委員の中では田久保英夫に推されており、

「若々しさだけでなく、小説本来の小さな具象への感覚が届いていた」「主人公の「私」

は、うっかり友人に癌を告知してしまうが、その加害的な行為が同時に被害的な結果にはね返ってくる。その相互の関係のむこうに、超越するものへの垂直な視線もある」と評されている。当時未整備だった「患者への癌告知」問題が題材だが、医師が患者との適切な距離をつかみ損ねて自身も陥る、死への畏怖めいた感覚は、この先の石黒作品にも刻印されるものとなった。

翌九〇年に発表した「ステージ」は癌で死亡した元恋人を解剖する医師の物語で、「もうステージはいらない」の要素を引き継ぎつつ、元あった演劇要素を排し、ヒロインを役者から同僚医師という病状を知悉する相手に変えたものだった。

九一年にはこれら二作を収録した初の単行本『最終上映』が刊行される。二作とも、医療現場を臨場感たっぷりに描写しつつ、医師の視点から癌に侵された知人を見つめる、内省的な医療小説となった。

九二年には親族への癌告知を題材にした「鬼ごっこ」を〈海燕〉に発表。「最終上映」「ステージ」「鬼ごっこ」は全て超常要素を含まない、純文学的な終末医療短篇であり、このまま執筆を続ければ、文学界における医療小説の書き手として、SF界とは交わらないルートを歩んでいたことだろう。しかし、変化のきっかけは、外部から訪れた。

【2】「平成3年5月2日，後天性免疫不全症候群にて急逝された明寺伸彦博士，並びに，」の衝撃（九三年〜九七年）

九〇年代前半、日本産のトキ・ニッポニアニッポンは絶滅に瀕しており、その繁殖の試みは連日ニュースで取り上げられるような話題になっていた。後に阿部和重が『ニッポニアニッポン』（〇一年刊）でメインのモチーフに選ぶなど、純文学のエリアにおいてもインパクトのある出来事だった。

やはりトキ絶滅関連の報道に刺激を受けて書かれたのが、〈海燕〉九三年八月号掲載の、「平成3年5月2日、後天性免疫不全症候群にて急逝された明寺伸彦博士、並びに……」であった。この長々しいタイトルは、小説の冒頭部を引用して便宜的につけられたものであり、本来は無題で、横書きレポート形式で図版を駆使するという異例の作品だった。その手法で紡がれる物語は形式だけのハッタリに終わらず、特異な生存様式をもつ架空生物・ハネネズミの絶滅から、常識では考えられない極限の生命の形が浮かび上がる、センスオブワンダーに溢れるものだった。

本作は大江健三郎が人類滅亡のメタファーを読みとって安部公房を引き合いに出して絶賛したほか、筒井康隆、沼野充義からも高評価を得たうえ、九四年、第一一〇回芥川賞候補となった。

「「ハネネズミ」の発明、文体、細部こぞってもっとも刺戟的だった」（大江健三郎）

「私は底深い悲しみと恐れをもって読んだ。ハネネズミという虚構の小さな生物の〝種の絶滅〟の物語。最後の二匹が仄かに光りながら死んでゆく箇所に、私は涙を流しかけた。人類という種の最期を思った。多分全くの虚構の物語を、緊迫して支え続ける科学論文調の特異な文体の〝静かな力〟はほとんど美しい」（日野啓三）

「人間の営みに根幹の〈物語〉と、生き物の現実が、一点でせめぎ合う衝迫力を持っている。（中略）現代文明の恐怖に通じるメッセージも、潜んでいるように思われる」（田久保英夫）

選評では右記のように一部審査員の支持を集めつつも、語り方が斬新すぎたためか受賞には至らなかった。

〈海燕〉発表の二篇を加え、九四年五月に単行本『平成3年5月2日，後天性免疫不全症候群にて急逝された明寺伸彦博士，並びに，』が福武書店より刊行された。表題作のタイトルは、読点とリーダがカンマに改められている。書籍としても第二二回泉鏡花文学賞候補作、第一六回野間文芸新人賞候補作となるなど文学界の注目を集めた。

ではジャンルSF内部での評価はどうか——一例として大森望の、単行本発売時のもの

を上げるが、

「ニューウェーブ華やかなりし頃の実験ＳＦ（スラデック「教育用書籍の渡りに関する報告書」とか）か、バーセルミの変態短篇みたいな懐かしさで、筋金入りＳＦおたくとしては「けっ、百万年古いぜ」と吐き捨てるのが正しい態度かもしれないが、細部までよくできているのに感心。けだし、ネタとハサミは使いようである」

という評を書いている。石黒作品がニューウェーブの影響を受けている可能性は高いが、「教育用書籍の渡りに関する報告書」は、本が空を飛んでいくバカＳＦであり、その名を挙げる辺り、ユーモア作品として読んだ節がある。

〈ＳＦマガジン〉の書評欄では、『平成3年5月2日，後天性免疫不全症候群にて急逝された明寺伸彦博士，並びに，』、及び次作の『９４６２７』は取り上げられず、星敬の年次別ＳＦ周辺書リストからも漏れ、九七年六月号の大倉貴之の書評で『新化』が取り上げられたのが初となった。ＳＦ界が本格的に石黒達昌を発見するのは、だいぶ後のことになる。

さて、『平成3年5月2日〜』の刊行後、石黒の作風は、現実から非現実へ飛翔し、一種の寓話性をもつ作品群が増えていた。九四年から九五年にかけて、精力的に〈海燕〉に小説を発表しており、その内訳は、意識混濁状態でのアイデンティティ溶解不安を描いた「†」、湾岸戦争を背景に、中東で諜報活動を行った日本人傭兵を描く「イスラム教の信者、ユダヤ教の信者、キリスト教徒など、神と終末の日とを信じ善を行う者は、その主のみもとに報酬がある。彼らには恐れも悲しみもない」、松本サリン事件から着想を得て、軍事研究と毒物を扱った「９４６２７」、研究者による立てこもり事件と人格の侵入を描く「ＡＬＩＣＥ」など、超常と幻想の度合いは強まっていた。それは〈海燕〉以外の主要文芸誌に初めて登場した、「(失踪中の王妃からの手紙)」(〈すばる〉九五年四月号)でも見られた傾向で、これはお伽噺の登場人物の精神状態を証言集の形で明らかにする内容だった。

九五年八月に刊行された、〈海燕〉発表作三篇を収録した単行本『９４６２７』は、九六年、第九回三島由紀夫賞候補となる。期せずして、「ＡＬＩＣＥ」がオウム真理教事件と絡めて論じられるなどの意外な注目も浴びることとなった。

当時の小説界の潮流もまた、石黒にとって追い風となった。九五年に刊行され、大きなヒットとなった瀬名秀明『パラサイト・イヴ』、鈴木光司『らせん』はいずれも理系的知識を生かしたホラー作品であった。時代と環境によっては一般読者からバイオ系のＳＦとして区分されるであろうこの二作品だったが、当時は「ＳＦ冬の時代」と呼ばれる環境下であり、逆に角川ホラー路線が全盛の時代であったうえに、『パラサイト・イヴ』は後半の展開についてＳＦ読者・作家から否定的な反応を受けたという事情ゆえ、『らせん』については大ヒットホラー作品『リング』の続篇であるという性質ゆえに、一般の小説界からは、ＳＦとは切り離し、理系知識を生かした文学の新しいジャンルとして注目を集めることになった。〈中央公論〉九六年五月号では、「座談会「理科系の文学」旗揚げ宣言」として、石黒と布施英利・瀬名秀明との鼎談が掲載されている。

こうして順調に作家としての地歩を固めつつあった石黒だったが、思いもよらぬ形でその道は閉ざされることになる。

九五年に福武書店から改称したベネッセコーポレーションだが、会員数が増加傾向にあった「進研ゼミ」へ注力し、縮小しつつあった文芸路線からの撤退を図ったのである。九六年、石黒は〈海燕〉一月号に、蜂に追われる男の記録「カミラ蜂との七十三日」を、九月号に「平成3年5月2日〜」の後日譚となる「新化」を発表したものの、〈海燕〉自体が一一月号をもって廃刊となり、一五年の歴史に幕を閉じた。結果として、二短篇を収録した九七年一月刊行の『新化』は、〈海燕〉時代の終焉を告げる一冊となってしまった。

九八年、ベネッセは「総合出版」の旗を下ろし、「進研ゼミ」を中心とする、個人対象の継続ビジネスへと業態を転換していくことになる。クロウリー『エンジン・サマー』や、(石黒自身も書評欄で推薦していた) J・G・バラード『第三次世界大戦秘史』など、海外ＳＦの刊行実績もあった福武書店／ベネッセの文芸部門は消滅した。こうして、石黒にとってもっとも重要な活躍の場が不可抗力で消失してしまったのである。

【3】〈文學界〉とハルキ文庫（九八年〜〇五年）

〈海燕〉の廃刊とベネッセの文芸撤退によって、石黒はメインの執筆場所を失った。あるいはこのまま文芸活動から遠ざかるかに思えたが、新たな拠点となったのが〈文學界〉だった。

害虫によって生活を脅かされる男のオブセッションを描く「その話、本当なのか」で九八年一〇月号に初登場。さらに、放射能汚染が主題の「或る一日」を九九年三月号、月光が掌に焼き付くという幻想譚「月の……」を九九年一二月号に掲載。三作とも異なる趣向だが、それぞれに陰影の深い、独特の緊張感を孕んだ作品を発表していった。

一方で、文学サイドだけでなく、SFサイドでも、ようやく関心を向ける出版社が現れた。角川春樹事務所である。この時期、同社は「21世紀はSFの時代になる」と直感を受けた角川春樹社長の号令のもと、日本SF第一世代・第二世代の復刊と、現代作家の書き下ろしを二軸に、ハルキ文庫を運営していた。ハルキ文庫の編集者には〈海燕〉出身作家のSFに着目する者がいたらしき形跡が見てとれ、小林恭二『ゼウスガーデン衰亡史』や村上政彦『トキオ・ウィルス』の文庫化、松村栄子のSFファンタジー『紫の砂漠』『詩人の夢』の書き下ろしなど、〈海燕〉出身作家のSFがラインナップに含まれていた。

石黒達昌は、そんなハルキ文庫から二冊を刊行することになる。

一冊目は〇〇年一月刊行の『新化』。設定の共通する「平成3年5月2日～」と「新化」を縦書きにし、図版を削り文章を調整した、合本文庫化である。カバーには鈴木光司・瀬名秀明の二大ベストセラーホラー作者の推薦文が記され、ホラー読者に広く届けようという意図が見て取れる一方、いずれの推薦文中にも「文学」の文字が踊り、帯には「SFミステリィ」と謳われるという、ジャンル越境的な作家性が見て取れる。

二冊目は〇〇年一〇月刊行の『人喰い病』である。既発表作の変奏的な作品も含まれているが、四篇全てが書き下ろしという異例のSF／幻想短篇集であり、確かな医学的知識に裏打ちされた発想の数々は、SFファンにとっても魅力的なものだった。受賞には至らなかったものの、「人喰い病」は〇一年の第三二回星雲賞参考候補作となった。

ここへきて、文学サイドとSFサイド双方が、石黒達昌原稿の争奪戦を始める。

〇一年、〈文學界〉一〇月号に、廃院迫る病院が舞台の「真夜中の方へ」を発表、〇二年の第一二六回芥川賞候補に選出される。同じく〇一年、研究室でのデータ捏造という理系的テーマを扱った「アブサルティに関する評伝」を〈すばる〉一一月号に発表している。

〇二年、「希望ホヤ」で〈SFマガジン〉三月号に初登場。その後ほぼ間を空けず、〈文學界〉五月号に、歴史に埋もれた罪を描く文学作品でありながら植物SFでもある「冬至草」を発表。〈SFマガジン〉と文芸誌にほぼ同時期に小説作品を寄稿するという偉業は、〇〇年代後半以降は、円城塔・飛浩隆・酉島伝法などの作家が達成しているが、当時としては例の少ない快挙であった。

〇三年に〈すばる〉に発表した「ショールーム」は自動車販売のディーラーを主人公にした新境地の意欲作。

〇四年の〈文學界〉一二月号に発表した「目を閉じるまでの短かい間」は、〇五年の第一三二回芥川賞候補となり、三度目のノミネートとなった。超常要素をほぼもたない本作が同賞の候補に選出されたのは、「平成3年5月2日〜」とは正反対の、「最終上映」以来の現実路線でも、文芸作品として成熟をおさめていることの証左ともいえる。

ここまでに〈文學界〉に発表したのは計六作品、うち二作品が芥川賞候補に選ばれたことになる。〈海燕〉に次いで〈文學界〉は石黒作品の発表数が多い雑誌になったが、「目を閉じるまでの短かい間」は、二〇二一年七月現在、石黒が〈文學界〉に発表した最後の作品となってしまい、文藝春秋からの単行本刊行も果たされていない。

【4】『冬至草』以後（〇六年〜）

〇六年、《ハヤカワSFシリーズ　Jコレクション》より『冬至草』が刊行される。収録作品のうち〈SFマガジン〉で発表したものは「希望ホヤ」のみ。六篇中、表題作含む三篇が〈文學界〉、一篇が〈すばる〉初出という、叢書内でも異例の、大半を文芸誌初出作が占める一冊となった。

当時、早川書房は新人供給のための賞をもっていない状況でJコレクションの刊行を回し続けていた。そのため他社の新人賞出身者でも積極的に登用し、漫画や句集をもラインナップに入れるという鷹揚な姿勢が、純文学系作家の短篇集刊行に繋がった。

『冬至草』刊行時、石黒は既にテキサス大学MDアンダーソン癌センターに助教授として勤務し米国在住、医学生のマッチング試験用参考書『ハローマッチング』を〇四年から刊行するなど多忙で、作品発表は激減していた。書き下ろしの「デ・ムーア事件」が実に二年ぶりの新作であったが、それ以降の作品発表はさらに少なくなった。

『冬至草』はベストSF2006で国内篇五位を獲得。その凱旋作でもある、〈SFマガジン〉〇六年八月号に掲載した「この世の終わりは一体どのような形になるのだろうか?」は、小説ではなく、妻子とともに巻き込まれたハリケーン・カトリーナの避難体験を描いたエッセイとなった。同誌〇七年四月号には、SF作家が思い入れのある作品を語る連載企画「MY FAVORITE SF」で星新一「ひとつの装置」(『妖精配給会社』収録)を紹介しているが、以降、〈SFマガジン〉への寄稿はない。

三年振りとなる小説、〈真夜中〉No.5 2009 Early Summer 掲載の「足」は手術によって切断した足を巡る掌篇。

一〇年刊行の『15歳の寺子屋　劣等生の東大合格体験記』(講談社)は講談社創業100周年記念企画『15歳の寺子屋』シリーズのうちの一冊。自身の幼少期の体験を交えながら語る、一五歳前後の読者を想定した応援メッセージ的なエッセイで、百ページに満たない本である。既に帰国しており、都内複数の病院に勤務しながら、「深夜に帰宅してから地下のボイラー室を改造した三畳に満たない実験室でガン撲滅の研究にも勤しむ」という当時の近況が記されていた。

同年一〇月に刊行された、大森望篇の『逃げゆく物語の話　ゼロ年代日本SFベスト集成〈F〉』(創元SF文庫)には「冬至草」が収録されており、文学とSFの双方で活躍する作家としてまだ推されていた。

しかし、〈群像〉一〇年一二月号に発表した医学ミステリ「ハバナの夜」を最後に、以降一一年間、小説作品の発表は途絶えた。

この長い沈黙の背景には、著者自身の多忙もあったかもしれない。一五年には、「平成3年5月2日〜」「雪女」「冬至草」「希望ホヤ」を収録した初の英語版作品集『Biogenesis and other Stories』が刊行されている。そして文芸サイドでは、文芸から撤退したベネッセ以外から著書が刊行されていなかったためにどこの文芸誌とも強く結びついていなかったという事情もあっただろう。SFサイドでは、発表作の多くを非SFの文学が占める著者に、次の短篇集を出させるためには多数の作品執筆を依頼しなければならないというハードルがあったのだろう。いずれにせよ、徐々に石黒は「知る人ぞ知る作家」になってしまいつつあったが、ここ二、三年で再評価の機運がようやく高まってきた。

最も大きな出来事は、アドレナライズによる電子書籍刊行である。一八年に『最終上映』『平成3年5月2日，後天性免疫不全症候群にて急逝された明寺伸彦博士，並びに，【完全版】』『94627』『人喰い病』『冬至草』、そして、オリジナル編集で、書籍未収録作を大量に含む『診察室』『検査室』、およびエッセイ集『待合室』が刊行。これによって、商業発表された石黒の小説作品は全て電子で読めることになった。翌一九年には書評・文庫解説・自作解題などを集めた『医者の本棚、作家の本棚』まで刊行されるなど、電子書籍においては、世に出した文章の大半が容易にアクセス可能という恵まれた状況となった。「平成3年5月2日，後天性免疫不全症候群にて急逝された明寺伸彦博士，並びに,」について、大江健三郎は電子ブックの可能性を開く作品としても評価しており、ようやくそれが実現した形となった。

二〇年には私こと伴名練も、アンソロジー『日本ＳＦの臨界点［怪奇篇］』に石黒短篇「雪女」を収録、微力ながら石黒作品の再評価に協力することができた。

現在、石黒達昌は早川書房からの依頼で新作短篇を執筆中との旨を聞いている。まずは復活を喜び、新作を心待ちにしたい。

そして、本書の刊行が、ＳＦ界における石黒作品の再評価を後押しすることを願ってやまない。と同時に、文芸界にも改めて石黒達昌に目を向けて欲しいとも願っている。ＳＦファンとして石黒達昌を推す私が言うのも奇妙な話だが、ここまでの説明で分かる通り、石黒達昌はＳＦ界よりも先に文芸界が先に発見した才能であり、芥川賞に三度ノミネートされた書き手であるからこそ、文芸の方面で更なる飛躍を望みたい。

私が「最終上映」「目をとじるまでの短かい間」の本書収録を最後まで迷いながら断念したのも、ＳＦでなく、超常要素を持たない文芸作品を評価するための軸が、私の中に確たる形で存在しないためである。ぜひ文芸の読者・編集者に改めて自身の目で石黒達昌作品を再発見し、各々の軸で再評価して欲しい。

最後になったが、『日本ＳＦの臨界点』短篇集三冊に素晴らしい表紙イラストを執筆くださった10^{56}さん、編集を担当してくださった早川書房の溝口力丸さんに御礼を申し上げたい。

【収録作品紹介】（作品のネタバレを含みます）

◆**「希望ホヤ」**〈ＳＦマガジン〉〇二年三月号初出、『冬至草』収録。

石黒達昌唯一の、〈ＳＦマガジン〉掲載短篇。弁護士・ダンの生活は、娘であるリンダが神経芽細胞腫という癌の一種に侵され、余命半年と宣告されたことを契機に一変する。ダンは図書館に籠って論文を読み漁り、娘を救う手立てを探す日々を送るが、それは徒労に終わった。失意の中で、リンダの願いに応じて小さな島の「希望の浜」へ家族旅行に向かったダンは、そこで獲れる珍しいホヤに望みをかけることになる。

癌研究者である石黒の作品には、当然ながら癌がたびたび登場するが、基本的に石黒は医療小説の中で不可逆な死へ向かう癌を描き続けており、奇跡的な快癒は起こらない。〈ＳＦマガジン〉というジャンル媒体だからこそ、癌の不可逆性に逆らい得るギミック・希望ホヤを描き得たのかもしれない。とはいえ、希望ホヤのもつ作用を探ろうとする手つきはあくまで科学的実証の範疇にあり、魔法や奇跡のそれではないのである。

また、石黒作品では医師を主人公とするものが圧倒的に多いが、本作の主人公が医師でないアマチュアであることは、この結末を引き出すために重要な役割を果たしている。あるいは、この作品の主人公を医師にしなかったことには、医師であればこれ以外の結末を選択するだろう／すべきだろうという、作者の線引きがあるのかもしれない。

本作品を始め、「目をとじるまでの短かい間」など幾つかの作品で、死病に翻弄される父と、死について理解の及ばない娘の関係がクローズアップされているが、石黒のエッセイにもたびたび登場する娘との対話が、その描写に活かされているように感じられる。

◆**「冬至草」**〈文學界〉〇二年五月号初出、同題短篇集収録、大森望編『逃げゆく物語の話 ゼロ年代日本SFベスト集成〈F〉』に再録。

文芸誌に発表された植物SF。旭川の郷土図書館で発見された押し葉は冬至草という名の植物だったが、その押し葉には人間のDNAが混入し、さらに放射性物質による汚染もあった。謎に興味を抱いた「私」は現地に向かい、昭和の頃、冬至草の生態解明に生涯を捧げた在野の研究者・半井幸吉の足跡をたどることになる。

「平成3年5月2日，後天性免疫不全症候群にて急逝された明寺伸彦博士，並びに，」「雪女」と共通する部分もある北海道希少生物ものだが、放射性物質の存在が不気味な存在感を漂わせている。高槻真樹は「病というファースト・コンタクト——石黒達昌「人喰い病」論」（岡和田晃編『北の想像力《北海道文学》と《北海道ＳＦ》をめぐる思索の旅』収録）の中で、泊内村という地名はかつて実在したが一九五五年に稚内市に編入されて今は無くなっていること、「泊」は北海道唯一の原発立地の地名であることを指摘しており、「泊内村という微妙な距離感にある虚構を設定したのも、泊原発に対する鏡像としての効果を期待したためだろう」と論じている。

石黒は、インタビュー内で、「冬至草」について、〈核兵器＝滅びという図式より自分の中では核兵器＝戦争という結びつきの方が強い感じがします。つまり戦争を書こうとするとどうしても核に辿り着いてしまうわけで……私の中には、なぜ人間は競い合うのか、競い合って滅んでいく道を選択しようとしているのかという大きなテーマがあります。それは作品を書くたびに深まっていくモチーフでもあります〉と語っている。

また、石黒の出身地である深川から二時間ほどの場所にある日本最寒の地・朱鞠内では、人造湖（朱鞠内湖）開発のために日本人のタコ部屋労働と外国人の強制労働も行われていた（死者は分かっているだけで、日本人が一六八名、外国人三六名）。本作品の後半で触れられる強制労働はこれをモデルとしているであろうことは疑いない。

沼野充義の選で、ロシア語の現代日本文学アンソロジーに入る形で訳されているほか、中国のSF誌〈科幻世界〉に中国語訳が掲載されている。

◆「王様はどのようにして不幸になっていったのか？」〈小説トリッパー〉九六年夏季号初出、書籍初収録。

合理的で賢明な王によって、長く治められていた国。隣国との戦争こそ続いていたものの、国土の安定と王の権威は揺るがなかった。しかしある時、前線から帰った兵士が、「この国は戦争に負け続け、縮み続けている」と証言する――

伝統的な寓話形式の作品である。平易な語りでありながら思索の奥に引き込むような底知れなさは、佐藤哲也の『異国伝』に収められた作品群に近い感触かもしれない。

九五年刊の『９４６２７』あとがきにおいて石黒は、絵本好きの幼い姪につきあわされてメルヘンを読む機会が増えたことを綴り、収録作に「メルヘン的な要素がいくぶん反映されているのではないかと思う」と語っている。発表時期の近い本作や「〈失踪中の王妃からの手紙〉」はダイレクトにその傾向が見てとれる数少ない作品だ。

単純な教訓を引き出すような作品ではないだろうが、

《面白いのは、王様が合理的に考え、人々がそれを支持したのに、人々の方はあまり合理

的に物事を判断しなくなっていたということです。》

この一文からは、理性と非理性の対立、あるいは科学や近代や合理主義が得体の知れない迷信や文明以前のものに侵食されていく恐怖のようなものを感じとることが可能だ。

作中、森が印象的な役割を果たすが、石黒は森について、光原百合『時計を忘れて森へいこう』の解説で下記のように語っている。

「私は北海道の出身なので、近くにまだ原生林が残っていたりして、比較的自然には恵まれた少年時代を送った。しかしそれでも、森の中で長い時間を過ごしたという経験には乏しい。（中略）今から考えると、ちっぽけな街に住んでいながら、それでも森を嫌う心が、知らず識らずに出来上がってしまっていたのかもしれない。子供ながら、街に住んでいる自分と森は隔絶されるべきものだという意識があった」

◆「アブサルティに関する評伝」〈すばる〉〇一年一一月号初出、『冬至草』収録。

アブサルティは、細胞の増殖に関する画期的な理論を提唱し、実験によって自説を証明する酵素の精製に成功した。その業績により、彼は若くして将来のノーベル賞候補とまで称えられ、世界的に注目されたが、奇妙なことに、アブサルティ以外の誰にも、件の酵素を精製することはできなかった……。

〇一年発表のこの物語は、一〇年代に我が国の理化学研究所で起こった「STAP細胞」に纏わるスキャンダルと、ほぼ完璧に符合している。発表当時の読者にとって縁遠いものだっただろう「先端研究者の不正」という題材は、現実の事件によって、すっかりイメージしやすいものになっている。

本作品の内容が理研のケースと酷似しているのは、決して石黒達昌が予言者だからではない。本作品は、過去の科学スキャンダルを手本として書かれている（たとえば、ネーミングは癌研究の領域で論文盗用を繰り返したエリアス・アルサブティから）。

STAP細胞事件同様、本作品に類似しているのは、高温超電導の領域で捏造を行ったことが〇二年に発覚した、ベル研究所のヘンドリック・シェーンのケース。そこでは、①二国の研究室に出入りし、成果に疑念を抱いた人間から追及された際、「実験データはもう一方の国の研究室にある」と言い逃れた　②他の人間が実験を再現できなかったとき、「テクニックの問題である」と誤魔化した　③別々の実験結果のはずなのに全く同じノイズが発見された際、「データを取り違えただけ」と主張した　④不正調査委員会が実験の元データ提出を求めたのにまともなデータを出せなかった　などの一致を見せている。本作がSTAP細胞事件を予言したように見えるのは、時代や国を超えて、研究現場のシステムが不正に対して同様な脆弱性をもつ、ということの証明だろう。

本作品は現実と大部分が似ているからこそ、かえって現実との「相違点」が浮き上がってくる。即ち、アブサルティというキャラクターの思想だ。彼の行為は、単なる功名心によるものではない。アブサルティが韜晦の中で仄めかす、自身の「科学」に対する揺るぎなきスタンス、科学の正当な有り様とは明確に反する彼自身の哲学こそが、本作品を、単なる予言や警鐘以上のものにしている。

科学という知の原理が、人間にとって「何をなしえないか」「何を与えられないか」という構造的限界を炙り出し――己の神学と強迫観念に突き動かされるがまま、その限界を踏み越えようとした男の悲喜劇を通じて描かれるのは、冷酷な論理を前に足掻く人類の苦悩そのものである。

◆**「或る一日」**〈文學界〉九九年三月号初出、書籍初収録。

死に瀕した者、死にゆく者を描き続ける石黒達昌の作品中でも、これほど夥しい数の死に囲まれた物語は、他に存在しない。

明示はされないが、恐らくは原子力事故によって、重度の放射能汚染に見舞われた国。異国からボランティアとして訪れたらしい医師の「私」は、汚染中心地から五百キロ離れた（そこも安全とはいえない）小児病院において、子どもたちの治療に従事している。

急性放射線障害の症状は、恐らくチェルノブイリ原発事故のホイキニ地区の野戦病院でのカルテを参考にしていると思しい。ただし「半径二十キロ以内の人間は即日に死亡、四十キロ以内の人間も数日で死亡」という被害はチェルノブイリ原発事故より甚大であり、どちらかと言えばむしろ原爆投下にさえ近い、兵器によるものを除けば人類史上起こったことのない規模の原子力災害である。

あるいは、九五年一二月に起きた高速増殖炉「もんじゅ」のナトリウム漏洩事故も念頭にあったのかもしれない。東海村JCO臨界事故の発生はこの作品の発表からおよそ半年後の九月である。

物語は、少女の壊死した足を切断する手術の場面から幕を開け、終末SFじみたエピソードのそこここで、子供たち個々の死が、戦場さながらの状況下であっという間に押し流され、死の尊厳は剝奪されていく。明確なクライマックスはなく、それらの光景を一通り描いて物語は閉じられる。

幼い患者の死を見守る「私」の内面は、死んでいく子どもたちへの感情移入や感傷からは遠ざけられており、それより遥かに隔たっているはずの自分自身の死の可能性、あるいは「死」という概念そのものに傾斜している。生々しく克明に描かれる患者の死と、そこからガラス一枚隔てたような心理的距離で発される内省の、その強烈な対比。私が読んだ石黒達昌単行本未収録作品の中で最も強烈な（たとえば『虐殺器官』の冒頭部を読んだときのような）印象を残した作品だったので、収録した次第である。

◆「ＡＬＩＣＥ」〈海燕〉九五年六月号初出、『９４６２７』収録。

理論量子力学研究所の所員であり、統一理論の提唱者だったMikaは、彼女の部下であり、同性愛の関係にもあった研究員、Aliceによって殺害されてしまう。

殺人罪で刑務所に収容されたAliceの精神鑑定・治療を行ったのが、精神科医のalice(同名であるが別人。頭文字の大小で区別がつけられている）だった。

治療は順調に進んでいるように思われたが、Aliceは警備員の隙をついて、aliceを人質に取り、刑務所内で反乱を起こした。首尾よく刑務所を占拠したAliceは、閉鎖環境下で次々に囚人を殺していく。長い占拠のあと、ようやく刑務所が解放されたが、人質であったはずのaliceによってAliceは殺害されていた……。

レポート的に淡々と語られる異様な事件、高密度な展開にバラードのコンデンスドノベルの影響を見て取った評者もいた。後半になると、aliceの夢の分析に紙幅が割かれ、物語は精神分析めいた観念的で入り組んだ内容へと突入する。脳・自意識の在り処・死による意識の消滅・自身と他者の境界、などを象徴するらしき夢が、解答が提出されることもなく綴られていく。Broca区域とWernicke施設は無論、脳のブローカ野とウェルニッケ野から名前を取られているのだろう。

発表当時ワイドショーを騒がせていた、オウム真理教及びそのマインドコントロールと絡めて注目され論じられることもあった。また『9 4 6 2 7』のオビには「多重人格」の文言があり、当時ブームであった（ダニエル・キイス『24人のビリー・ミリガン』邦訳が九二年、貴志祐介『十三番目の人格――I S O L A』が九六年）多重人格ものに絡めて編集部は売り出そうとしていたようである。

一方で、石黒作品を読み続けてきた者にとっては、死を前にしたアイデンティティの複製――消滅に瀕した魂の、延命のための必死の闘争のようにも見える。石黒達昌作品でも最難関と呼べる迷宮的作品だが、九〇年代で最も「死とアイデンティティの問題」について迫ったS Fとして、忘れえぬ「裏代表作」である。

◆**「雪女」**〇〇年、『人喰い病』書き下ろし、伴名練編『日本S Fの臨界点［怪奇篇］ちまみれ家族』再録。

一九九七年、旧陸軍図書館の書庫から発掘された、膨大な軍医療関係の資料。その中に、「低体温症」に纏わる忘れられた研究論文・日誌などの文書も含まれていた。文書の著者は、昭和初期に旭川の陸軍第七師団に配属されていた医師・柚木弘法。一九二六年、柚木の診療所に昏睡状態で運び込まれた女性は、特異な低体温症を発症していた。彼女は体温が二四度でも生存し続け、状態が安定した後も、体温は三〇度を超えなかったのだ。柚木医師は、この奇妙な病態について調査すべく、医学的アプローチを始めるが、その病態は常識を超えたものであり、幻想の霧は深まっていく……。

時代を遠く隔てつつ、「事実」のみを記す素っ気なく淡々とした文書から、遠野小説的な神秘性、生命の鬼気迫る切実さが、滲み出すように立ち現われ、胸を打つ。垣間見えるものはもう一つ、柚木医師の苦闘と懊悩だ。本篇は、科学が未だ見ぬ生命のありようを解明しようとするSFであると同時に、人間が計り知れない存在になすすべもなく圧倒されるホラーでもあり、そのせめぎあいこそが、即ち柚木医師の葛藤であり、本作を比類のない小説たらしめている要石なのだ。

私がかつて書いた短篇のひとつ、「ゼロ年代の臨界点」は、この作品がなければ存在しなかった。小説の「形式」が持ちうる力、無機質な文体に無機質でないものをこめられるという可能性を、私は石黒達昌の筆致から学んだ。

石黒は本作の着想について、旭川の隣の芦別の山奥で働いていたという放浪作家・葛西善三を記念した「雪女の碑」を見たことが発端であり、萩尾望都『ポーの一族』も念頭にあったことを記している（中学時代、ＳＦと少女マンガをリンクさせた萩尾望都や竹宮惠子の作品をよく読んでいたとの言及もある）。

◆「平成3年5月2日，後天性免疫不全症候群にて急逝された明寺伸彦博士，並びに，」

〈海燕〉九三年八月号初出、同題短篇集収録。

神居古潭に生息する希少種ハネネズミは、絶滅の危機に瀕しており、捕獲された二匹を用いて種保存センターで進められている繁殖計画も、失敗し続けていた。しかし、東大応用生物研究所の明寺伸彦が種保存プロジェクトに参加したことを契機に、ハネネズミの生態研究が進展しはじめる。その特異な生殖サイクルを解き明かしながら、二匹のハネネズミの交配が試みられるが、それは決定的な破局をも招くものだった。

図表を用いた横書き形式で目を引き、石黒達昌の名を一躍高めた第一一〇回芥川龍之介賞候補作。実験を含むレポート形式は、アイザック・アシモフ「再昇華チオチモリンの吸時性」に代表される架空論文ＳＦなども想起させるが、架空生物の奇妙な生態を記録したという面で、ハラルト・シュテュンプケ『鼻行類』やレオ・レオーニ『平行植物』のような系譜の中にも位置づけられるだろう（「冬至草」内にも鼻行類への言及がある）。ただ、それらの世界文学と比較しても勝るほどの切実さが簡潔な文体から滲み出てくるのは、そこに投影された生物の具体的なイメージゆえかもしれない。石黒はのちにインタビュー内で執筆時のエピソードとして、絶滅が確実になった最後の二羽のトキに関する記事を読み、その中で「今まで互いに傷つけあうことを心配して一緒の檻にしなかった二羽をついに一緒にしてやることになったという短い文章に感動して、一気に書き上げた」と記している。

また、座談会「「理科系の文学」旗揚げ宣言」では、次のように語っている。

「トキではなくて何にしようかと考えていたときに、たまたま自分が実験室でよく殺していたネズミが頭に浮かんだんです。科学のためとはいえ、いたたまれない気持ちはある。何かそういう実験動物を使っているときの悲しさみたいなものと、トキという動物が絶滅してしまう悲しさが渾然一体となって、ネズミに羽が生えちゃったんです」

この発言も踏まえると、作中でハネネズミに向けられる目線には確かに哀れみ・慈しみのような感触もあり、ティプトリーの短篇「ネズミに残酷なことのできない心理学者」なども思い出される。

研究者視点の重要性は、沼野充義も次のように論じている。

「架空の動植物をめぐる奇想文学、幻想文学ならば、すでに世界文学に多くの先例がある。しかし、「ハネネズミ」が興味深いのは、架空の動物そのものに関する奇想に淫することなく、むしろその謎を追う科学者による探究のプロセスを描いた点である」

本作には、後年の発表作である「冬至草」「雪女」に変奏されるモチーフも散見され、石黒にとって大きなターニングポイントになったことが見て取れる。

なお、ハルキ文庫『新化』に収録される際、本作は「新化　Ｐａｒｔ１」と改題され、図表も削られて文章も調整された縦書き小説となったが、今回は初出時・単行本時同様の横書き・図版有の形に戻されている。さらに、短篇集刊行時の著者解題「この本を読まれた方へ」も、興味深い内容であったため再録した。

【短篇集紹介】

●『最終上映』（九一年、福武書店）（※アドレナライズより電子版が発売中）

「最終上映」「ステージ」収録。幻想・ファンタジー要素を含まない医療小説集である。「最終上映」（〈海燕〉八九年一一月号初出）は第八回海燕新人文学賞を受賞したデビュー作。医師である主人公は、資料検索中に自身の記した古いカルテを発見し、過去の失態を思い出す。彼は十年以上前の研修医時代、勤務先の病院に友人が入院した折、胃癌であることを誤って本人に知らせてしまったのだった。

硬質だが若さの滲む文体で書かれ、物語もスマートにまとまっており、ＳＦ・幻想要素は持たないが石黒医療小説の好例として本書収録を検討した。

「ステージ」（〈海燕〉九〇年六月号初出）は受賞後第一作。かつての交際相手であった、同僚の女性医師が癌で闘病の末に亡くなった。病理解剖で彼女の遺体に向き合う医師は、交際していた学生～研修医時代の彼女や、抗癌剤治療を受けながら衰弱していく彼女の記憶を反芻する。

元恋人と不治の病を扱っていると聞けばエンタメ系の難病もの恋愛小説を連想しそうだが、正確無比で容赦のない病状と延命治療の描写は苛烈を極め、痛みにうめき、譫妄状態で暴れる彼女に痛み止めや麻酔を静脈注射するシーンは目を背けたくなるような凄惨さである。仔細な解剖シーンのグロテスクさに、生々しすぎると患者団体から抗議の手紙まで届いたという。

●『平成3年5月2日，後天性免疫不全症候群にて急逝された明寺伸彦博士，並びに，』

（九四年、福武書店）

「平成3年5月2日，後天性免疫不全症候群にて急逝された明寺伸彦博士，並びに，」「今年の夏は雨の日が多くて」「鬼ごっこ」収録。

左右両開きの造本で、左頁から読むと表題作とあとがきが（いずれも横書きで）掲載され、右頁から読むと表題作以外の二篇が縦書きで掲載されている。表紙・奥付が福武書店表記、カバーがベネッセ表記であり、版本事情からの混乱を反映している。

刊行時は既に芥川賞落選済みであり、版元の文芸撤退方針のせいで初版千五百部のスタートながら、私の手元にある本は発売二か月後の九四年七月時点で三刷になっており、一般読者の関心も集める本だったといえるだろう。書籍としては第二二回泉鏡花文学賞候補、第一六回野間文芸新人賞候補になっている。

「今年の夏は雨の日が多くて」（〈海燕〉九三年一一月号初出）は〈あなた〉への手紙という形式で書かれた作品。タイトルは手紙の書き出しである（末尾に「、」が入ったり入らなかったりの表記ゆれがある）。送り主は普通のサラリーマンらしく、ゴミ収集の方式の変化から語りはじめ、興信所に自分自身を調査させた話や、学生時代の事故の話など、とりとめのない話題を繋ぐが、徐々にぼんやりとしたアイデンティティの不安が浮かび上がる。

「鬼ごっこ」（〈海燕〉九二年一一月号初出）も超常要素のない医療小説。医師として膵臓癌の患者を担当し、患者家族への死の宣告のタイミングに悩まされたばかりの主人公は、帰宅後、妻から、義父の体調がおかしいと相談を受ける。義父を診察した主人公は、食道癌を発見してしまう。医師として病状の重さの真実を理解しながら身内に対して気休めを伝えなければならない板挟み、欺瞞にスポットが当たる。

●『94627』（九五年、ベネッセ）（※アドレナライズより電子版が発売中）

「イスラム教の信者、ユダヤ教の信者、キリスト教徒など、神と終末の日とを信じ善を行う者は、その主のみもとに報酬がある。彼らには恐れも悲しみもない」「94627」「ALICE」収録。期せずして、「人間の闘争」が統一テーマになったと著者が語る一冊である。書籍として第九回三島由紀夫賞候補となっている。

「イスラム教の信者、ユダヤ教の信者、キリスト教徒など、神と終末の日とを信じ善を行う者は、その主のみもとに報酬がある。彼らには恐れも悲しみもない」（〈海燕〉九四年一〇月号初出）は、中東で活躍した謎の日本人傭兵を巡る手記。ジョーイと呼ばれたその傭兵は、湾岸戦争の直前、イラクの一地方ノヒンに侵入して米軍の指示下で諜報活動に従事、最終的には部下の虐殺で告発された。

湾岸戦争における各勢力の思惑を考察、分析する部分もあるが、あらすじから連想されるようなミリタリ・スパイアクションものではない。硬直化した官僚型国家ノヒンは日本のパロディであり、日本人政治家をモデルとしたノヒン政治家を、金銭授受を中心として懐柔・攪乱するジョーイの物語は、中東に核保有国家日本が存在した場合をシミュレートする思考実験、風刺となっている。

「94627」（〈海燕〉九五年一月号初出）は毒／ドラッグについての物語。平凡なOLがマラソン大会に出場し、世界記録を上回るペースで四〇キロを走りつつも死亡した事件の背後に、薬物の存在が見つかった。さらに、戦時下で人体実験を行っていた部隊が研究していた化学兵器や、毒ガス事件で使用された毒物・サイクロンFなど、様々な形態を見せながら共通した特異性をもつ物質の実体が、無数の人間による証言から垣間見える。

タイトルは、作中では人体実験を行った部隊に纏わる数字だが、現実には松本サリン事件の日付と符合している。発表当時、サリン事件については、オウム真理教の関与が報道される前で、メディアが第一発見者の会社員を犯人とみなす報道を繰り返していたが、作中で発生した毒ガス事件に関して、登場人物の医師は「個人レベルで周囲には秘密に、実験的に合成／保存するのは難しいはず」と証言している。

●『新化』（九七年、ベネッセ）
「新化」「カミラ蜂との七十三日」収録。いずれも横書きで、左開きの本になっている。

「新化」（〈海燕〉九六年九月号初出）は、石黒本人は続篇ではないと発言しているが、「平成3年5月2日～」の設定を受け継ぎ、後日譚の体裁で書かれた物語。失踪したハネネズミ研究者の甥である、分子情報研究所研究員・石井晶が、ハネネズミ組織の一部から遺伝子を抽出、DNA解析を行い、その特異性を発見する。更に、ハネネズミと遺伝的類似性が高いものの、寿命が短く繁殖力が高いエンジェルマウスを、選択的に交配させることによって、絶滅したハネネズミを再生しようと試みる。ハネネズミの生態が前作以上に深く掘り下げられる、一種の解答篇。

「カミラ蜂との七十三日」（〈海燕〉九六年一月号初出）も図表を含む横書き小説。食品・薬品会社につとめる平凡な会社員に、ある日とつぜん、一匹の蜂、猛毒を持つ珍種・カミラ蜂がつきまとうようになった。勤務先の会社とテレビ制作会社は協力して、カミラ蜂の生態調査・捕獲プロジェクトを開始する。

死が眼前に迫るシチュエーションながら、当事者が生還した時点からのインタビューを交えた語りであり、実験に多くの人間がかかわっていることから、石黒作品には珍しい、やや明るく軽妙な読み心地である。防護服や気密性の高い箱を用いてカミラ蜂と主人公とを遮断したり、高速道路や飛行機を使ってカミラ蜂を撒こうと試みる様はユーモラス。

●『新化』（〇〇年、ハルキ文庫）

「平成3年5月2日，後天性免疫不全症候群にて急逝された明寺伸彦博士，並びに，」

「新化」を合本にし、それぞれのタイトルを「新化Part1」「新化Part2」に改題したもの。シリーズ作品を一度に読める本である反面、縦書きに修正する必要上、図表などを削り改稿したものとなっている。

カバーに理系ホラー『らせん』『パラサイト・イヴ』の二大作家が左記のような推薦文を寄せている。

この作品の斬新なフォルムと文体は、日本文学の転換点として記憶されるだろう。しかも、〈ハネネズミ絶滅〉の謎に迫る探索は、極上のミステリーとしても十分に楽しめる。（鈴木光司）

この素っ気ないレポート形式の文章が、なぜこんなにも心を打つのだろう。なぜこんなにも美しいのだろう。何度読んでも涙が溢れてくる。これは「科学と文学の融合」などではない。「生命」という圧倒的な現実そのものだ。（瀬名秀明）

●『**人喰い病**』（〇〇年、ハルキ文庫）（※アドレナライズより電子版が発売中）

「雪女」「人喰い病」「水蛇」「蜂」を収録。全作品が書き下ろし。

「人喰い病」は奇病の根源を探るSFサスペンス。北海道・神居村の診療所で発見された、急速に進行して命を奪う全身性皮膚潰瘍、通称人喰い病。現代科学でなすすべのない病気に対して、医師たちは自身らの感染の恐れも抱えながら、その原因を突き止めるべく実験を重ね、発病を引き起こすある生物にたどり着く。石黒は「医者が病気を診断する過程は推理小説だ」と考えていて、なんとかそれを形にしようとした作品だと語っている。その試みはスリリングに知的好奇心を刺激し、ページをめくらせる作品として結実している。大森望ら複数の評論家が年度ベストSFの一つに挙げている。

「水蛇」は、石黒が得意とする希少生物もののうち、一人称で書かれた数少ない作品。製薬会社の社員が、植物採取のために山を歩いていた際、道に迷い、鍾乳洞にたどり着く。その水路内で発見した水蛇に興味を惹かれ、特異な生態の観察研究にのめり込むうちに、食料が尽き始める。

「蜂」は「カミラ蜂との七十三日」をもとにしているが、主人公が突然蜂につきまとわれる状況こそ共通しているものの、一人称縦書き小説に変わっており、主人公が周囲から協力を得られないどころか精神状態を疑われ、孤独に蜂と格闘せざるを得ないという展開で、作品の印象が悪夢感の強いものに変わっている。

●**『冬至草』**（〇六年、ハヤカワＳＦシリーズ Ｊコレクション）（※アドレナライズより電子版が発売中）

「希望ホヤ」「冬至草」「月の……」「デ・ムーア事件」「目をとじるまでの短かい間」「アブサルティに関する評伝」を収録。

「デ・ムーア事件」（書き下ろし作）の舞台は九〇年代テキサス州ヒューストン。精神科医のもとに持ち込まれた、火の玉を見たという主婦の訴えは、単なる幻視によるものかと思われたが、入院によっても症状は改善せず、悲劇的な結末を迎えた。やがて、同様の火の玉目撃事例が頻発していることが判明し、精神科医らはその原因調査に乗り出す。オカルト現象を医学の視点から謎解きする、ミステリ的な興趣も感じる作品。

「月の……」（〈文學界〉九九年一二月号初出）は、天体望遠鏡で満月を観察した日を境に、右手に月の残像を幻視するようになった男を描く幻想譚。隣人にも医師にも視認できない月は、一見したところ精神的疾患の産物のようだが、公園を徘徊する老人にだけは、その月が見えていた。奇妙な浮遊感のある物語。

「目をとじるまでの短かい間」（〈文學界〉〇四年一二月号初出）は第一三二回芥川龍之介賞候補作。田舎の診療所で働きながら、幼い娘を一人で育てている開業医。彼はかつて大学病院に勤めていたころ、遺伝性の疑われる大腸癌に侵された妻に、治験を任されていた新薬を投与し、副作用で死を早めてしまったという後悔を抱えている。死について十分に理解が及ばないまま診療所の患者たちと交流する娘を、主人公は複雑な思いで見守る。

後期の純文学作品で医師を主人公にしたもののうち、もっとも端正なたたずまいの短篇。

●『平成3年5月2日，後天性免疫不全症候群にて急逝された明寺伸彦博士，並びに，完全版』（※アドレナライズより電子書籍オリジナルで発売中）

「平成3年5月2日，後天性免疫不全症候群にて急逝された明寺伸彦博士，並びに，」と「新化」の二作品、及びそれらのハルキ文庫改稿バージョンである「新化Ｐａｒｔ1」「新化Ｐａｒｔ2」を合本で電子化したもの。

●『検査室』（※アドレナライズより電子書籍オリジナルで発売中）

「カミラ蜂との七十三日」「王様はどのようにして不幸になっていったのか？」「今年の夏は雨の日が多くて」「私の中の東京、東京の中の私」「（失踪中の王妃からの手紙）」「†」「ショールーム」収録。書籍未収録短篇を中心に、非医療ネタの作品を多く集めたもので、実験的な短篇が収められている。

「私の中の東京、東京の中の私」（〈東京人〉九二年四～六月号）は幼少期の不安と都会の雑踏における不安を対比する、スケッチ的掌篇。

「（失踪中の王妃からの手紙）」（〈すばる〉九五年四月号初出）は、メルヘンのキャラ…

…すなわち「白雪姫」「シンデレラ」に登場する、王妃や王子や魔女や侍従長など、様々な登場人物からの「証言」で構成されている。作中、シンデレラ王妃が失踪しているうえ、どうやら法廷に立たされている登場人物もおり、キャラクターそれぞれが、現代的な視点に立って自身の立場を弁明し、競争社会、信仰、父性、象徴論、医学など様々な観点から二つのメルヘンを分析・解体しようとする。本作も元来タイトルを持たず、「失踪中の王妃からの手紙」というのは最初の証言につけられた標題に過ぎない。作品内、本来タイトルが置かれるべき位置には、石黒達昌自身の手によるグラフが描かれている。

「†」（《海燕》九四年四月号初出）は臨死小説。肝臓切除の手術を受けた主人公が、意識を取り戻しながらも、人工呼吸器に繋がれたまま外界とコミュニケーションを取るすべをもたず、一人孤独に、現実と幻覚の境目で苦痛や死の恐怖に苛まれる。主人公自身が医師であるために、周囲の医師・看護師たちの会話から自身の容態悪化を正確に把握してしまい焦燥感が高まる。「最終上映」「ステージ」「鬼ごっこ」と続いた、死に向から患者を見守る医師視点の物語から一歩踏み込み、死へ向から患者自身の懊悩を描く一方で、担当医も不眠症を抱えて不安な兆候を見せ、アイデンティティ消失を巡るホラーとも読める。

「†」は便宜的に付けられたタイトルであり、本来題名があるべき箇所には重なった二つの十字架のイラストが置かれている。

「ショールーム」（〈すばる〉〇三年四月号初出）の主人公は、繁華街の自動車販売店に勤務するディーラー。原因不明の味覚障害に悩まされ、上司であるオーナーに反感を抱くなど、ストレスを募らせる毎日。かつては車上生活をするほどに生活の破綻していた主人公は、生活のために仕事を続けていたが、やがて破滅が訪れる。一種のワープア小説であると同時に、車フェチの主人公によって大量の車蘊蓄が語られる異色作。

●『診察室』（※アドレナライズより電子書籍オリジナルで発売中）

「鬼ごっこ」「或る一日」「ハバナの夜」「その話、本当なのか」「足」「真夜中の方へ」収録。

医療従事者を主人公にした小説を中心に集めた電子短篇集。

「ハバナの夜」（〈群像〉一〇年一二月号初出）は広義の医療ミステリ。町立病院の医師でありながら、警察嘱託医もつとめる主人公が警察から依頼されたのは、自身の勤務する病院で女性看護師が起こした、安楽死殺人の調査だった。末期の骨肉腫患者を麻薬の大量投与で殺害した女性看護師は、主人公の昔馴染みであり、主人公は犯行の真意を探るべく彼女に聞き取りを行う。医療の場で犯される罪を抉り出す物語。

「その話、本当なのか」（〈文學界〉九八年一〇月号初出）は虫のおぞましさを描いた作品。妻子とともに暮らしていた主人公の家は、壁に白蟻が群がっているのが見つかったその日から、安らぎの場所ではなくなった。殺虫剤を撒いても、駆除業者を呼んでも、白蟻の侵入はやまず、かえってエスカレートするばかり。生理的嫌悪感をもたらす虫たちが日常を破壊し、神経症じみた恐怖を呼び起こす。筋立てこそスラップスティック的だが、読者の触覚に訴えるリアルな虫描写の気持ち悪さで筒井康隆や村田基の全力の作品に匹敵する。

「足」(〈真夜中〉No.5 2009 Early Summer 初出)は手術で切断された叔父の足を保管することになってしまった若者の困惑を描く掌篇。珍しく軽いタッチで描かれている。

「真夜中の方へ」(〈文學界〉二〇一一年一〇月号初出)は第一二六回芥川龍之介賞候補作。医師である主人公は、亡き叔父から引き継いだ過疎地の小さな病院の廃院手続きを進めながら、残った入院者四人、いずれも死を待つばかりの癌患者たちのケアを続けている。そんななか臨時で雇用した女性看護師は、ニホンオオカミが絶滅していないという奇怪な信念を持っており、勤務の合間に病院の近辺を歩いてニホンオオカミの痕跡を探し求めていた。入院者を看取っていく一種のサナトリウムものでありながら、現実とも狂気の産物ともつかないニホンオオカミ幻想が不穏な影を落とす。

初出一覧

「希望ホヤ」〈SFマガジン〉二〇〇二年三月号、早川書房
「冬至草」〈文學界〉二〇〇二年五月号、文藝春秋
「王様はどのようにして不幸になっていったのか?」〈小説トリッパー〉九六年夏季号、朝日新聞出版
「アブサルティに関する評伝」〈すばる〉二〇〇一年十一月号、集英社
「或る一日」〈文學界〉一九九九年三月号、文藝春秋
「ALICE」〈海燕〉一九九五年六月号、福武書店
「雪女」『人喰い病』二〇〇〇年、角川春樹事務所
「平成3年5月2日,後天性免疫不全症候群にて急逝された明寺伸彦博士,並びに,」〈海燕〉九三年八月号、福武書店

編者略歴　1988年生，作家　著書『なめらかな世界と、その敵』（早川書房），『少女禁区』（角川ホラー文庫），編著『2010年代SF傑作選（1・2）』『日本ＳＦの臨界点［恋愛篇・怪奇篇］』『日本ＳＦの臨界点　中井紀夫』（以上早川書房刊）

HM=Hayakawa Mystery
SF=Science Fiction
JA=Japanese Author
NV=Novel
NF=Nonfiction
FT=Fantasy

日本《にほん》ＳＦの臨界点《りんかいてん》　石黒達昌《いしぐろたつあき》
冬至草／雪女

〈JA1494〉

二〇二一年八月二十日　印刷
二〇二一年八月二十五日　発行
（定価はカバーに表示してあります）

著者　石《いし》黒《ぐろ》達《たつ》昌《あき》
編者　伴《はん》名《な》練《れん》
発行者　早川浩
発行所　株式会社　早川書房
郵便番号　一〇一 - 〇〇四六
東京都千代田区神田多町二ノ二
電話　〇三 - 三二五二 - 三一一一
振替　〇〇一六〇 - 三 - 四七七九九
https://www.hayakawa-online.co.jp

乱丁・落丁本は小社制作部宛お送り下さい。
送料小社負担にてお取りかえいたします。

印刷・精文堂印刷株式会社　製本・株式会社明光社

ISBN978-4-15-031494-1 C0193

本書は活字が大きく読みやすい〈トールサイズ〉です。